2023年河南文学作品选

冯 杰 主编
陈宏伟 编

短篇小说卷

郑州大学出版社

图书在版编目(CIP)数据

2023年河南文学作品选. 短篇小说卷 / 冯杰主编 ; 陈宏伟编. -- 郑州 : 郑州大学出版社, 2024.10
ISBN 978-7-5773-0368-0

Ⅰ. ①2… Ⅱ. ①冯… ②陈… Ⅲ. ①中国文学-当代文学-作品综合集-河南②短篇小说-小说集-中国-当代 Ⅳ. ①I218.61②I247.7

中国国家版本馆 CIP 数据核字(2024)第 105143 号

2023年河南文学作品选·短篇小说卷
2023 NIAN HENAN WENXUE ZUOPINXUAN DUANPIAN XIAOSHUO JUAN

策　　划	李勇军	封面设计	小　花
责任编辑	孙精精	版式设计	小　花
责任校对	暴晓楠	责任监制	李瑞卿

出版发行	郑州大学出版社(http://www.zzup.cn)
地　　址	郑州市大学路 40 号(450052)
出 版 人	卢纪富
发行电话	0371-66966070
经　　销	全国新华书店
印　　刷	河南新华印刷集团有限公司
开　　本	890 mm×1 240 mm　1 / 32
总 印 张	65.625
总 字 数	1 440 千字
版　　次	2024 年 10 月第 1 版
印　　次	2024 年 10 月第 1 次印刷

书　　号　ISBN 978-7-5773-0368-0　总 定 价:198.00 元(共六册)

目 录

西去的河流

墨　白

一九九七年六月二日，我们在离开拉萨的第二天一早，就从日喀则出发，前往阿里地区的札达县。上午十点左右，在拉孜县的查务乡由国道318转到国道219后，我们乘坐的越野车继续向西，逆冈底斯山脉与喜马拉雅山脉之间的雅鲁藏布江而上：森格隆、布玛、桑桑镇、切热乡、库拉道班……沿路的村镇与地标逐次落在我们身后。在暮色降临时，我们赶到了萨嘎县城所在地加加镇，紧赶慢赶，两天时间才走了我们这次行程的一半，真是路途遥遥。

在越野车上摇晃了一天，浑身的骨骼都快散架了，加上高原反应，我没怎么吃饭就到房间休息。事先，我知道与我同室的是一位从萨迦寺赶来的有着传奇经历的木匠。作为托林寺考古发掘与抢救性维修的候补成员，明天，他准备同我们一起前往目的地。

来到房间，我看到一个人站在窗前遥望着远处的雅鲁藏布江河谷。听到声响，那人转过身来。由于光线昏暗，我无法看清他的面目。我放下手中的行李，伸手拉了一下门后墙壁上的开关，等适应了从头顶上照下来的灯光后，那人双手合十朝我说，扎西德勒。

由于还不太习惯使用藏语表达，我只好朝他伸出手来。我感觉那人的手粗糙而有力，他自我介绍说，我姓陈，叫我陈木匠就好。

他的直率像他呼出的气息一样强烈，我说，我导师向您问好。

听我这样说，陈木匠现出几分羞涩来，说，我们在萨迦寺见过面。

我说，初来乍到，还望多关照。

哪里哪里。陈木匠放开手，但仍用布满血丝的眼睛看着我说，我这次能去托林寺，还是托你导师的福。

陈木匠说着，习惯性地朝我双手合十。看着这位刚刚相识、嘴唇干裂的队友，我心生几分怜悯。为了表达诚意，我走到桌前提起暖瓶倒了一杯水，放在靠他一边的桌子上。

陈木匠说了谢谢，然后退一步在床上坐下来，一边弯腰脱下鞋子磕着，一边说，在高原应该多喝水，可也有人不适合。他说着，转身拈着被子垫到枕头上说，我第一次来高原，在那曲孝登寺遇见过一个人，就是喝水过度引起了肺气肿。

强烈的紫外线已经改变了他原本的肤色，如果事先没有听说过，你很难把眼前的陈木匠和藏族同胞分别开来，他的经历，从西安出发时就唤起了我的好奇。我一边打开旅行箱取些要用的东西，一边问，她……患的什么病？

谁？陈木匠一时没有明白我的问话。

我说，我导师说，您来高原……

哦……这下陈木匠明白了。明白了我的问话，陈木匠的面色突然变得沉郁起来，他说，白血病。

我意识到刚见面就谈这样的话题有些不妥，试图转变一下局面，我放下手中的东西，在他的对面坐下来，说，您是哪一年到的高原？

八年前。

哦……那时我还在读高中。对于我来说，八年过于漫长。可能是看我有些疑惑，陈木匠伸手到床边那个硕大的旅行包里摸索出一沓灰黄色的纸递给我说，这是我们第一次进藏时，她绘制的地图。

看我打开有着绵软质感的地图，陈木匠接着说，那次我们从敦煌沿着国道 215 到格尔木，又从格尔木沿着青藏公路一直往南，然后是安多、那曲、当雄、拉萨……

或许是因为长久的孤独，眼前的陈木匠渴望交流，在他掰着手指数那些地名时，我小心翼翼地把那张在折叠处已经出现了裂痕的地图放在床上。陈木匠站起来，探腰伸手指着地图说，凡是我们到过的地方，后来我都用棕色做了标记。你看，这些标了红色的，是我们去过的寺院。

我看到，在这张磨得发毛的地图上，不光有棕色和红色，还有蓝色。蓝色标记的是什么呢？怒江、澜沧江、金沙江、黄河……哦，是河流。那绿色呢？可可西里、巴颜喀拉、唐古拉、念青唐古拉、他念他翁、横断山脉……哦，是山脉。这不同色彩的标记，哪些是她留下来的呢？我想询问一些具体问题，可他却退回去在床上坐下来，我就只好把目光收回来再次落到地图上。

那些用红色标记的寺院，不但遍布整张地图，而且被标上了不同的符号。我发现，在地图的右下角还有说明：标了星号的是拉萨境内的寺院，大昭寺、小昭寺、哲蚌寺、色拉寺、旧木如寺、甘丹寺、仓姑寺……标了三角形的是山南境内的寺院，札唐寺、昌珠寺、泽当寺、日务德青寺……标了圆形的是日喀则境内的寺院，那塘寺、夏鲁寺、扎什伦布寺、萨迦寺、紫金寺、白居寺、乃宁寺、雪囊寺……天哪，这么多的寺院，有的我都没听说过。萨迦寺呢？……在这儿，这就是他今天出发的地方，要沿着国道219往回走一段路。那么，托林寺呢？在这儿，托林寺还没做标记，没有标记，就是还没去过……

寂静里，我听到均匀细长的鼾声传过来。我抬起头，看到陈木匠已经倚在被子上睡着了。我迟疑了一下，把地图折叠好放在桌子上。那一刻，我突然感到了劳累，起身拿了牙刷、毛巾去卫生间洗漱，可脑海里，却始终跳动着我听来的关于他们的传奇。等我出来，床上的陈木匠不知什么时候换了姿势，已经侧身盖了被子面朝墙壁入睡了。我伸手拉灭了日光灯，仿佛是一瞬间，屋外的光亮就被黑夜吞没了。我在朦胧的光线里来到床前，展开被子躺下来。

我混混沌沌入睡，可眼前总是晃动着两个身穿藏袍磕长头的人。在遍布砂石的山路上，我渐渐追上了他们。他们转过身来，那男的是陈木匠，还有一个面目模糊的女性，那应该就是她了。陈木匠伸手朝前指着，眼前的山道变成了一条宽阔的街道。街道连着一个公共活动空间，那里到处都是集会的人，在他们的头顶上，拉扯着写了各种内容的旗帜。那些集会的人纷纷起身，立在我们要通过的街道两旁观看。天空飘起雪花来，雪越下越稠，仿佛是在片刻间，雪就把整个活动空间覆盖了，不远处的纪念碑也变白了。那些集会者，一动不动地站成两排，化成了一组又一组冰雕……

发闷的胸口迫使我醒来，我想了半天才明白身在何处。我感到口干，就起身从暖水瓶里倒些水，呷了两口重新躺下，又在陈木匠均匀细长的鼾声里混混沌沌入睡，可眼前，总有一闪一闪的灯光。起身抬头细看，不知什么时候我又回到了灯火辉煌的公共活动空间，那里人山人海。就在这时，突然响起了杂乱的枪声。当枪声响起的那一刻，空间里的灯熄灭了。陷入黑暗的空间顿时混乱起来，人们四处奔逃。突然，有一只大手从天空伸过来，抓住了我的头发……

我又一次从梦中醒来。每次醒来，我都感觉到头皮发紧，就像睡梦里一样，仿佛有一只无形的大手用力抓着我的头皮往上提。等第二天被陈木匠唤醒时，我的脑袋昏沉沉的。吃早餐的时候，咬到嘴里咀嚼的食物老是在喉咙边打转，就是咽不下去。坐在对面的陈木匠一定是察觉到了我面临的困境，他拿起桌上的暖水瓶倒了一碗酥油茶，放在我的面前说，把这个喝掉。

我看他一眼，只好吐掉嘴里的食物，端起碗来喝。等我喝完了，他又提起暖水瓶倒了一碗说，再喝一碗。他看我有些迟疑，就说，你必须喝。等我坚持把碗里的酥油茶喝完，陈木匠这才站起来。等我们出了门，陈木匠伸手搂住了我的肩，他一边走一边说，这些年，我之所以能在高原活下来，就是因为有酥油茶。

这个我信，因为昨天我一进房间，就闻到了一种不知来自何处的气味，现在我明白了，那就是从他身上散发出来的酥油茶的气息。等回到房间，我把桌上的地图还给陈木匠，没想到他伸手挡住了，然后看着我说，你能帮我个忙吗？

我感觉到他的目光里有一种异样的东西，但我还是对他点了点头。

陈木匠用手指点了点我手中的地图说，辛苦你帮我统计一下做了标记的寺院。

他的请求让我感到意外，我没再说什么，默然接受了他的这份信任。由于这张手绘地图，在接下来的高原旅途中，我们仿佛成了多年的挚友。凭我的直觉，他先前绝对不是一个木匠，但我并没询问他的木匠生涯源于何时，始于何地，就像我们到了托林寺开始工作后的默契。

我用了三个晚上，把那张手绘地图上做了红色标记的寺院做了详细的统计。为了准确，我把那些寺院按地域逐个写在纸上，并一一和地图册上的寺院做了对照，然后标出数字。那张手绘地图和统计数字就放在我的手提袋里，我随时等待他的询问。可让我感到意外的是，陈木匠仿佛把托付给我的事给忘记了。

我们文物维护组住在札达县武装部的招待所，出了招待所沿着县城唯一的街道往北大约三百米，就是那座在十一世纪初凝结了古格人，当然还有印度、拉达克和尼泊尔工匠心血的托林寺。每天，当霞光从东方升起照亮象泉河两岸由无数沟壑构成的土林峡谷时，我们就在淡淡如岚的晨雾里走进寺院，沿着迦萨殿和周围四座小殿所构成的坛城转经。我们沿着转经道依次走过红殿、白殿和高大的红砖佛塔，那一刻，整个东宽西窄呈梯形的托林寺，真的就有了“飞翔”的感觉。

我们的工作先是清洗和修补寺院里像杜康大殿——我们习惯称为红殿，拉康嘎波——我们习惯称为白殿，还有毁坏较严重的迦萨殿、玛尼拉康、乃举拉康、佛堂和佛塔里的壁画，包括天花板上的莲花、卷草、缠枝什花、如意云团、菱形几何纹图案，然后再一一摄像，并把题记翻译归档记录在案。虽说红殿里的塑像已经被损坏，但以各类佛、菩萨、佛母、度母、金刚、高僧大德为主体的壁画与天花板上的彩绘基本完好，红殿内被保护下来的壁画当然包括《僧俗礼佛图》和《十六金刚舞女图》，这些最为精美的壁画，常常让我们流连忘返。

陈木匠的工作是修补殿堂的门楣和殿顶梁椽木柱上被损坏的莲珠纹、卷草纹、莲瓣纹，或者像狮、龙、凤、孔雀、摩羯鱼等这些飞禽与兽面的雕饰，或者修补、清洗白殿内那些仿佛难以数清的方形木柱，使这些木柱免遭虫蛀。但后来我发现，陈木匠常常在工作间隙去寻访寺院里不同身份的僧侣，并使用藏语和他们交谈；或者绘制寺院与周边的地形图，他的田野调查做得熟练而隐秘。

有时，陈木匠休息时也会握着水杯来看我。那会儿我正在红殿的门廊一侧临摹《十六金刚舞女图》。我停下来呷一口茶水，指着门廊上的壁画对他说，您看，这优美的线条，清淡的色彩，高雅脱俗的工笔技法……

在暗淡的光线里，陈木匠吃力地观赏着那些有着庞大乳房、纤细腰肢、丰满臀部，身体线条流畅而夸张的舞女，看着看着，他就会双手合十，喃喃地说，真是看一眼就终生难忘，如果……

如果什么呢？看陈木匠止住了来到嘴边的话语，我就收回落在墙壁上那些合掌胸前、面容娇美、体态轻盈的舞女身上的目光，看着陈木匠说，如果她也在，是吗？那一刻，陈木匠呼吸急促，他的思想一准是从这些壁画里游离出去，深陷在思念里。

有时，我工作累了也会出去看望陈木匠。我远远地看到陈木匠劳作的身躯挡住了他身后那些由柴油桶改造的被漆成土黄色的消防水桶。听到脚步声，他会放下手中的工具，和我在白殿门前他工作的长凳上坐下来。我拿起竖在长凳脚边的斧子，在油光发亮的斧柄上，我发现还刻着藏语文字。

陈木匠说，那是我师父名字的缩写。

看着我询问的目光，陈木匠接着说，我师父叫次仁，青海贵德河阴人，我们是八年前在塔尔寺认识的。我师父去过数不清的寺院，而且对那些寺院了如指掌。你知道，这正是她做田野调查时所需要的。有天晚上，我跟师父学煮鹅掌木，师父悄悄对我说，如果你真要陪她走遍高原，最好还是学门手艺，特别是到了像阿里那样的地方。

说着，陈木匠停下来，他端起水杯，一边旋开盖子一边说，后来我才明白师父的话，过了一定的海拔，高原上压根看不见一棵树。没有树，木匠会有什么用呢？师父说，虽说没有树，可是那里有寺院呀。这话经典。寺院里虽然不做门窗，可需要给佛、菩萨塑像呀。这你知道，高原的木匠大多都懂些雕塑。

陈木匠说着，喝了一口水，又把水杯旋上，他顺手从我手里接过斧子，说，其实，让我下决心跟师父的，并不是他的木匠手艺，而是他对藏医的理解。藏医里把人体比喻成一棵树，这棵树生有两个主干，生理主干分为三枝共二十五片叶子，包括构成人体的液、血、肉、脂、骨、髓、精这七种物质；讲病理的那一枝主干分九个部分，按热寒分类共有六十三片叶子。藏医把人体比喻成一棵大树，这真是太奇妙了。我就试图从藏医的诊断方法中，找出医治白血病的方法来。

陈木匠说着，扬起手中的斧子钉在长凳上，师父说的是对的，这些年我之所以能在青藏高原活下来，还真是靠了这门手艺，可惜……

陈木匠止住了下面要说的话，他接下来要说什么呢？说已经离开他三年的师父吗？说他最终也没有找到医治白血病的方法吗？说她……？由于那个特殊的事件，我们没有谁愿意直接说出“她”的名字，似乎我们都不忍心去触碰发生在八年前那刻骨铭心的伤痛，可是我们的内心又都无法忘记。如果你不了解或者忘记了在己巳年初夏发生的震惊世界的事件，就很难理解我们谈话的默契，也很难理解我们的心领神会。看着眼前伤感的陈木匠，我感到自己十分苍白，我拿不出任何语言来安慰他。无奈，我只好伸手拉起他，费去一点时间穿过寺院后面围墙的角门，来到象泉河边晒太阳。

我们在河边离摆放着牦牛头骨的佛塔遗址不远的地方坐下来。阳光下，蓝色的河流与生长着棕红色植物布满鹅卵石的河谷里没有一丝风。这条源自冈仁波齐神山脚下拉昂错湖的河流，一直涓涓向西不断地汇集溪流，流过放养藏绵羊与藏牦牛的荒漠草原，来到我们眼前。在河床上面淡赭色的土林后面是白色的雪峰，而雪山的上面飘浮着白色的云团，在云团的上面，是湛蓝的天空。阳光从那湛蓝里刺下来，照得我们身上暖烘烘的。我用胳膊肘碰了碰身边陷在沉思中的陈木匠说，又想她了？

陈木匠没有说话，他把目光移向远方。

我一直在想，当初，你们为什么要到高原来？

因为……陈木匠看我一眼说，你知道宿白先生吗？

我们学考古的，怕是没有谁不知道他。

一九五一年，陈木匠说，不说你，连我都还没有出生。这一年，宿白先生去了河南禹县，去那里主持白沙古墓的发掘。

后来先生写了著名的《白沙宋墓》，这我知道。

陈木匠说，禹县就是禹州，出钧瓷的地方。当时国家要在白沙修一座水库，你知道，白沙这个地方就在颍河镇的上游，在修水库时发现了古墓，这才有了宿白先生后来的主持发掘。那个时候，她爷爷是修水库的民工，赶巧被抽去帮助发掘古墓，就这样，她爷爷和宿白先生成了朋友。你想，当年宿白先生才二十九岁，和她爷爷的年龄相当，这也是后来她成为宿白先生研究生的缘由。你知道，她是在哪儿给我讲这些的吗？在那个我们都熟悉的公共活动空间，在我们等待消息的时候。你要知道，在说这话的前一年，也就是戊辰年的农历八月，她刚随宿白先生到过青藏高原。当时我问她在想什么，她说，青藏高原。她说的是青藏高原！你知道吗，就在刚刚，在你问我这个问题的时候，她的声音还在我的耳边回响，她说她要到青藏高原做田野调查。没想到，就在这年农历五月初一上午，她突然在我们集会的时候晕倒了……

陈木匠叙说的声音渐渐变得有些哽咽，竟然是白血病。这怎么能让人接受？我陪她去不同的医院，可是检查结果没有一个乐观的，不治之症。后来，我陪她回到了她的故乡，我们在颍河镇她爷爷的坟墓前坐了整整一个下午，面对东流的颍河，她看着我说，我们无路可走……

我伸手揽住陈木匠抖动的肩膀，想安慰他，可又找不到合适的词语。陈木匠抖动着肩膀说，青藏高原……

傍晚渐渐来临，托林寺村的村民，还有那些不知来自何地的信徒，开始沿着寺院的红墙，沿着靠近象泉河边由近百座形制相同的小塔串联而成的塔林，手摇经筒转经。在夕阳的笼罩下，我们在象泉河潺潺向西的流水声里回溯往事。可是，即便是寺院里那些浸润了印度或者尼泊尔风格的壁画，也无法带回失去的时光。在生命的现实里，我们所要做的，只能是痛苦地回忆，回忆我们曾经的苦难，回忆被恶意涂去的历史，并以此来告诫自己。

其实……逐渐恢复了平静的陈木匠喃喃地说，在古格王从印度迎来阿底峡弘扬藏传佛教之前，这里还有更为久远的古象雄文明……

陈木匠看一眼那些手摇经筒在塔林小道上转经的村民说，就像转经一样，藏民熟悉的拜神湖、转神山、悬挂五彩经幡、撒风马旗、放置玛尼堆、刻石头经文、供奉朵玛盘等这些民俗，都源自神秘的“雍仲苯教”……

陈木匠伸手从地上拾起一块干泥巴在手里捏着，还有医学、天文历算、出行选宅、卜算占卦，包括我们现在修补的壁画，还有婚丧嫁娶等这些，也都是从古象雄时代流传下来的，可现在许多人却不知道这些。就像我们的历史，被切断了，还有我们所经历的痛苦，渐渐被人忘记。可我无法忘记，从我们相识那一天，一晃又过去了两年，整整十年了，我们一直在高原上行走，听着连绵的雪山对我们的呼唤……

陈木匠喃喃地叙说着，可是，我们再也不能沿着象泉河向西走了，再往西，就要离开祖国了，我不能这样，我不能……

我又一次伸手揽住陈木匠颤抖的肩膀，我说，您做得好……

我一边说，一边伸手到我的手提袋里掏出那张地图，说，您一直在努力地做……我展开记满寺院名字的纸递给他说，您看：拉萨地区二十一座，日喀则地区十八座，那曲地区十一座，山南地区十三座，昌都地区九座，林芝地区六座，加上青海、云南、四川境内的二十一座，总共九十九座。如果再加上托林寺，就是整整一百座寺院。

陈木匠没有接我手中的纸，而是紧紧地握住我的手。他说，我当然知道，这一百座寺院，是我用脚步一个一个数过来的，在心里，我不知默数了多少遍。可是，我却没有勇气面对，我没有勇气把托林寺做上标记……我知道，我一旦把托林寺涂上颜色，我们计划中的行程就要结束了……然后，我去哪里？

陈木匠说完，抬起头来，看着挂在东方蓝色天空中的新月，久久地看着。我知道，在新月的下面，就是我们梦寐以求的冈仁波齐神山。

由于考古发掘与壁画修复有着严格的要求，我们的工作进行得十分缓慢。尽管如此，托林寺三年的修复工作仍然逐渐接近尾声。其间，我们调查整理了较为系统的考古资料，并绘制了全寺地形图、建筑图，并修补了迦萨殿的残墙，立柱盖顶，还原了原有的风貌。虽然我是候补队员，但强烈的紫外线仍然改变了我原有的肤色，而我最大的收获，就是和陈木匠成了无话不谈的挚友。

在我们准备离开札达的头一天晚上，陈木匠找到我，我们相视而坐，却默默无语。到最后，他从随手带来的布兜里掏出一个紫檀木盒，轻轻地放在我面前的桌子上。他没有说话，只是用鼓励的目光看着我。我在他的目光鼓励下，伸手打开了紫檀木盒，紫檀木盒里面放着一张照片，照片上那个长着一对酒窝扎着一对短辫子的姑娘朝我微笑着。我没有说话，我抬头看着陈木匠，我知道，这个女孩就是她，她得了白血病……

陈木匠伸手把紫檀木盒拿起来，放到腿上。他轻轻地用手抚摸着腿上的紫檀木盒说，她就在这里面，这些年来，我一直背着她在高原上行走……陈木匠抬起头来看着我说，其实，她没有得白血病……

陈木匠的话让我再次感到意外。十年前农历五月初一的那个晚上……陈木匠停顿了一下说，她被一颗流弹击中，就再也没有醒来……

陈木匠的话像一根沉重的棍子，一下子击打在我的头颅上。我木木地坐着，看着有泪水顺着陈木匠的脸颊流下来，他喃喃地说，她再也没有醒来……

那个难忘的夜晚，我和陈木匠一起走出武装部招待所，在月光里，默默地沿着县城那条唯一的街道，来到了象泉河边。

在渐渐变冷的月色里，我们坐了很久。我们久久地朝东南方向的天空看着，我们知道，在遥远而清冷的天空下，就是冈仁波齐神山。

我们知道，在神山的脚下，是拉昂错湖。现在，在我们面前向西潺潺流淌的象泉河，就源自那里。

我们知道，明天陈木匠就要和我们分手，他要沿着象泉河逆流而上。

我们当然也知道，陈木匠要到河流的源头去，按照她的遗愿，把她的骨灰安葬在神山的脚下。

（选自《作品》2023 年第 9 期）

景区

南飞雁

老蔺刚一登台，小蔺就知道要出事故了。老蔺有两套演出服，一套是樵夫的，配一把道具——斧子；另一套是家丁的，道具是马鞭。这次忙中出错，家丁提了把斧子给财主牵马，演财主的老孙成心让他出洋相，临场改词令他扬鞭催马。老蔺反应倒快，举起斧子对着老孙以及并不存在的马，喝道："畜生！再捣蛋，一斧头劈死你！"

这话一出口，老孙就笑得打跌，老蔺也憋不住笑，戏也就演不成了。两人相互看着，在台上笑个没完。按理说，这算演出事故，不过问题不大，台下也就两三个观众，其中一个还是小蔺。小蔺看着俩老头在台上发疯，一声不吭站起来就走。其实他也算演员，兼职当托儿做观众，一天五十块钱。老蔺帮他找到这个活计并不容易，跟群头大郎好说歹说，还请了顿酒，没想到小蔺上工才几天就撂了挑子。不过这也不奇怪，跑好几个场子老老实实坐上一天，鼓掌叫好带节奏，小蔺能坚持下来才是怪事。

等这场结束，老孙去"水晶宫"演黑鱼怪，老蔺去"遇仙山”演樵夫。老蔺提斧头正走着，迎面被大郎拦住，大郎面容愁苦地问：“小……小……小……小蔺呢?”

老蔺满脸堆笑，说：“肯定是赶场当托儿呢!”又生怕大郎已经发现了，赶紧继续说：“晚上请老弟你喝酒，你可不能再推了。”

大郎急得眼冒金星，他本来就有些结巴，这会儿更是话都说不囫囵。老蔺陪着他憋得脸涨紫，终于听懂了剧情。原来景区被人写进了微信公众号文章，阅读量还不低，说什么景区经营不善，员工比游客都多，等等。尽管说的是实情，老板仍是盛怒不已，勒令找人删稿，手下人没经验，研究一番后，发现小蔺在这个微信公众号上发过文章，估计认识里头的人，想找他帮忙说和。老蔺不由得喜忧参半，喜的是小蔺居然还发过文章，看来天天捣鼓上网不是搞歪门邪道；忧的是他跟小蔺的关系势同水火，父子俩虽然同居一室，但每天说话不超过五句，不知道儿子会不会给面子帮这个忙。见他踌躇，大郎的面容更加愁苦：“你……你……你快带我找小蔺，老……老……老板说了，有……有……有……有预算的。”

大郎见到小蔺时，他正歪在床上打游戏，身子蜷得像只虾米。小蔺抬头看见大郎，眼里闪过一丝慌乱，随即一脸破罐子破摔的凛然表情。他实在没想到大郎居然这么敬业，抓一个溜号摸鱼的观众托儿能抓到家里来。

“大郎找你聊个事儿，”老蔺抢着说，“有预算的。”

小蔺迷茫地看着大郎。等听明白来龙去脉，他不慌不忙地把充电宝插上，表示这事儿能帮忙，但能帮到什么程度，他自己也没底。眼看大郎脸色又涨紫，老蔺赶紧帮腔说："咱们都指着景区吃饭呢，可别把自家饭碗砸了。"听得大郎连连点头。小蔺从容不迫，给两人上了堂科普课，从平台算法到流量变现，从底层逻辑到数据分析，讲得大郎如坐针毡。老蔺则跟看戏一样，都想不起上次见小蔺说这么多话是猴年马月了。

送客出门之际，老蔺像是刚想起来，直拍脑门，嚷道："坏了、坏了，耽误演出了，这可怎么好?"

"都……都……都这会儿了，还……还……还……还管什么演出?"大郎面容愁苦地说，"反……反……反正也没几个人看，等……等……等……等景区黄了，更……更……更不用演了。"

大郎一走，房间里彻底安静下来。房子是租的，紧挨着景区，一个月六百块钱不含水电费。老蔺在景区有宿舍，不过他呼噜声太大屡犯众怒，床铺被浇过水淋过尿，架也打过两回，最终不得已租房自己住。小蔺以前在省城混，后来发现郊县生活成本低，也不耽误他写文章挣钱，关键是房租有人管，果断搬来跟老蔺合住。人是搬来了，话没搬来，跟老蔺基本上是零交流。说来也怪，老蔺、小蔺人前人后都是话痨，能把对面的人说得脑瓜子都沸腾了，偏偏父子俩说不上话，就像和尚面壁，都觉得对方是那堵墙，没有出声的必要。

安静之中，老蔺有些着急。他上午、下午各两场演出，上午的已经出了事故，出了事故是要扣钱的，总出事故是要开除的，他不怕丢工作，怕的是工作一丢，跟老蔡就不能常见面了。

老蔡平时做保洁，凑人手救场的话，也能演个没台词的村妇、媒婆、老妈子，性格爽利，能说能干，颇对老蔺的脾气。想跟老蔡套近乎的人不少，老蔺只是个“分母”，机会说没就没。他刚给大郎发了信息，托他帮忙把上午的事故圆过去，大郎打字并不结巴，说这都是小事，又威胁他要是稿子撤不掉，爷俩就等着被开除好了。老蔺本就心烦意乱，房间里小蔺又噼噼啪啪敲着键盘，动静跟打机枪似的，弄得老蔺坐立不安，实在忍不住了，站在门口说：“让你撤稿子呢，你问了没有？”

老蔺努力让声音听着和蔼可亲，可话一出口，他自己都觉得硬邦邦的。

“不用你管。”小蔺头也不回，“我跟大郎联系。”

老蔺没再说话，很快，小蔺就听到门响，打开又关上了。景区中午供应大锅菜和馒头，有老蔺的一份，他当然不会再花钱吃外边的。理论上，小蔺也能去吃，不过他才不会跟老蔺老孙们搅在一起。他刚得了笔稿费，三百二十七块钱，省着用够一周吃喝了，这就是郊县的好处。但现在情况又有变化，估计只够三天，主要是晚饭开销大，两碗米线、一盒臭豆腐、十个荤素烤串，再加上散步时的两杯奶茶，至少要五十块。好在美菡也就吃吃喝喝，别的要求没提过，连暗示都没有。他俩刚认识不久。小蔺接了大郎的活儿，到各个演出点赶场当托儿，美菡就是主景点的演员，准确地说，是演员之一。莺莺燕燕满台的姑娘们，小蔺只看中了美菡，她不是那种漂亮的女孩子，但是“真诚”得要命，她对别的女孩子的瞧不起一览无余。也正因为这个，美菡很不合群，小蔺就是在她被女孩子们孤立，落单走在后边的时候，快步追上去的。

“你表演得真好。”小蔺说，“认识一下吧？”

美菡脸上还带着妆，尽管这种舞台妆不能近看，完全遮住了她热气腾腾的脸，但她眼里真诚的难过和落寞还是遮掩不住的，这实在让他喜欢。

“你是工作人员？”

小蔺只是临时工，归群头大郎管，有一张进出景区的工作证，此刻就挂在脖子上。没等他回答，美菡就继续说：“想请我吃饭？”

“当然，如果我有这个荣幸——”

美菡已经笑嘻嘻地挽住了小蔺的胳膊，步伐也快了起来，两人从女孩子们身边经过，本来叽叽喳喳的声音瞬间消失了。

“笑一笑。”美菡低声说，“谢谢你。”

小蔺马上配合地笑起来，还把手搭在美菡的腰际，他感受到了那一瞬间微微的战栗。美菡头靠近小蔺：“过分了哦，一会儿可得拿开。”

小蔺请美菡吃了米线、一盒臭豆腐、十个串，送她回宿舍时还买了一杯奶茶。他本想买两杯，可手机余额真的只剩个位数了。美菡就站在他身边，不知道她是否看到了那个尴尬的数字。能确定的是她叫美菡，刚毕业，没有男朋友。在她宿舍外边，小蔺问能不能再请她吃饭。美菡笑起来，把剩下的大半杯奶茶递给他，换了一个没有用过的吸管。刚才他只顾羞愧，竟没发现她多拿了一个吸管，藏了起来。

总体上小蔺是喜欢美菡的，尽管她学历不太高，也不够漂亮，脸上有轻微的雀斑，腰里还有些软软的赘肉——这是刚才那轻轻一触的收获。可看上去，她也的确是一个热气腾腾的二十岁少女啊，谁又能拒绝呢？何况她也没有拒绝他。那天晚上，小蔺出于无奈，跟老蔺多说了几句话。

“给我点儿钱。”小蔺说。

“够了吧？”

“够了。”小蔺点开红包，里面有二百块钱。

“有女朋友是好事。”老蔺慢吞吞地提醒，“别被骗了就好。”

随后就是漫长的沉默。两人都在等对方开口。小蔺想，如果老蔺问起来，他就说有女朋友了，是他心心念念的那种，他很喜欢她，尽管只见了一面，还有，她不会骗他的，他也没什么好被骗的。小蔺真的有很多话等着说，可是老蔺始终没问，不知他是在等待，还是觉得不必问，他都明白。但小蔺很怀疑他们父子间究竟存不存在这样的默契。

“我得写东西了。”小蔺终于说话了，“把门带上。”

老蔺起身出去，关上了门。锁扣啪嗒一声响，结束了一整天的对话。他没有骗老蔺，的确是刚刚接了生意。刚有位明星贡献了个大“瓜”，不出意外的话，明天会有铺天盖地的微信公众号文章发出来，看来得熬个通宵了。这种文章是有套路的，低级的就事论事，稍高一级会扒些历史，再高级一些会旁征博引，拉其他明星进场搞对比，噱头和流量都能翻倍。他写了一年多微信公众号文章，感觉自己在往高级上靠了，缺的是一两篇“10万+”的爆款，但他有信心写出来，而且他相信不会很遥远。在这个无边无际的晚上或早晨，肯定有无数个像他一样的人在拼命写同一个“瓜”，在憧憬着有十万个人点开文章看，他意识到自己跟那“无数人”不同，因为只有他一边写稿，一边在想着一个叫美菡的女孩子。

一周之后，小蔺收到了稿费，三百二十七块钱，在他的写稿生涯里不算多也不算少，那篇文章的阅读量不算高也不算低。说来也怪，他干什么都是这样，不温不火，不好不坏。时常觉得要吃不上饭了，倒也一直没饿死，跟老蔺如同路人，有困难了却是本能地找他，就连曾经的恋爱和分手，似乎也没有留下什么不舍或不甘——无非是别人都有了女朋友，他恰好也有了一个，毕业时多数都分了手，他俩也就不再联系。他感觉自己湮没在生活里，甚至连随波逐流都谈不上，他固执而懒惰地藏匿于水草中间，实在藏不住了，就懒洋洋地朝前流动一截路，找到下一丛水草，再躲起来。他不想跟着走，能躺就躺一阵子，什么都不管不问，也不参与。直到他开始给微信公众号投稿，写各种热点、各种明星，高铁上有人霸座不让，写上一篇；明星出轨人设崩了，再写上一篇。那些当事人当然不会在意他的存在，文章也很快就不会再有人看，或许从来就没几个人看，但对他来讲意义非凡。他忽然感觉自己真实起来了，这个世界变得触手可及，他被激活了，重新对世界产生了新鲜的渴望。至于随之而来的两位数、三位数的稿费，更像是一种附加的馈赠，宛如女孩子蹦蹦跳跳地走开，又蹦蹦跳跳地回来，再多送上一个吻。那是无比美好的感觉。

他从未有过这样的感觉，既然有了，就不想再失去。所以，老蔺离不开的大锅菜和馒头，小蔺也离不开了，至少能把一顿饭钱省下来，变成美菡手里的一杯奶茶。她像是一把万能钥匙，可以打开他所有的犹豫和拖延，把他本来不会去做的事变得充满合理性。不过他还是顽固地等老蔺先走，他需要错开时间，总是等到食堂快关门才过去。美菡为此怪过他，他的解释是"社交恐惧症"，这是个太好用的借口，她一听就不再怪他了，还多了些似懂非懂的小心，这更让他体会到了一段亲密关系的美好。

小蔺匆匆赶到食堂，美菡已经等在门口，远远地向他招手。她穿着演出服，袖子口宽阔，一扬手就滑下去，露出白白的臂膀，晃动着迎过来。小蔺脸上的笑很快凝固了。

"可来了，我都饿坏了！"美菡拉住他的胳膊，笑着，热气腾腾的。

美菡参加的演出是景区的招牌，每天两场，下午两点一场、五点一场，长假时如果游客多，上午、晚上再各加一场。她要赶下午两点的演出，他也要去当观众托儿，时间还真有些紧张。不过这些都不重要。跟美菡一起朝他走来的，还有老蔺和老蔡。老蔺比老蔡高一头，只顾跟她说话，话里又赔着笑，笑容自由落体般扑簌簌掉在地上。大概老蔺眼里只有老蔡，直到走近了才发现小蔺。父子俩的视线在那一瞬间牢牢握在一起。一如既往，两人都没有说话，脚步也没停，就这样错肩过去了，甚至他们同样冻住的笑容都没来得及变化。小蔺忽然担心起来，老蔺心脏不好，随身带着速效救心丸，是不是要含上几粒?

“今天肉丸子啊!”美菡摇着小蔺的胳膊，“再不去就真没了。”

小蔺笑了，说:“那可得抓紧，待会儿你演出呢。”

演出是沉浸式的，有好几个舞台，大约一个小时。美菡她们在中后段出场，差不多十分钟，剧情是少爷选妻，待选的姑娘们逐个亮相给少爷看，主要是给观众们看。小蔺就混在观众中间，随着情节在剧场里走动停留，带动观众叫好鼓掌。他们俩有约定，每次她亮相之际，他会站在一个固定的位置，而她就会看过来，专为他一个人表演，整个过程三十秒钟。她在台上，他在台下，她自然是看不见他，但她说能看见，而且语气很肯定。他在黑暗里看着高光中的美菡，心情总是慌乱的，生怕她的好被更多的人看见，看的人一多，美菡可能就不属于他了。不过这次却有些不同，除了慌乱，他还有些生气，具体地说，是生老蔺的气。虽然没有明说过，但他觉得老蔺应该懂的，他刻意错开吃大锅菜的时间，其实是不想看见老蔺他们，也不想被他们看见，看见了就得面对，面对了就得有话说、有态度。他不想跟老蔺谈这个话题，他现在什么话题都不想跟老蔺谈了。况且，是老蔺先刻意瞒着他的。

这时有女人高声道:“冯氏女出，众家女退!”

糟糕。小蔺意识到美菡的三十秒早过去了，此刻高光下的是“冯氏女”，也就是选妻最后的胜出者，最讨美菡嫌的女孩子。观众不是很多，稀稀拉拉有了些掌声。小蔺知道这还不是高潮。很快，刚才那个女人又高声道：

“更衣，佩玉，戴冠！”

“冯氏女”转过身，两个侍女上前，褪去她的上衣，露给台下一个不着寸缕的后背。另有两个侍女再上，把一件大红色的喜服抛散开，围住她玲珑的上身。就在那短短的裸露的一刻，观众里发出一阵惊呼。搁在以前，小蔺会带头鼓掌，可是此刻，他铁青着脸环顾四周，想用犀利的目光制止这群没见过世面的观众。但周遭的黑暗笼罩了一切，连同他的目光一并淹没了，他还是听到了一阵热烈的掌声和口哨，对他而言像是激烈的嘲讽。

“朱蕊。”美菡气鼓鼓地说，“她叫朱蕊，也就是个子比我高一点点，胸比我大一点点，腰比我细一点点。”她一边说，一边狠狠地吃掉了一块臭豆腐，小蔺最喜欢她这个表情，还有她汁水淋淋的嘴角。

“我可不希望你变成‘冯氏女’。”小蔺把剩下的臭豆腐浸在汤汁里，“你以为那些观众是觉得她演得好？”

美菡看着小蔺，好像在想着什么，忽然笑起来：“那好吧，我不当‘冯氏女’了。”说完又塞了块臭豆腐到嘴里，含混不清地说：“反正我也当不上。”

“能当上也不行，我不想你光溜溜的被人看，他们还给你鼓掌。”

“而且还是你当托儿，带着他们鼓掌。”美菡笑得合不拢嘴。

小蔺很享受这样的气氛，在情意绵绵里你来我往，有着说不完的废话。他和美菡不管讲什么都像是挽手共舞，进进退退，兜兜转转，舞步根本停不住；跟老蔺在一起就不同了，像是签了生死文书的对手，站在擂台上你不动，我也不动，等着对方先出手——可总也没人出手，就这样沉默地对峙着。

其实小蔺还想说“要看也只能是我看”，不过又觉得太露骨，正琢磨换个腔调，旁边有人叫他，竟然是大郎。大郎也不见外，拉把椅子坐下，看看小蔺，又看看美菡，面容愁苦地笑了笑，说：“稿……稿……稿……稿子那事，有……有……有眉目了？”

小蔺小心翼翼赔着笑，说：“中午才说的，哪儿会这么快？”

在景区，大郎顶多算个小头领，但手下小喽啰里就有蔺家父子和美菡，当然也有老蔡，说不让干就得走人。小蔺是兼职，可以不在乎，但美菡还指望这份工作，这就让他不得不重视，赶紧云天雾地讲了通不着边际的话。大郎一眼看出他在敷衍，却也不去戳破，等他讲完了才问道：“老……老……老……老弟，这……这……这个小弟妹，也……也是咱们演员吧？”

小蔺和美菡都是一愣，像是忽然有了什么不可告人的秘密。大郎却不接着说下去，要了一堆烤串几罐啤酒，把账单付了就走，临走时撂下一句话：“小……小……小弟妹好好干，干……干……干……干好了能转签约。”

烤串很快端了上来，羊肉、孜然、辣椒混在一起的味道让人恍惚。这家店名叫“枪王之王”，招牌菜是烤羊枪羊腰，滋滋冒油，闪烁着生猛之气。

“他可不是什么好人，平时跟我们女孩子说话，总是一脸苦巴巴的笑，转脸就想动手动脚占便宜。”美菡吃着热气腾腾的羊腰子，“不过这烤串真好吃。”

“没占过你便宜吧？”小蔺想了想，还是问了出来。

“他敢！我又不是朱蕊，由着他胡来。”

“就那个‘冯氏女’？”

“朱蕊就是签约演员。”美菡说，“她们住四人一间的宿舍，我们是八个人的。”

小蔺看着她，她的目光里真诚地洋溢着羡慕。其实小蔺知道，不光是宿舍条件有别，工资上也有高下，签约演员才能演“冯氏女”，每天露两次背，多拿五十块钱补助。她递了串羊腰子给他，铁盘子里已经滴答了一小团暗红。羊腰子外裹着一层丰腴的脂肪，改刀割出了条条伤口，烤得正如玉兰般绽放艳丽，得趁热吃，不然就谢了。

“你是不是也想住四个人的宿舍？”

“我更想住两个人的。”美菡认真地看着他说，“我总不能一直待在这里，演一辈子的丫鬟侍女吧？”

小蔺默默地吃着，在美菡面前第一次不知该说什么好。美食街上有歌手卖艺，五十块钱一首，一百块钱三首。在两人难得的安静里，歌声插了进来：

棠棣丛丛，朝雾蒙蒙，水车小屋静
传来一阵阵歌声北国之春天
啊，北国的春天已来临
家兄酷似老父亲
一对沉默寡言人
可曾闲来愁沽酒
偶尔相对饮几盅
故乡啊故乡，我的故乡
何时能回你怀中

沉默里，两人应景地碰了碰杯，都笑起来。在歌声中的春天里，小蔺的心被浑黄的啤酒泡得化开了，但他脑海里出现的却是老蔺。他听老蔺唱过这首叫《北国之春》的歌，里面有句“一对沉默寡言人”的歌词，好像就是在说他们父子。

“这首歌好老啊。”美菡评价说，“不过还挺好听的。”

啤酒没喝完，美菡自作主张把剩下的退了，换成了两杯奶茶。送她回宿舍的路上，她又讲了大郎不少风流事。比如有一次他提着酒菜零嘴到女生宿舍串门，说是关心群众，跟女孩子们调笑打趣，朱蕊喝得脸红扑扑的，在哄笑声里端起一杯酒给他，说：“大郎，你喝了吧。”

“那他喝了没有？”小蔺漫不经心地问。

“喝了呀，过不几天，朱蕊就搬到四人宿舍了。”

美菡说完这句话，调皮地趴在他脸上轻轻啄了一口，就转身蹦蹦跳跳进了宿舍楼。小蔺又慌乱，又幸福，又不知所措。他忽然意识到，应该跟老蔺聊聊了。不过他可以想到老蔺的反应，那种涂抹了全身的不着调的感觉，老蔺也真的就是这样回应的。

“我都奔六十去的人了，”老蔺说，“你也该成家立业了，我总不能拖累你吧？”

小蔺当然知道自己该成家立业了，这样的想法从未如此清晰过，何况美菡刚刚还说，希望能住两个人的房间。这太正常不过了，甚至颇为美好，可他一想到随之扑面而来的种种不易，就本能地感觉需要来几次深呼吸。他没跟她详细说过家里的事，只是简单地告诉她，母亲去世多年，父亲身体还好——应该不只是“还好”，眼前的老蔺正盘腿坐在沙发上，端着手机，脸色好得很。是啊，老蔺的春天已来临，不过他的也来了。

“听说叫美菡，是吧？回头一起吃个饭。”

“那你呢？”又沉默了一阵，小蔺终于说，“跟那个老太太，也吃个饭？”

“刚五十，什么老太太！”老蔺同情地看着小蔺，“就你这武艺，还追小姑娘？”

又来了。又来了。刚才老蔺一开口就稳稳地占据了制高点，敢情他是为了不拖累儿子，才先跟老蔡好上了；现在呢，他又感慨小蔺不懂女人，至少不懂如何追女人。在这熟悉的不着调的气氛中，小蔺猝不及防地看清了两人之间的病灶。不是他不肯沟通，也不是没话讲，而是老蔺说话的姿态让他不舒服。他都二十多岁了，老蔺还固执地把他当个孩子，孩子的问题都不成问题，难处也并非难处，只要老子肯出马一切都能迎刃而解。所以老蔺说什么都是居高临下，那种恨铁不成钢的神情让他窒息。

可老蔺自己呢？小蔺想，他跟大多数平凡的父亲一样，平凡到并不能给孩子更多，连可行的建议都很少。他总能讲得一套一套的，什么都洞察，什么都明白，仿佛给他一个国家他都能治理好。

“我想自己租个房子。”小蔺说。

“钱够不够啊？”老蔺胸有成竹地看过来。

这绝对是有意的。小蔺气得简直要笑出声了。他认真地看着老蔺，摇了摇头。这个回答让老蔺很满意，一切都在他预料之中。

“押一付三，得两千多，我这就给你。”老蔺说，“凑个整吧，正花钱的时候。”

小蔺的手机响了，老蔺的手机也响了。小蔺低下头，屏幕上那个收款按钮很扎眼，怎么看都是老蔺不着调的笑脸。他放下了手机，看着老蔺，也不着调地笑起来。

“我不是问你要钱的，你也没什么钱，留着用吧，正花钱的时候。”

老蔺的笑肉眼可见地融化了，黏糊糊地挂在脸上，像白白胖胖的毛毛虫。小蔺不动声色地加上一句：“钱，我自己能解决，我就是和你说一声，房子看好了，明后天就搬走。”

小蔺起身走进房间，脑袋里喊杀声四起，他从没这样跟老蔺说过话，他快撑不住了，得赶紧躲开缓一缓。他完全被自己震撼了，顾不上想租房的钱从哪儿来。管他呢，办法总比困难多，大不了把电脑卖了，以后文章用手机写，再不济还能用手写，纸笔花不了几个钱，将来成名了手稿还能升值呢。他迫不及待地搜各种租房信息，热烈地跟中介们讨价还价，直到门被推开，老蔺突兀地站在那里，身体仿佛刚被挤压过，像一张斑驳的门神画。

“你不是借了网贷吧？”老蔺明显有些慌张了，“那可是无底洞！抖音都说了……”

“没有。”

“那你哪儿来的钱？”

“自己挣的，不犯法。”

“你们才认识多久，这就住一块儿了？”

小蔺已经把房租砍到了四百块，不到四十平方米，但也足够了。至于老蔺关心的那些，小蔺觉得属于另一个世界，跟他没有关系。是啊，没有关系的。老蔺絮絮叨叨讲着，但说了什么小蔺都听不见，也不必去听。老蔺的知识结构比较单一，基本上来自抖音，难得他还如此自信，就像前些年他帮老孙们答疑断案，无非是看过无数期的《今日说法》。老蔺当然不会知道，小蔺就给不少抖音号投稿，写的还是专给中老年男人洗脑的文案——效果还不错，因为老蔺就是个绝佳的研究样本。

“那个——”老蔺的声音有些飘，身子也摇摇欲坠，他扶住了门框，好让自己不被风吹跑，“避孕套，知道怎么用吧？”

“不太熟练。”小蔺一本正经地说，“我去抖音上看看，应该有教程。”

小蔺在黎明前离开，老蔺躺在客厅的沙发床上，似睡非睡，鼻息很沉重。出门时，小蔺步子慢了一拍，他还是想说几句话；老蔺的呼吸也顿住了，像是有坐起来的意思，他应该也想说话，在那漫长的两三秒钟里，父子俩都没有开口——开口又能怎样？刚刚过去的那个晚上，大概是他们最近说话最多的一次，可结果不也是毫无结果吗？小蔺想，原来他和老蔺就像两辆迎面驶来的车，只能擦肩而过，都不敢停下，否则就成了车祸现场。

老蔺租的房子在三区，对应的是第三村民组安置房，小蔺谈妥的房子在八区，正好跟三区一东一西，中间就是景区，南北都是大片工地，据说要建成省城周边最高档的别墅群。按照老蔺和老孙的说法，只要别墅卖得好，别说员工比游客多，就是一个游客都没有，景区也能撑下去。不过这一切跟小蔺无关，别墅距离他还很遥远，他现在满脑子都是八区那个顶层的四十平方米。上一个租户是卖胡辣汤的夫妻俩，据说生意越做越好，把父母叫来帮工，另租了两室一厅住。这也是打动小蔺的原因，谁不想沾沾彩头？他特意去那家店里吃了早饭，老板夫妇算账盛汤，两个老人炸油条和鸡蛋布袋，吃饭的人不少，喇叭里“收款××元”响个不停。胡辣汤四块，鸡蛋布袋四块，一顿早饭花了小蔺八块钱，如果两个人的话，就得十几块了。不过要是住在一起，他和美菡可以一天三顿都去景区食堂，偶尔再出来解解馋。但这样一来，不免会跟老蔺和老蔡碰面；其实也无所谓，套一句他经常在文章里引用的话：只要自己不尴尬，尴尬的就是别人。那就让他们尴尬去吧。

景区的演出上午十点开始，小蔺得去当观众托儿，他特意跟大郎请假，大郎满口答应，还说要是忙下午也不用去，“反……反……反正没几个来看戏的，赶……赶……赶紧删稿子。”美菡到的时候，小蔺正在灰头土脸地收拾，身上也弄得脏兮兮的。她怔怔地四处看，像一只受到惊吓的小老鼠。在得到确认之后，她忽然哭了起来。

“真的，我做梦都想有个自己的房间，”美菡哭着说，“哪怕是租来的。”

下午的演出是两点，得提前化妆进场，美菡舍不得走，一直忙活到一点半。她手脚比小蔺利索得多，大概是从小就干活儿的缘故。她上面有个哥哥，下面有个弟弟，能读个职专学门手艺已经算幸运了，尽管电子商务这手艺可能一辈子也用不上。

“跟我一般大的小姐妹，差不多都结婚有孩子了。”美菡告诉他，“小两口在城里打工，孩子让老人看着，日子过得也挺好的。”

“是挺好的。”小蔺提醒她，“不过你真的该走了，误了场就麻烦了。”

“她们要是知道了，该多羡慕我啊！”临走时，美菡拉住他，真诚地亲了他一下。

小蔺忙得像个陀螺，他再也不想离开这个房间了，今晚就要住在这里。他也没什么家当可搬，一台电脑，铺的盖的，一辆三轮车就装下了。老蔺不在，应该是在演樵夫或者家丁。关门之际，小蔺甚至没有想到回头看上一眼就匆匆离开，像是医生不假思索地剪断了婴儿的脐带。美菡的东西更少，一个双肩包，一个拉杆箱，拉杆上拴着一个塑料袋，里面是脸盆和洗漱用具。小蔺在她楼下等着，她朝他奔跑过来时，整个宿舍楼都沉默起来，一定有很多双眼睛在看着他们，直到他们走入夜色，如同一艘船静悄悄沉入海底。

第二天在景区，小蔺并没有遇到什么尴尬，其实他已经做好准备了。接下来的几天里，他有好几次看到了老蔺，两人远远地相互看着，脸上都带着客气的笑。等走近了，老蔺会问他忙不忙，有空吃个饭，或者是要降温了，记得添衣服，或者是大郎那稿子赶紧催，最后总会问他钱够花不够。小蔺搭着话寒暄，表示钱够用，等月底发了工资就请老蔺吃饭。如果说他们跟平常有不同的地方，除了两人的话多了，小蔺还下意识地挺了挺腰背，让自己看上去如沐春风。

这天在“水晶宫”散了场，小蔺急着赶美菡的演出，他带头往外走，几个观众稀稀拉拉跟在后边。刚走出剧场，“黑鱼怪”老孙蓦地拦住小蔺的去路，张口就问他：“你爸中午的事，你知道不知道?”

老蔺的事说大不大，起因是老蔡。保洁班组里有个老张，也是想跟老蔡套近乎的“分母”之一，眼看老蔺得了手，自然心里不痛快，发之于心形之于外，跟老蔺干了一架。俩老头本不打算真干架，都等着看热闹的来劝，不料老蔺入戏快，嘴皮子也溜，说得老张不真动手就说过不去了。老蔺嘴上占了便宜，肩膀被老张推了一把，当即顺势躺倒，四处摸着找速效救心丸。老张虽然只做保洁，但整天见人演出受过熏陶，当即也躺了下去。众人七手八脚扶起二老，笑着劝了半天，俩老头马上见好就收，老蔺继续去演他的家丁，老张还是做保洁。

“您想跟我说什么？”小蔺有些疑惑，“我爸真没事吧？”

“听大爷的，有空去看看你爸。”见小蔺还是不上钩，老孙只好把话挑明，“你爸跟老蔡的事，你什么打算？”

原来这才是重点。老蔺架都干了，等于公开表白，只要老蔡不拒绝，老蔺就得一条道走下去。老孙显然是受老蔺指使，来探一探小蔺的态度。他早料到会面对这个话题，也早有准备，只是没有想到面对的是老孙。对手变了，备好的套路也就没法用了，简单地说，又掉进老蔺挖的坑里了。小蔺一时又好气又好笑，他仿佛看见了老蔺狡猾的不着调的笑脸。

“老蔡那人怎么样？”

“人不赖，不然还有老张跟你爸抢？”

“这事我得想想，想好了，我给我爸打电话。”小蔺说，“我得赶紧走了，还得赶场子当托儿呢！”

主剧场里观众比以往要多，看来那篇微信公众号文章刺激了老板，景区又是团购又是优惠，拼了命想拉拉人气。到了选妻一节，那个女人高声道：“冯氏女退，曹氏女出。”

“曹氏女”就是美菡。小蔺已经站在约好的位置，美菡一身少女汉服出现在高光之中。时间只有三十秒，她得在这三十秒里做出各种动作，向众多的眼睛展示自己的四肢腰臀。在她之前已经有五个了，在她之后还有两个，最终的胜出者就是“冯氏女”朱蕊。剧本早就写好，而且演过了无数次，这是一次她注定失败的展示。但在小蔺眼里，她的一切都是那么美好，不只是因为这短短的三十秒只为了他。在最后的几秒钟里，她完全转向了小蔺，热气腾腾地朝他笑，根本不像是一个明知即将被淘汰出局的少女。小蔺的掌声恰到好处地响起来，可惜身边被他带动的观众并不多，这让他多少显得有些另类。

“你就为这个不开心呀？”美菡把挑选好的上海青装进塑料袋，悄悄对他说，“你的掌声我听得可清楚了，真的。”

“姑娘，都像你这么能挑，我们干脆不要做生意了。”结账的时候，菜摊老板无奈地摇着头，“小兄弟真好眼力，是个会过日子的。”

晚饭是美菡做的，肉沫儿上海青，西红柿炒鸡蛋，自家蒸的馒头。是的，她会蒸馒头。她从小就做饭，做一大家子的饭，说不上多好，至少可以熟练地做熟了。吃完饭，碗也是她洗的，她习惯了在家里忙忙碌碌的节奏。这几天，她已经里里外外打扫了好几遍，地板是跪在地上一点点抠干净的。小蔺母亲在世时算是能干的了，却也没见她这样打扫过，这简直刷新了小蔺的“三观”。等那笔钱到了，一定买一台电视，小蔺想，快入冬了，不能总像现在这样用散步打发饭后时间。

“蔡阿姨找我了。”美菡挽着他的胳膊，边走边说，“听她说，你帮了大郎很大的忙，你爸爸可有面子了——”

“你觉得她人怎么样？”小蔺问她。

“跟我一个县的，还是老乡呢！”美菡挽得更紧了，小心翼翼地继续，“人挺利索的，说最近咱们一起吃个饭，让我跟你好好说。”

“你说呢？”

小蔺知道她肯定会说“我都听你的”，她也的确这么回答了。他把这顿传说中酝酿了许久的饭安排在了周日晚上。晚饭可长可短，聊得来的话吃喝到半夜也行，话不投机拂袖而去也正常。不过小蔺想，有美菡和她那位老乡在，场面应该不会太尴尬。更重要的是，周日前那笔钱就会到了，他打算给老蔺买个手环，能测心率能报警的那种，速效救心丸吓吓老张就够了，最好用不上。至于给老蔡的礼物，就让美菡想吧。

“我最近得了笔稿费。”小蔺郑重地说，“两千块钱，你想买点什么？”

其实也不能叫稿费，是景区发的奖金，一共五千块钱，交房租的三千是借大闯的，得先还给他。大闯和小蔺在大学时住一个宿舍，那年宿舍失火，大闯喝多了叫不醒，是小蔺把他背出来的。大闯跟人合伙开了家文化公司，经营好几个微信公众号，那篇惹火了景区老板的微信公众号文章就是他写的。前不久同学聚会，小蔺无意中说了些景区的事，大闯听者有心，马上闭门攒了篇文章，还让他拍几张照片，他稀里糊涂还真就拍了。等他见到文章，腿肚子都转了筋。景区有问题不假，员工也的确比游客少，可人家也养活了那么多人呢。老蔺、美菡，再加上老蔡，跟他关系最近的不都靠景区吃饭吗？吃景区的饭，不便再砸景区的锅。他赶紧给大闯打电话，大闯倒也不瞒他，笑嘻嘻直说是想薅景区一把羊毛，等羊毛到手不会忘了老同学。他听了更狼狈，把当年背大闯逃命的事又搬出来，大闯沉默半天，答应三天后撤稿，起码挣些流量好完成绩效。那三天，小蔺过得水深火热，好在稿子还是撤了，从老板到大郎无不满意。老板见备好的预算没用，就奖了小蔺五千块钱，还打算招他入伙，搞搞宣传公关业务。这消息是大郎说的，他还约小蔺吃饭致谢："带……带……带上小弟妹一起，说……说……说转签约的事。"

大郎在"枪王之王"烧烤店请的客，小蔺和美菡到的时候，桌上已经摆了不少烤串，大郎一如往常的面容愁苦，拿出一瓶白酒，非要小蔺喝两杯。三杯酒落了肚，大郎主动提到美菡转签约演员的事。按他的说法，转签约没问题，就是"冯氏女"一时半会儿还安排不上，也就没有那一天露两次的补助了。

"老……老……老……老弟你多理解，老……老……老……老哥我也有难言之隐的，"大郎脸喝得红扑扑的，下意识地扫了一眼美菡，继续说，"那……那……那个小朱，干……干……干得也挺好，下……下……下个月，再……再……再找机会让小弟妹上。"

出乎大郎预料，美菡跟没听到一样，小蔺甚至说起了别的话题。其实对美菡来说，转签约的意义在于可以住进四人宿舍，可以有机会演“冯氏女”，可以每天多拿五十块钱补助。现在她已经住上了两个人的房间，而且她也很清楚，小蔺并不想她也光溜溜那几秒钟。大郎当然猜不到小情侣的心思，还以为是他们在表达不满，毕竟小蔺帮忙删了稿子，他却连个“冯氏女”都搞不定。他的面容更加愁苦，把谢意和歉意都喝进酒里，结束时连走路都不利索了。小蔺和美菡要送他，他又坚决不让，说有人来接，催他俩先走。美菡拉着小蔺离开，却不走远，就在一旁远远看着。果然，他俩刚刚走开不久，朱蕊就过来了，扶着大郎离去。

“看见了吧？”美菡意味深长地看着小蔺，“真有人接呢，说不定早等着了。”

小蔺看着他们的背影，两人贴得很紧，像是长在一起。他感到无比尴尬，不是由于窥视到了他人的秘密，而是自己跟美菡走在一起，肯定也是这个样子。

“朱蕊早就不在宿舍住了。”美菡继续兴致勃勃地揭发，“谁都知道她跟谁住，她自己还非说是跟女老乡合租。”

不，这是不一样的，小蔺想，美菡跟他好是因为她想，朱蕊跟大郎好，则是大郎能让她转签约演“冯氏女”。可这么一来，他似乎连大郎也不如了，大郎还能给自己的女人带来踏踏实实的好处，他只能租一间四十平方米的屋子，顿顿吃上海青。而美菡住进来的第一个晚上，就把自己的积蓄都拿了出来，一共八千块钱。这让小蔺又吃惊又羞愧。她每月工资一千多点，一年工夫居然攒了这么多。他还打趣说自己傍了个小富婆，惹得她不好意思地抿嘴笑。好在他如今也看到希望了，领奖金的时候，管人事的人果然问了他有没有入职的想法。

奖金到手，小蔺还了三千给大闯，又按计划买了两个大件：一个是给老蔺的手环，花了他两百多块钱；另一个是给美菡的电视，花了五百多。两个大件周日前都到了，美菡自然是开心得不行，拉着小蔺看了一通宵的恋爱综艺。第二天早上，两人都起晚了，来不及再做饭，就去那家夫妻店喝了胡辣汤，合吃了一个鸡蛋布袋。小蔺吃得不太饱，但想到晚上就要跟老蔺和老蔡吃饭，中午还有免费大锅菜和馒头，省几块钱并不是坏事，蚊子腿上也有肉的。下午，他在“遇仙山”当托儿，跟樵夫老蔺碰了面，虽然还是寥寥数语，但两人都看出了对方的激动。

“晚上我请客，不许你抢。”老蔺说，“就在‘枪王之王’，包间我都订好了。”

“演出结束了就去。”小蔺还想说准备了礼物，不光有给老蔺的手环，美菡还买了护肤品给老蔡。不过没等他酝酿好，老蔺推说要赶场演家丁，忙不迭溜了。小蔺不觉一笑，也忙不迭去了主剧场。不光是激动，两人还都有些不好意思，再过两三个小时，就该吃这顿筹划已久的饭了，他们各自的女人也即将正式介绍亮相。

主剧场里居然人头攒动，让小蔺怀疑走错了地方。几乎都是母校的师弟师妹，他问了一个师弟，说是学校和景区搞合作，学生免费逛景区，要求写文章拍照发朋友圈，点赞量最高的几个还会得到文创纪念品。

“师兄是在这儿上班？”见小蔺点头，师弟又问，“工资待遇怎么样？加班不？管不管吃住？有没有五险一金？”

师弟的声音有点儿大，旁边几个男女生都围过来，七嘴八舌提出各种问题，还纷纷要加小蔺好友，估计他们上课都没这么踊跃。小蔺镇定地胡诌了几句，演出总算开始了。再拖下去就该露馅了，小蔺有些惭愧，其实除了大锅菜，他并不比他们了解得更多。

手机响了，有一条新的微信，是刚加的一个师妹发的。师妹的微信名很长，繁体字混搭各种字符，不过真名却很接地气，叫刘琳。她一口气发来好几条，有文字有图片，也有会动的表情，大意是向优秀的师兄学习，将来打算到这里实习，请师兄多关照。小蔺回复了几个握手的表情。很快，一连串跟感谢有关的表情出现在屏幕上，动个不停。

小蔺现在的人设是管理人员，还得是有一定话语权的，至少是大郎的级别，也就不能像往常一样露骨地给观众带节奏，他需要矜持。到了“少爷选妻”，八个女孩子依次出现在高光里，师弟师妹们应该没有见过这样的场面，没有任何修饰的选与被选、挑与被挑，就这么生猛香艳地出现在他们眼前。大概女演员们也很少碰到这么多观众，动作都有些夸大变形，竭力展示着四肢腰臀，向那个从未出场的“少爷”证明自己的审美和生育价值。第六个是美菡，小蔺蓦地发现她脸色很难看，全然没有以前的顾盼神飞，她的表演倒无可挑剔，在短短三十秒里做完了所有动作。忽然间，小蔺感觉到异样。一开始，男生们都举着手机屏息拍照，不时发出一两声惊呼，但接踵而至的是女生们小声的议论，男生们也尴尬地放下手机。议论声越来越大，台上的人还以为自己的表演哪里不够好，更加卖力和投入。

一个师妹突然小声叫了起来："这都什么呀?"

小蔺愕然地扭脸看去。说话的女生就在身边，映着暗弱的光亮，看得见她脸色通红。更多的声音响起来了，女生们交头接耳，他闻到了被冒犯之后愤怒的味道。小刘师妹的微信不期而至，还有几个愤怒的表情：太过分了！大清不是已经亡了吗?

小蔺有些蒙，也有些哭笑不得，一场演出而已，他看了那么多次，从来没想过这跟大清还能有什么关系——年轻的师妹们显然不这样认为，议论声还在继续，演出也在继续。声音配乐都是事先录制好的，齿轮般咬合得分秒不差，不会因为她们的叽叽喳喳就停下来，直到那个女人一锤定音地宣布："冯氏女出，众家女退!"

然而高光里的却是美菡。她挡住了朱蕊，牢牢地站在那里，不管不顾地嚷着："凭什么要我退？我就不退！我们活该就被你挑来挑去的？你出来我瞧瞧!"

小蔺晕头转向，眼前的美菡和她的声音火车似的轰隆隆迎面而来，他根本躲不开。灯全亮了，舞台上乱成一团，两个工作人员冲上台抓住美菡，她用力挣扎——配乐喜气洋洋，这本该是"冯氏女"裸着背裹上喜服，观众们掌声如雷的时刻。小蔺朝台上挤，一边挤一边叫着"美菡"。他的师弟师妹们在短暂的沉默之后，开始有节奏地喊叫鼓掌，让工作人员放开手，给美菡喝彩。

整个剧场比之前任何时候都更像个剧场。

等老蔺和老蔡赶到“枪王之王”烧烤店，小蔺和美菡已经在了。因为走得急，老蔺、老蔡还穿着演出服，像穿着情侣装。最近景区上新节目，从伙夫、保洁、水电工里选了一些人，培训跳集体舞，每天闭园时欢送游客。老蔺本不在其中，他担心有老张之流对老蔡心怀不轨，托大郎帮忙才混了进去。

“没人为难你吧?”老蔡提心吊胆地问，“大郎怎么说?”

这事跟大郎其实没关系，他也是受害者。签约演员里有个演薛氏女的李笑，一直想顶掉朱蕊演冯氏女，不料朱蕊还在却又杀出来个美菡，李笑知道她俩的后台都是大郎，就越过了大郎，跟他的上司西门有了来往。西门是景区演艺部的一个主管，比大郎级别高，有了西门撑腰，李笑就没再客气。朱蕊外强中干，一副花拳绣腿打不过李笑，美菡则是遇强更强，演出前跟她戗了一架，上台时又被她故意绊倒，实在气不过才即兴发挥了一出戏。

“她还说了，少爷选妻其实就是西门选妻。”美菡冷笑两声，“我倒要看看，那西门少爷在哪儿呢，敢不敢出来走两步?”

“他不敢!”老蔡斩钉截铁地说，“他没这个秉气!”

这顿饭一直吃到很晚，其间主要是老蔡和美菡在聊，基本没有老蔺、小蔺说话的机会，顶多不痛不痒地插上几句。那气氛不像是父子俩引见各自的女人，倒像是母女在介绍各自的夫婿。完全颠倒了，小蔺笑着想，不过这样也挺好。

离开烧烤店，老蔺和老蔡去三区，小蔺和美菡去八区，正好一东一西。美食街上人声喧嚷，可能有人正拿下午的演出当谈资。美菡挽着小蔺往八区走，两人脸上都带着笑。景区的处理结果还没出来，大不了美菡丢了饭碗，他丢了还没到手的饭碗。不过老蔺认为起因是李笑和西门，再说小蔺刚给景区做了贡献，估计美菡也不至于真就失了业——景区那么大，老板要发愁的事那么多，还能跟一个小演员过不去？

“别看你爸没说什么。”美菡说，“刚才出来的时候，蔡阿姨说他可高兴了。”

“两百多呢！他可没给我买过。”

“谁说的？”她挽紧了小蔺，笑起来，“咱俩租房的第一天，他就让蔡阿姨找着我，给了我三千块钱交房租，还再三嘱咐不让跟你说。”

美菡那八千块钱里，有老蔺的三千。其实这事小蔺知道。老蔺跟他交过底，如果美菡跟他说了实话，就是真心跟他好。不过小蔺觉得无所谓，她说不说这三千块钱，都没有据为已有，不是全拿出来了嘛！老蔺总这么不着调，还想拿这个试探美菡，估计又是从短视频里看来的伎俩。

“怎么不说话了？”美菡哧哧地笑了，“也真有意思啊，平时你说话没完没了的，怎么跟你爸一见面，你俩都不说话了？”

小蔺好像又听到了《北国之春》。他也忍不住笑了，想，不，并不是。

（选自《人民文学》2023年第2期）

乌鸦

赵大河

事后回想起来，那时候可怕的事已经发生了。当时我什么也不知道。贾长安踏进我们院子时还摸摸我的头，掏给我一颗大白兔奶糖。他口袋里总有糖果。他的手白皙修长，一点儿也不像经常劳动的手。他说那是弹钢琴的手。那时候我没见过钢琴，也不知道弹钢琴的手长什么样，但听他的口气，弹钢琴的手非同一般，令人羡慕。进到院子里，他抬头往上看。院中一棵高大的梧桐树，梧桐花开得正盛，遮住半个天空。紫色粉色的梧桐花一团团一簇簇，云霞一般，闪闪放光。他看了好一会儿。母亲在洗衣服，和他打招呼，他没听见，或者说他听见了装作没听见。有啥好看的？母亲说。他往上指，说，瞧，有只乌鸦。我顺着他指的方向，果然看到一只乌鸦。乌鸦栖在很高的树枝上，呆头呆脑，在想心事。我相信乌鸦也有心事，至少这只乌鸦有心事。树上经常有乌鸦，没什么稀奇。他说他要将乌鸦赶走。说话间，他就开始行动，捡起地上的石子朝乌鸦掷去。乌鸦被他打扰，并没有马上飞走，而是冷眼看着他，看他能把石子扔多高。

你赶乌鸦干吗？母亲并不赞成他驱赶乌鸦。他说乌鸦不吉利。母亲说，劳动模范还迷信？贾长安的劳动模范可不是大队、乡里、县里、地区的模范，他是省里的模范。明天他就要去省城开会。因为他，我们大队所有人都感到光荣。他笑了一下，没说什么，继续驱赶乌鸦。这只乌鸦饱经沧桑，见过世面，不会轻易受惊。它蔑视贾长安，既不叫，也不换树枝。它只是警惕地看着他。哼哼，扔吧，看你能扔多高。贾长安扔的石子达不到那个高度。

墙角有根长竹竿，贾长安去拿过来打乌鸦。竹竿虽长，可是远远达不到乌鸦所在的高度。贾长安用竹竿打下来许多梧桐花。乌鸦看着贾长安敲打树枝，一动不动，稳若泰山。如果是别的鸟，早就飞走了。我捡起地上的梧桐花，母亲说梧桐花能吃。我把一朵梧桐花放嘴里，母亲笑着说，要蒸熟了才能吃。我让贾长安多打一点梧桐花。梧桐花很漂亮，我喜欢。他说等一会儿，他要先把乌鸦赶走。母亲说，干吗要和一只鸟过不去，它招你惹你了？

贾长安不听，继续和这只乌鸦较劲。石子掷不到，竹竿打不到，他就上树。梧桐树又高又大，爬上去可不容易。贾长安不愧是林场场长，爬树很有一套。他像猿猴一样灵活，手脚并用，几下子就爬上最大的树杈。他站到树杈上看乌鸦。乌鸦离他还很远。乌鸦也在看他。这只乌鸦还冲他叫了一声，嘎——

当时我既不理解贾长安，也不理解这只乌鸦。贾长安二十五岁，有两个孩子，但他风流倜傥，依然是我们大队最标致的男青年。他性格好，会来事儿，嘴甜，所有人都喜欢他。他父亲曾是大队支书，修水库时摔死在工地上。那年贾长安十二岁，他是独子。村里人都觉得亏欠他。他长大后，大队支书让他当林场场长。很多人眼红这个职位，但叫贾长安当，大家都没意见。那年贾长安十八岁。他很胜任这项工作，尽心尽力，年年都是劳模。从村劳模到公社劳模，到县劳模，到地区劳模，到省劳模……越来越光荣。他头上的光环越来越大。他，贾长安，劳模，和乌鸦较劲，实在反常，太反常了。这只乌鸦也怪，像焊在树枝上似的。我从没见过哪只鸟具有这样的定力，之前没见过，之后也没见过。

母亲让我把竹竿递给贾长安。贾长安说不用，他要抓住这只乌鸦。我想，即使这是一只呆鸟，也不会站那儿不动等着让你抓吧。我倒要看看他怎么抓。他继续往上爬。母亲说，危险，危险，下来。他仿佛没听见。他又上一层，离乌鸦近一些，但是，仍然够不到。乌鸦警惕地盯着他。我在树下看到他和乌鸦说话。我听不清他说什么。乌鸦对他一点儿也不友好，冲他回敬一声，嘎——意思是，去你的。他愤怒了，又往上爬，一定要抓住这只死乌鸦。死乌鸦，你等着，看我怎么收拾你！

贾长安上到令人眩目的高度。他和乌鸦只有咫尺之遥，似乎伸手就能抓到乌鸦。树枝晃动。这下乌鸦也不淡定了。好吧，你来，我走。它拍拍翅膀飞起来，穿越粉紫云霞，飞到旁边的榆树上。它飞起来的时候又凶狠地叫一声，嘎——

非常奇怪，许多年过去，岁月抹去了太多的记忆，剩下的记忆也多有模糊，但乌鸦穿过梧桐花的画面却历久弥新，清晰得如同一幅刚刚诞生的水彩画。梧桐花，紫色粉色，云霞一般；乌鸦，黑色，幽灵一般；乌鸦翅膀扇动，云蒸霞蔚。紫色粉色氤氲漫漶，黑色翩翩起舞……母亲说这是一只老乌鸦，可老乌鸦穿越梧桐花时却敏捷得像小猫，它的翅膀甚至没沾上一粒花粉。

乌鸦乌鸦老乌鸦，
动作敏捷呱呱呱。

看着乌鸦飞走，贾长安大叫了一声，叫声很吓人。把他自己吓得快掉下来。

母亲大张着嘴，发不出声音。

贾长安又站稳了。

母亲生气了，催贾长安快下来，下来，下来！她可不愿这个冒失鬼摔死在我们家院子里。贾长安从来不是冒失鬼，只有这天看起来像冒失鬼。他没听到母亲的话。他专心致志地看着灿烂怒放的梧桐花，看得出神，迷醉。他忘乎所以，双手松开抓着的树枝，像走钢丝的杂耍艺人那样保持平衡。我和母亲的心都提到了嗓子眼，不敢发出一点声音，怕惊扰到他。

贾长安突然唱起了歌，歌声嘹亮。他一首接一首地唱。梧桐树是他的舞台，梧桐花是他的听众。他唱得梧桐花纷纷飘落。他手舞足蹈，边唱歌边揪下梧桐花撒下来，像天女散花。他唱的歌我就不列名了，是那个年代人人都会唱的歌。他若只是唱歌也还好，怕就怕他手舞足蹈。他胳膊一伸展，腿上一有动作，我们就吓得要死。他毕竟不是技艺高超的杂耍艺人，没有那么好的平衡能力。他有几次差点掉下来。母亲很生气，骂他是疯子，找死。贾长安回应母亲的是更为惊险的动作。母亲让我离梧桐树远一点，免得他掉下来砸住我。疯了，疯了。母亲说。

母亲已经不洗衣服了，不是洗完了，而是中途停下来。她的袖子挽得很高，她没把袖子放下，手还在滴水。她看着贾长安。在云霞般的桐花中，贾长安轻盈欲飞。我突然有个奇怪的想法，贾长安之所以不怕掉下来，他肯定能在下落的过程中生出翅膀，然后拍打拍打翅膀飞起来，飞向远方。他会飞得像乌鸦一样敏捷。我甚至盼着他掉下来，好验证我这怪想法。我目不转睛，怕一不留神他飞走了我却没看到。

（这段文字多少有些夸张，我清楚这一点。但是——要转折了——我是忠于感觉呢，还是忠于事实？事实上，不可能忠于事实，因为事实已湮没于时间的尘埃中，剩下不了什么。事实是根干枯的树枝，感觉则枝繁叶茂，一树繁花。瞧，我只能忠于感觉，否则我就无法写下去。怎么感觉就怎么写吧。哪怕这感觉是荒谬的，或者是虚假的，我都不管。原谅我吧，我只能听从自己的内心。）

贾长安正要下树时，乌鸦又叫一声，嘎——贾长安朝乌鸦叫的方向张望。乌鸦不在梧桐树上，它在大榆树上。我看到了这只老鸟，它躲在安全的地方故意挑衅：来呀，来抓我呀，你这笨蛋。母亲对这只乌鸦很生气，骂它，滚，别叫啦。贾长安从他的位置可能看不到乌鸦，他拨开树枝，冲乌鸦的方向说，你等着。

他用力摇动树枝，梧桐花飘落，缤纷一地。

我相信——更多是想象——如果在两棵树间拉一根钢索，他会让我把竹竿递给他，他以此保持平衡，踩着钢索过去抓乌鸦。瞧，他有这个勇气，或者，他看上去似乎有这个勇气——也许说鲁莽更准确。看他那样子，他可能连竹竿都不需要，他不怕掉下来。

他终于从树上滑下来，像壁虎一样灵活。一眨眼工夫，他就毫发无伤地站到了地面上。母亲说了他几句，话说得很重。我从没见过母亲这么生气。贾长安魂不守舍。他看着一地紫色粉色的梧桐花，突然没头没脑地说，找把斧子来，我把梧桐树放倒。为什么？母亲吃惊得张大嘴巴。贾长安说，把梧桐树放倒，就不会有乌鸦了。母亲坚决不同意。贾长安一意孤行。他到处找斧头。斧头在墙角。他看到了，过去拎起斧头，掂了掂，看是否称手，然后朝梧桐树走去。母亲看他不是开玩笑，斩钉截铁地说，我们家的树我做主，不放！我要让它长着，哪怕招来全世界的乌鸦我也不放。它还会招来凤凰呢。说最后一句时母亲的语气没那么坚定，但母亲捍卫梧桐树的决心并不因此而打折扣。贾长安仍执意要砍梧桐树。我们的树，他凭什么砍？即使我只有六七岁，我也知道这是说不过去的。他凭什么？我站到梧桐树前护住树，不让他砍。他粗暴地把我推开。他的劲儿好大，我差一点摔倒。我很生气，眼里含着泪，把手中紧紧攥着的大白兔奶糖砸到他身上。我才不要他的奶糖呢。他骂，小崽子，反了你。他的眼睛已经不是人的眼睛了，好可怕。

事情发展到这一步……母亲怒了，回屋拿出一杆长枪，制止贾长安的荒唐和疯狂。那时候母亲是大队民兵连连长，有枪。母亲大喝一声，贾长安！气壮山河一声喝，让我想到张飞在当阳桥头那一声喝。连环画中张飞手持丈八蛇矛骑着高头大马迎风而立的形象过目难忘。母亲此刻就是张飞，威风凛凛！我对母亲佩服得五体投地。贾长安——用现在的话说——吓尿了。他恐惧的样子令我终生难忘。他盯着黑洞洞的枪口，一下子从疯狂中清醒过来，脸色煞白，双目无神。斧头从手中滑脱，哐当一声。他腿一软就要跌倒，扶住门框才站稳。手，我看到他白皙修长的手紧紧抓着门框，那么白，那么长，那么有力。他的手指像铁爪。他注意到我在看他的手，就把手藏起来。手并不听他的话，又跳出来，他再次将手藏到身后。能看出来，他在和自己的手较量。手很倔强，想摆脱他的控制，想反抗，而他，不许手反抗。不许，老实点，别怪我镇压你。手岂肯善罢甘休，竭力造反。好吧，瞧我怎么收拾你。如果这时候递给他一把刀，足够锋利，我猜想，他会毫不迟疑地挥刀把自己的手砍下来。当然，他只能砍下一只手，另一只他是无论如何也不能自己砍下来的。没人能做到。他会求我帮忙吗？我不知道。如果他求我，我会拒绝。我可干不了这样的事。我不会干。

母亲只是吓唬他，阻止他砍树，没想到把他吓成这样。母亲觉得自己做得太过了，收起枪，想安慰贾长安几句。贾长安惊魂不定，后退着，踉踉跄跄出门，转身走了。

母亲看着贾长安的背影，疑惑不解。他今天怎么啦？母亲说。母亲不知道这时候可怕的事已经发生了。

再看榆树上，不知什么时候乌鸦也飞走了。

母亲和我捡起院中的梧桐花，泡到清水中。梧桐花在清水中特别鲜艳，每朵花都很可爱，急着让你看她的美。他平时不这样。母亲说。我也晓得贾长安平时不这样。平时不这样的人也会这样，我觉得很奇怪，我那时不知道可怕的事已发生，不知贾长安内心的波澜。当然我也不知道贾长安有情人。没人知道他有情人。我更不会想到两个小时后他竟然自己说出情人的名字。我小小年纪，完全理解不了“情人”这个神神秘秘怕见光的词。你如果告诉我，情人是一头怪兽，青面獠牙，口鼻喷火，我也会信。“情人”这个词是有气息的，你瞧，人们说到这个词时的表情，唉，真的难以描述，你懂的。没过多久，我靠着自己的悟性，从人们一鳞半爪的话语中，猜测“情人”是指不祥的女人，能带来死亡。（“情人”这个陌生的词是从哪里冒出来的？叙述秘密，也是叙述的秘密。向未来的一瞥。）

寂静极了。朵朵白云倒映在水中，梧桐花在云上绽放，使云彩也变得芳香起来。母亲将洗好的衣服晾到绳子上。一大群蚂蚁在朝大白兔奶糖进攻，还有许许多多蚂蚁络绎不绝地赶来支援……

突然，不知从什么地方传过来一声惊叫，打破了村庄的寂静。第一声我没听清，接着第二声传来，这次我听清楚了：贾长安出事了——母亲愣了一下，明白过来，把手中的衣服扔回盆子里，急忙跑出院子。我也跟出去。不用问，就知道该往哪里跑。人们从四面八方朝一个地方——大白果树——去。我们随大溜儿，也往那里跑。我的心跳得很快，咚咚咚，像擂鼓。远远地，我们就看到贾长安横在白果树下。

白果树是我们村的神树，逢年过节都要祭奠。这棵树至少有八百年历史，树干有三人合抱那么粗。家长们说树上有大蟒蛇，禁止小孩在树下玩。有一个传说，说几个小孩在树下玩“升天游戏”。一个小孩站到特定位置，身子会自然升起，其他小孩拍手叫道，升天了，升天了。这个小孩升到树干中间部位时又慢慢落下来，然后轮到别的小孩。家长说那是大蟒蛇要将小孩吸上去，一口气完不成，中间换气时小孩就落下来了。之后，小孩们再也不敢玩“升天游戏”了。

贾长安是从白果树上掉下来的吗？看上去是这样的。他为什么要到树上去？我抬头往上看，又看到那只老乌鸦。它像是被焊在树枝上，一动不动。这家伙，还是那么从容。老乌鸦并不觉得它做错了什么，冷冷地看着下面聚集的人群。贾长安没有明显的外伤。他嘴里往外冒着血沫。他还没死。我从大人们的腿缝中间看到贾长安的手。他的手死了。已经死了。死人的手，更长更白。我很害怕贾长安的死是从手开始的。死，从手往身体的深处进军，一会儿就会要他的命。有人喊，去叫大夫！有人喊，金菊呢？快去叫金菊！金菊是贾长安的老婆。贾长安张张嘴想说话。人群喧嚣，听不清他说什么。我知道贾长安快要死了。他的手已经死了，他也正在死去。母亲让大家安静，安静。她将耳朵凑上去。贾长安嘴唇嚅动，他嘴里涌出更多的血沫。他被血呛住，猛烈咳嗽，血喷溅出来。母亲没来得及躲开，身上被溅了许多血。贾长安头一歪，死了。有人问贾长安说了什么。母亲说，他说，蔡芬芬害了他。蔡芬芬？人们交头接耳，都在打听蔡芬芬是谁。没有人知道。怎么凭空冒出一个蔡芬芬？她是哪里人？她怎么会害了贾长安？大耳朵“噢”了一声，别的人以为他知道内情，向他打听，他却说他什么也不知道。大家不理他时，他又说，蔡芬芬是个女的吧，你们想。这回轮到大家“噢”了，并带着明显的轻蔑。我不明白大人们说话为什么遮遮掩掩，这么奇怪。突然人群躁动，有人大叫，不好了，不好了，金菊上吊啦——人们又像潮水一样拥向贾长安家。

我赶到时，金菊已被解下来，平放在地上。她面无血色，那根罪孽的绳子被丢在一旁，像条死蛇。有人说还不赶快抢救。母亲摇摇头，说人都硬了。显然不是刚上吊，也就是说，人早死了。

不知为什么，我当时不觉得死人可怕。我只是觉得神秘。金菊是一个勤劳的女人。头天我还看到她背一篓子青草从坝上下来，草很重，她身子佝偻成镰刀形，脊背与地面平行，背篓放在脊背上。今天她就成死人了。背篓放在屋檐下，两头大白猪已将青草吃完，在院墙边哼哼，还想吃东西。十几只鸡子都飞到了枣树上，老老实实蹲在树枝上。它们理解不了这个世界发生的事情。那个平时撒玉米粒喂它们的女人怎么啦？她为什么躺在地上？母亲让通讯员张小飞骑车子去公社报案。半小时后，两名警察骑着偏三轮“突突突”地来到村里。人们闪开一条道，让偏三轮开到贾长安家门口。偏三轮蹦一下停住了。两个警察跳下来，一个年长一个年轻。母亲上前给年长的警察介绍情况。年长的警察认识母亲，和母亲寒暄两句，回到正题，问，怎么死的？母亲说是吊死的。自杀还是他杀？母亲说不知道。

年长的警察经过一番勘验，说金菊不是上吊死的，她是被人掐死后伪装成上吊的。他指着金菊的脖子，让大家看上面的掐痕。我挤进去，也看到了。明显的是绳索的勒痕，勒痕下面隐隐约约有紫色的掐痕。他从肌肉的僵硬程度判断，金菊至少死有两个钟头了。也就是说，在贾长安到我们家之前，金菊已经死了。

人群里炸锅了，嗡嗡嗡议论起来。惊讶，感叹，愤怒……谁下的手？金菊是公认的好媳妇，和任何人都无冤无仇，竟然遭此毒手。人们念叨金菊的好，对杀人凶手咬牙切齿。警察询问谁最先发现的，她的家人在哪里，她有什么仇人，谁能提供线索，等等。

母亲对年长的警察说，还有一个，在大白果树下。年长的警察“哦”一声，吩咐年轻的警察保护现场，然后朝大白果树走去。他知道大白果树在哪儿。年长的警察姓曹，母亲叫他曹所长。

大家又潮水般往大白果树那里拥去。

贾长安还是刚死时的样子，没有人动过。他自己也不会动。曹所长嘴里骂了一句脏话。他不是针对某个人的。他皱了皱眉头。尽管是警察，他也不想一下子看到两具尸体。警察认识贾长安，他是劳动模范，在公社算是名人了。

他怎么死的？

摔死的。一个叫栓子的人说。他说他在草丛里拉屎，听到"嘭"一声，吓一跳，过来一看，是贾长安。他躺在地上抽搐，没死，可是——

什么时候？

没多会儿。

看到别的人了吗？

没有，栓子说，连个人影儿也没有。

贾长安，是摔死的，毫无异议，但是不是自杀不能确定。我说乌鸦，他是捉乌鸦摔死的。曹所长看看我，又看看树上。这时乌鸦不在树上，这只可恶的鸟不知道飞到哪里去了。曹所长问我，他为什么要捉乌鸦？我摇摇头。我不知道。这时有人说他大清早看到一只老乌鸦落在贾长安家的屋顶上，他还吐唾沫说晦气。我看着母亲，以为母亲会说贾长安爬到我们家梧桐树上捉乌鸦的事，但母亲没说。曹所长说乌鸦与此事无关。

曹所长嘱咐保护现场。年轻的警察在保护金菊的现场，这里，他就拜托母亲了。母亲是民兵连连长，配合警察也是义不容辞。一个村子一下子两个人非正常死亡，尤其是其中一个还是省劳模，曹所长要向公社领导和县公安局报告。村里没有电话，他要亲自回公社一趟。

母亲叫住曹所长，说，有句话……母亲欲言又止，后面的话像是被剪断了，曹所长耐心地等着。

什么话?

贾长安临死时说的。

嗯。

他说……蔡芬芬，是蔡芬芬害了他。

曹所长皱起眉头，看看周围，又看看树上，思考着。

还说别的了吗?

没有，母亲说，他就说这一句，说罢就死了。

有人嘟囔一句，说供销社有一个叫芬芬的，不知道是不是。就是！另一个人说。哪一个？第三个人问。扎辫子的，长辫子那个，辫子到屁股上……又一个知情人说。

曹所长让大家保密，谁也不许说出去，否则要法办。

人们噤声了。

曹所长回到公社就传唤了蔡芬芬。蔡芬芬一到派出所就知道坏事了。她不知道贾长安已死，为求从宽，竹筒倒豆般有啥说啥。她承认她是贾长安的情人，她想和贾长安结婚。曹所长说，贾长安有老婆，他怎么和你结婚？蔡芬芬说，我没让他杀人。曹所长严厉地盯着她，目光像刀子。我没让他杀人。她又重复两遍。

蔡芬芬被判无期，这是后话，按下不表。

蔡芬芬，狐狸精，
害罢别人害自己。

那天晚上，我相信再也没有人记得那只老乌鸦了，可我记得。不是我记得，是它让我记得。不管是睁眼还是闭眼，它都出现在我头脑里。它很黑，眼睛也是黑的，可是在黑夜里我仍然能看到它。因为它比黑夜更黑。它傻呆呆地蹲在黑暗的虚空里，看着我，眼睛贼亮。它还闯入我的梦中。乌鸦看到贾长安把他妻子掐死，吊到房梁上，伪造成上吊自杀。乌鸦叫，杀人啦，杀人啦——贾长安追着乌鸦跑，他要杀死乌鸦。乌鸦飞到梧桐树上，贾长安爬上梧桐树。乌鸦和贾长安在云霞般的梧桐花海中大战三百回合。梧桐花纷纷坠落。乌鸦战不过贾长安，飞到白果树上，向大蟒蛇求救。大蟒蛇答应帮助乌鸦。贾长安赶到白果树下，大蟒蛇从树上滑下来将他一口吞进肚中。所有人都以为贾长安是摔死的，其实他是被蟒蛇吃了。蟒蛇吞下他后，因为太笨重，无法爬上白果树，只好把他又吐出来。——现在我无法确定这些情节是我梦到的，还是半梦半醒时的胡思乱想。

贾长安是独子。他父亲死得早。他母亲要把贾长安和金菊葬到一起，金菊娘家人坚决反对，还大闹一场。不得已，只好把金菊葬进贾家祖坟，贾长安则埋到了乱葬坟。

这件事已经过去半个世纪了。我为什么突然想起把它写下来呢？盖因日前开车带母亲回老家一趟，有些事又触动了我。

我们那里出了一位大人物，新修一条路，人们称之为“某某大道”。这条路两旁的田地全部种上了油菜，清明前后，油菜花盛开，遍地金黄，连天空都被照得格外明亮。开车走在这条路上，就像走在画中。

我把车开得很慢，享受着故乡的风和芳香。接近村庄时，忽然看到油菜花中有十几个荒坟，其中一个坟头上站着一只鸟——乌鸦。我问母亲那是谁的坟，母亲说乱葬坟，谁知道是谁的坟。稍停，母亲说，嗯，好像是贾长安的坟吧。

贾长安，你记得吗？他把他老婆掐死，伪装成上吊，他自己不明不白死在白果树下。母亲说，就是这个季节，那时没有这些油菜花，但梧桐花正开着。

我记得贾长安要砍咱们院里的梧桐树……那时候，他已经把他老婆杀了。

他疯了，母亲说，那个女人也该枪毙，没有她撺掇，贾长安干不出那样的事。

那个女人叫——

蔡芬芬。

她长得好看吗？

好看啥，还没贾长安老婆好看。

那贾长安图啥哩？

谁知道呢，贾长安鬼迷心窍呗。我劝过他，他答应得可好，结果两人商量商量把金菊给杀了。母亲现在说起来，还耿耿于怀。

我想问问母亲是怎么劝的，转念一想，无非是陈明利害，劝他悬崖勒马。母亲是大队副支书兼民兵连连长，辈分也比贾长安高，说话肯定比较严厉，所以贾长安“答应得可好”。

贾长安临死时终于醒悟了。

醒悟什么？母亲哼了一声。

他说出了蔡芬芬。

那是我说的，母亲揭秘似的说，是我说的！

贾长安临死说……

他咕哝一下，什么也没说出来。

他没供出蔡芬芬？

没有。

是你说的？

我说的！母亲陷入往事的回忆中，她说，不能放过这个狐狸精，她把我们的劳模害了。

我们沉默了。我在想，在一桩可怕的罪行中两个人所扮演的角色。我更多地想到贾长安那天的反常行为，他与乌鸦过不去，又与梧桐树过不去。那时候，他已将妻子掐死了。他内心里到底翻腾着怎样的思绪呢？我无从得知。恐惧，或者懊悔，压垮了他。他想自杀。但他为什么来到我们家，仅仅是因为乌鸦吗？我在想，也许——只能是也许——母亲劝过他，他没有听母亲的，现在他后悔已经晚了，他走上了不归路……他来向母亲告别。或者，他是在表示懊悔，或者，他就是在梦游。当母亲用枪口对着他时，他惊醒过来，意识到自己将要被枪毙，恍惚间，他以为自己在刑场上，枪口将要射出子弹，结束他的生命。他恐惧的样子我记忆犹新。那是将死之人的恐惧，绝望之人的恐惧。

一个村出个省劳模可不容易。我说。

是啊，几十年就出这一个。母亲的语气中带着十二分的惋惜。

贾长安的两个孩子——

大的他奶奶养，小的送人了。

那个大的，叫贾文，和我同一年出生，我们在同一个学校。我每天都能看到他。他总是低着头，溜墙根走。我不记得他和谁说过话。哦，对了，同学们给他起了个绰号“乌鸦”。不过很少有人当面这样叫他。他后来呢？我完全不记得了。我问母亲，母亲说他现在在南阳当保安。

贾长安要是……母亲叹息一声，说，两个孩子会很有出息的。

是。

金菊多好的一个人啊，母亲说，你还吃过她的奶呢，记得吗？

我很诧异。

我完全不记得。

母亲说她那时工作忙，有一次带着民兵拉练要出去两天，就把我扔给金菊，金菊的奶水好，喂两个孩子没问题。

我想起见金菊最后一面时，她背着一大背篓草，腰弯得与地面平行，她的一对大乳房垂着，像两个沉甸甸的布袋，在胸前晃来晃去，触目惊心。

母亲又说，你当然不记得了，你那时才几个月大。

我突然感到一阵羞愧，是的，羞愧。这个女人，受害者，吃苦的人，沉默者，喂过我奶水的人，我竟然记不起她说过的任何一句话。

我又问起蔡芬芬。这个女人在我脑海中是一个模糊而怪异的形象，既愚蠢又邪恶，也许还很单纯。所有留辫子的姑娘都给我以单纯的印象，这没有道理，只是我的偏见。但，谁能躲过自己的偏见呢？

母亲说，她早出来了，回到蔡家村，听说经常坐在村边，像个傻子一样。她没有结婚，跟着她哥嫂过。

母亲又说，这条路能到蔡家村，如果往前走你就能看到她。

我并不想看到她现在的样子。如果能回到过去，我倒愿意看看她年轻时的样子。她不漂亮，怎么就魅惑了贾长安呢？或者，反过来说，贾长安怎么就迷上了她，竟至于要杀妻？她的魅力来自哪里？她……后悔吗？

在十几里远的地方就看到我们村庄的大白果树。近了，近了，它张开怀抱迎接我们。这是我们村庄的“迎客松”。

说话间，已经到我们村边。我打方向盘，驶上村中新修的水泥路。村庄面貌大变，比原来漂亮多了。学校还在原来的位置，上空飘扬着五星红旗。我又想起贾文溜墙边走路的样子。从主路往北边一拐，还是水泥路，我看到我们老院子里那棵高大的梧桐树，梧桐花开得正盛，云霞一般灿烂。

（选自《长城》2023 年第 2 期）

崖上

赵文辉

一

那是个带着秋天余韵、温和的星期天，我开着一辆手动自动一体的“大众朗逸”回崖上，一路上挂挡杆不得不长时间放在S位——我们叫它“努力爬坡挡”。这辆“大众朗逸”跟着我有些年头了，彼此真有点难分难舍，平时我就像对待自己孩子一样待它：日常保养都在4S店，前胎两年更换一次，没有去过小加油站加油。我最了不起的就是从不在车内抽烟，一个讨人烦、一天抽烟不低于六十支的资深烟民，能做到这样想想都骄傲。

过了十八盘，突然觉得头顶的天一下子大了，辽阔得无边无际，那种铺天盖地、没心没肺的蓝更是摄人心魄。再往前走，便是被称作全球最奇特公路之一的挂壁公路。当年老支书和我父亲等共十三人，穷得买不起炸药，他们就用铁锹、钢钎，硬是在悬崖上凿出了一条一千五百米长的石头路，如今人们习惯叫它“绝壁长廊”。父辈们当年修路时可没想到这里会成为AAAA级景区，更没想到镇里、县里、市里都在争抢这块宝地——从这里分一杯羹，竟成了历任领导的头等大事。

我把车停在停车场，跟背包客一起步行上山。刚才进景区大门的时候本想掏记者证又忽然改变了主意，于是打开副驾驶前方的储物箱，拿出村里和景区联合发放的通行证——只有本村居民才能享有这个权利。很显然，村里没有忘记我们这些在外打拼的崖上子弟，办通行证时也包括了我们，这份温暖我一直揣在心里。

十六岁那年，我从这里考上了豫北供销学校，成为村里人眼中的第一个“大学生”。当时的小中专生厉害得很，转城市户口，吃商品粮，分配工作。我记得风传最厉害的一个说法：这小子一毕业就会去镇供销社当主任。20世纪80年代的供销社可是个好地方，只有镇长、书记的子女才有资格去站柜台。

记得当时村支书来俺家道喜，牵来一只羊，说是送给我的路费。那一段时间，我家屋里堆满了山货，核桃、小米、柿饼、山药，还有几块大得离谱的何首乌。父亲见村支书牵着羊，吃了一惊，慌慌张张地要去打酒割肉。村支书也不谦让，大声冲他喊：“赵栓柱心太黑，掺水掺得太多！”父亲说：“我知道，咱不买他家的零酒，咱买整瓶的。”村里只有一个小卖铺，赵栓柱开的，独门生意，卖啥价钱基本上都是他说了算，一斤酒里他敢掺半斤水。村民喝过这酒反映不够劲儿，说水汽太重，淡得屁味儿没有。他不知从哪儿讨来一个偏方，用纱布包了一撮鸽子粪扔进酒坛里，把酒吊得一入口让人觉得挺有分量，结果半斤下肚，小风儿一吹，立刻头重脚轻，口干舌燥，浑身不舒服。崖上人都知道这个鬼把戏，但拿他也没办法。

父亲买了两瓶“诗仙太白”，他就是这么个人，见不得别人对他好，一激动就啥也不计较了。他没割着肉，就买回两瓶罐头，用抹布抹去上面那层厚厚的灰，商标才露出来：一瓶是豆豉鲮鱼，一瓶是卫辉产的鸡汁素肠。支书是个大嗓门，说：“咱未来的供销社赵主任今天也得入席，我可得提前巴结巴结你，到时候多给我批点碳酸氢铵。”我的脸腾一下红了。我第一次端酒杯，感觉像点了一团火扔进喉咙里。那天，支书和我父亲都喝高了，是支书的儿子——根子——拉着架子车把支书拉走的。我和娘把父亲抬到床上，他从来没喝过这么多，抱着头嗷嗷叫了一夜，可把我们吓坏了。天快亮时，娘不得不去请赤脚医生来给父亲打了两针，父亲才安静下来。若干年后，我跟这位医生聊起他当年那两针怎么那么管用，我父亲为什么一会儿就睡着不再喊头疼了，赤脚医生嘿嘿笑，告诉我：“一针止疼药，一针瞌睡药，我把药量都加大了，对付喝多酒的人不能轻手轻脚。”瞌睡药就是催眠药，崖上的土叫法。我不由得吸一口凉气，心说父亲命真够大。

根子与我从小就在一起玩。根子上学很用功，我俩读书在一个班，都是课代表。很长一段时间，他一直嫉妒我的勤奋，而我一直嫉妒他的意志：中考前那段关键日子，他一天只睡五六个小时；早上闹钟响半天都震不醒他，他想了一个办法——

睡前一次喝三碗白开水，愣是把自己憋醒。我俩的学习基础都太差，我算勉强考上了中专，他则名落孙山。我问他，打算复读不？他摇摇头，说他不是那块料，他爹已经给他找好了工作，去县里的三八招待所学厨师。

开学头一天晚上，我俩在崖边的岩石上谈心道别。我记得那晚的月亮大得像一个磨盘，伸手可触。月色以其无穷无尽的力量，向崖上倾注。时不时有几声鸟叫从谷底传上来，还有鸟儿翅膀拍打灌木的声音。两个男孩站在一起，不知道该说什么，也不知道应该做什么，只觉得忽然之间肩上沉甸甸的，让我们喘不过气来。“到学校给我写信，可别把我忘了。”根子拍了拍我的肩膀，我能感觉到他掌心的热度。

我没有食言，一到学校就给根子写了一封信，把在公园刚照的一张五寸彩照夹进信里，还学着其他同学的样子在信封背面写上“内有照片，勿折”几个字。根子很快给我回了信，说他在三八招待所跟的师父手艺十分了得，县长来了都点名让他师父上灶。他师父给了他一口淘汰下来的炒锅，还有几斤粗沙，让他每晚下班后练一个小时掂锅。收到根子第二封信的时候，根子说他会做炝锅面了，让我什么时候回去一定去三八招待所找他，他亲自做给我吃。信末，根子告诉我，他师父特别注重基本功训练，传授给他几句真经，他用稿纸抄下来贴在床头了，睡前醒来都要念三遍：练平常，不练非常，平常到家自是非常。

根子给我写信用的稿纸都带有“三八招待所”的笺头，底部还有地址和电话。

那年八月十五那天，我回老家一趟，见到了又胖又壮的根子，他穿着白色厨师服，戴着厨师帽，挺像那么回事。根子说，他师父对他可好了，撤下来的半只烧鸡不让别人动筷子，只留给他吃。征得师父同意后，他上灶给我做了一大盆肉丝炝锅面，炒肉时加了蒜黄，我还是第一次吃那玩意儿，最后我吃得一口汤都没剩。吃过饭，根子又领我去景区转了转，到处都是脖子上挂相机、手里拿着宣传相册的人，追着我们问照不照相。后来我俩心动了，为了证明我们是世界上最好的朋友，我们相互勾着肩膀，另一只手叉在自己腰上。

二

远远地，我就看见根子了，他站在红石峡的崖边冲我招手。

这次我之所以回来，是因为他打了几次电话要我回一趟村子。我问他有啥事，他不说，只是连声叹气："唉！我心里这疙瘩全指望你了——"从电话里我听出了他的纠结和苦闷。

我们这个村子建在悬崖上，地势险绝，隐蔽性很强，从外部看很难发现它。据说是东汉末年一个农民起义军首领，为了躲避官府追杀在此建了寨。一直到我考上中专那年，通往山外的还只有那条崖边小路，陡峭难行，稍不留神就可能坠入山谷。因为交通不便，山里盖房只能就地取材，村子上下是清一色的石头房，石基、石路、石磨、石碾，古老的风俗因此被顽强地留存下来。根子的"崖上人家"建在当年我俩谈心的地方，更是悬崖中的悬崖——石屋的根基，从崖边第一块石头开始砌起。往下瞅，万丈深渊，地理书上把它们叫作“大峡谷”。当年我拍了一幅《柿子红了》的照片，摘取中原摄影大赛桂冠后，引来了更多摄影爱好者来拍摄，硬是把这里带火了，“崖上人家”和挂壁公路成了景区两大支柱景点。

每次都是这样，走着走着，我就突然站在这里了，站在大峡谷边缘了。我真的无法不被它感染——整个大峡谷在我眼前一下打开，那么宽、那么深，巨大到深不见底。在峡谷的底部，只能看到模糊的白色瀑布。一种巨大的、无形的沉默瞬间包围了我，随着年龄的增长，生于斯长于斯的我，越来越被它的力量震撼和感动。南太行，把它最锦绣的一段风景赐给了崖上，赐给了我的父老乡亲。

根子还是老样子，不喜欢留长发，脖子以上部位被日光晒得红通通的，腰杆笔直，好多人都误以为他当过兵。他给我敬烟，河南产的“红旗渠（银河之光）”，这些年来他一直把这款五块钱一盒、被当地人称作“普渠”的香烟当作他的首选。即使几年前“崖上人家”客流如注，给他带来过意想不到的收入，他抽的也是这款香烟。

三八招待所倒闭后，根子回到了崖上，在生他养他的这方土地上安心农事，并不羞于成为一株坦诚的庄稼。他一边种地，一边养猪，从不羡慕别人家的日子，也不为身边任何赚钱的门路动心。老支书已经走了好些年，是修那条挂壁公路时出的事，到现在镇里、县里也没给个说法。根子也从没向政府提出过任何要求。他们一家人受人尊敬，是出了名的勤劳能干、藐视权贵的人家，从来不自视高人一头，也没觉得低人一肩。歉收的季节或养猪事业的低谷，根子会振作精神迎难而上；即使收成很好，毛猪卖出的价格叫人高兴得在地上翻跟头，他也要在卵石遍布的山地里耕种不辍。村里人不止一次看见他蹲在平平整整的田里，用小锄头拍打鸽子蛋一样大小的土坷垃，做到了一个庄稼人种地的极致。

那一年，景区刚刚起步，镇里要求关停所有养猪场。根子第一个响应，一口气把存栏的猪都处理了。他又干起了老本行，开办了景区第一家农家乐。当初来崖上的客人，一半冲着挂壁公路，一半冲着他家的炖土鸡——在山坡捡松子、吃青草的走地鸡，肉质鲜嫩紧致，有嚼头，出锅时上面铺着黄澄澄一汪鸡油。他在三八招待所学的手艺重新派上了用场，他感觉心里暖洋洋的。不少人家效仿他，不到一年时间，农家乐增加到了十几家。

那时的景区接待客人很真诚。客人中多数是采风的摄影爱好者和写生的画家，一住好些天。离开的时候，他们会问，住宿费、伙食费多少钱？崖上人一开始都不好意思收钱，自家的房子闲着也是闲着，又没少一块石头一片瓦！艺术家们主动数出几张钞票，山民一见慌得手足无措，说："使不得，使不得，一张就够了。"人家放下就走，山民们追出门往人家兜里塞，跟打架似的。艺术家们本来带的东西就不少，又爱挖个树根拾个石头什么的，山民们主动扛起那些画架啥的，一直把他们送到有进城的中巴车出现的地方。这种纯朴和厚道也极大地刺激了艺术家们的创作灵感，为崖上创作了一大批堪称经典的原生态作品。

“咋样?”我一边往院子里走，一边询问根子最近的生意。烟从根子的鼻孔里喷出来，汇入秋分时节清冷的空气中，他叹一口气，苦笑一下说：“你不都看见了?来时路上的车也不多吧?”

“可能还是受疫情的影响吧?”

“专家说疫情过后会有一波报复性出游，会把景区大门挤坏，我等了三年，‘报复’还是没有出现。”根子指着我来时的路说，“前几年游客多的时候，路上的人都迈不开脚，景区还会发布限流公告。你忘了有一回你带几个中专同学来玩，在门口排队排了一整天才进来。现在外省客人不让来，只剩本省的——原来三沟的生意少了两沟。”

我顺着根子的手势往下看，更遥远的地方，有几个背包客，仿佛一幅小小的铅笔素描上的人物。

那些年，我经历过游客汹涌的场面，也报道过崖上景区黄金周的收入业绩，数字惊人。可惜的是，崖上人没有好好珍惜。

三

一只白色田园犬跑出来，嗅嗅我的裤管又跑开了。正是柿子变红的季节，“崖上人家”屋前屋后栽了好几棵柿树，坠满了沉甸甸的“黄肚皮”，预告着一个北方的丰收年。屋前有一个劈木柴用的墩子，上面斧痕明显。木柴在自砌锅台的炉膛里熊熊燃烧，五层高的蒸笼冒着热气，馍香从笼子里散发出来。我以一个崖上正宗子弟的独特嗅觉断定，揉面时肯定加入了少量食用碱，香味才如此澎湃。根子的妻子新菊正在擀面条，她束着一条蓝花围裙，显得干净利落。“来了?”她跟我打招呼，手里的擀面杖并没有停下来。

新菊是个面部线条清晰的小个子女人，五十多岁的人了，还是一说话就笑，笑得十分真诚甜蜜，脸上会有片刻的羞红。从姑娘起一直陪伴她的波浪烫发头，见证了一个“60后”农家主妇的审美标准。这一瞬间，我忽然想起她和根子举办婚礼的场面，仿佛就在昨天：全村的小方桌集合齐了，摆满了院里院外，木柴在炉膛里噼啪作响，熊熊火苗舔着锅底，上面的笼格比今天的蒸笼还要高，里面蒸的是崖上举办红白喜事必备的著名“十大碗”。根子幸福得像头小猪似的。那年他才十八岁，是我的发小中结婚最早的，第二年他就当爹了。几个发小当时对他很有意见：自打结婚后，他天天围着媳妇转，喊他出来聚一回老费劲，就算出来，待一会儿就找个借口回家了。大家都说，根子拴在老婆的裤腰带上了。

当时我也感觉被冷落了。因为之前只要我一放假我俩几乎天天在一起，多少次在崖边谈心。十五六岁的我们拥有整个红石峡和这些神秘的山峦，拥有沉厚而动人的松涛和一夜之间红遍山脊的黄栌。我们还拥有对折了两次的《少女之心》手抄本，以及像衣兜一样空空荡荡的惆怅和对新鲜事物的热爱。更多的时候，我们在分享各自心中的女孩，其实都是单相思，却把各自的自作多情演绎得跟真的似的。根子“奔现”的速度太快了，他自己都有点措手不及。而今围着一块青石锻成的桌子坐下，根子端出两只盛满“菜叶”的藤筐问我：“今年新炒的决明子，还有蒲公英，喝哪个?”小时候我们瞅都不瞅一眼的东西，现在全成宝了，保健功能被神化了——仿佛喝上一杯，“三高”马上就能消失，让人不由得想起了杜甫那句“百年粗粝腐儒餐”。如今却掉了个儿：有钱人都在青睐粗粮糙饭。

我说：“蒲公英吧，听说这东西防癌。”

新菊把切成二细状的面条整齐地摆满锅排，怕风干用笼布蒙住。已经有三锅排面条摆在那里。

“中午有旅游团吧?”我知道零客吃不了这么多。

“一个五十人的星空露营团，导游说是个系列团，这是第一批团员，反复交代我们要把菜做好。”新菊不属于那种见人熟，不过跟朋友在一块久了也能打开话匣子，“现在的人可会玩了，舒舒服服的房子不住，非得钻帐篷，还要篝火狂欢、烧烤……变着法儿娱乐。”

根子笑一笑说：“人家这叫会享受，懂生活。”我忽然想起有一年根子来报社找我，一脸愁容。那是他俩结婚第七年，新菊死活要离婚。我问啥原因，根子摇摇头，说他伤害新菊了。我一愣，没想到七年之痒也会在这对山里夫妇身上应验。根子让我回去帮他调解，说：“发小几个，新菊最高看你了，说你是文化人，说话有方式。”我跟他回了一趟崖上，问清了原因。当年有人给根子介绍对象时问他有啥要求，他随口说了一句谦虚话：“没啥想法，只要下雨知道往家跑就中了。”差点没把媒人笑死。没想到十年后这句话传到了新菊耳里，她感到自己受了污辱。她还当着我的面指责根子是个榆木疙瘩，一点浪漫都不懂。

想起这段往事，我扑哧一声笑了，其实他俩不知道我笑什么。我看着锅排上的手工面，问：“几十号人，多费事，不是有专门卖的手工面？”

新菊用眼睛瞅一瞅根子，说：“你还不知道他是个啥人？丁是丁，卯是卯，一句瞎话不会说。上回这个导游带团来，俩人差点吵起来。导游拿着一个不知哪家饭店提供的菜单，说同样的餐标，人家整鸡整鱼，还有牛柳，问我们为啥不能按照这个菜谱做。”

“就是啊，那是为什么？”我把目光转向根子。

根子有点激动，脖子都红了。他说：“你知道他们给旅游团用的啥材料？我可没那个胆量，吃出问题后悔都来不及。还有，那是牛肉吗？袋子上写的就是牛味柳，你听听，啥是牛味柳？”

“人家导游不是说了嘛，客人吃过后还一边剔牙，一边夸这牛肉嫩，好吃。”新菊嘴上这么说着，可我看出她从心里还是支持根子的做法，“去年香菜卖到二十四元一斤，整个崖上的饭店休想找到一根，有用香葱代替的，也有用韭菜代替的，根子坚持用香菜，鸡汤、烩面、红烧鱼，他说不能换，一换就不是那回事了。唉，也没见一个客人叫好!”新菊叹了一口气，她的声音比往常更加丰润深沉。当年，新菊是崖上媳妇中唯一的高中生，订过好些年《妇女生活》《青年文摘》，她还知道“千里共婵娟”写的并不是爱情。

“我得给他们准备中午的饭菜了，咱俩今晚好好喝两杯，我有两瓶老尖庄都快放坏了。”根子挽起袖子，开始给几条鲤鱼改刀，切配团餐需要的材料。新菊给他打下手，她一只手总是按在后腰上，脸上偶尔会露出一丝少女时的妩媚。

太阳此刻照在我的脸上，太阳穴感到神奇的温暖。我说：“你们先忙着，我去村里随便转转。”

四

我熟悉崖上的每一个山坳，每一寸土地，还有遍布山头崖边的野花野草，我能个个叫出它们的名字：马泡、蒺藜、牛筋草、苍耳、泥胡菜。对了，还有长成天线状的马唐草。我见到了不少老街坊，还有玩耍的孩子们，从他们某个人的脸上我能一下子想起另一个人，我很惊讶村里有不少人家，三代都在使用同一张脸谱。他们的院前院后种满了正在努力卷芯的大白菜和纤细乖巧的青萝卜。柔软的红褐色泥土显然一锨一锨翻过了，大概是在等待过冬的葱苗。

散落在房前屋后的所有菜蔬都美得让人心动，拔起一棵萝卜，随便用山泉洗洗，咬一口，咔嚓咔嚓，那浓郁的萝卜味儿才是萝卜的本色。崖上的萝卜永远是这个品种，小巧，长不大，凉拌、热炒、剁饺子馅，都有一种坦诚而深刻的鲜味儿，不像超市里那些粗大得吓人的萝卜，要么啥味儿没有，要么辣得横冲直撞，让你怀疑人生。

我承认我喜欢崖上。有时候，我却又害怕回来，就像此刻一样，空气里有一种敌意的东西，我能感觉到一些看不见的力量阻挡着我前行。我希望绕过一家叫“太行明珠”的饭店——我的另一个发小亮子开的，他爹就是当年往零酒里狠命掺水的赵栓柱。我还害怕碰见一个叫“食堂”的远门老表，他是个木匠，长年累月收购旧房木头，做老式家具，每次见我就会谈起他的雕刻事业，要我帮他找找门路，申请办理一个“大国木匠”称号。他是个话痨，没有半个小时一个小时你就脱不了身。

还有后街的春生，当年的赤脚医生，见了我不但不打招呼，还把脸扭向一边。那一年他孙女患了白血病，来报社找我，一见面就跪下磕了三个头，把我吓一跳；要知道按街坊排辈分，平时我要称呼他叔的。之前村里有过一个白血病患者，家里困难得拿不出钱，牲口卖了，粮食卖了，几间破屋也要卖。跟我去采访的那个同事一边拍照一边掉泪，回去写了一个专版，又联系了电视台民生频道，效果出人意料得好：爱心捐款收到十几万元，市里一家医院提出免费住院，患者成功完成了骨髓移植手术。春生想走之前那户人家走过的路，谁知报道后反应平平，才收到两万多元的捐款。那几年类似的报道太多了，大家对献爱心都有点疲惫了。另外，先前那家的孩子是镇中心校的高才生，全县的教育系统都行动了，春生的孙女还是一个一岁多的婴儿。他家的摆设一看就是殷实人家，也没能唤起采访者的共鸣。春生一家为此很生气，坚决认为我没有用足劲儿，在敷衍他们。

从“崖上人家”出来，我选择了一条尽可能避开这几个人的小巷，打算去我家的老宅看看。前些年，母亲走得早，剩下父亲一人孤单地守着老屋。他不肯跟我去城里，说住不惯高层楼房。四姐提出来照顾父亲，顺便利用老屋开个小吃店。我一听连连点头，这可是个好主意。那几年旅游业正处于上升趋势，随便摆个冷饮摊都能赚钱。小吃店开张后生意还真不错，不到半年，投资就收回了，四姐豪壮地宣布：以后爹的生活费全由她负责。谁知后来却开不下去了。村里一个叫六子的二流子，吃了喝了抹嘴就走，每次都是那句话：“先记着吧。”次数多了，四姐就受不住了，大生意怕赔，小生意怕吃。有一回，四姐拽住他不让他走，说：“你记账十几回了，光说下回给，一分钱也不见影儿。”六子瞪着眼，很不满意地说：“这点钱，还不够我打一场麻将的输赢呢，还能不给你?!”四姐最后给他撂了话：“往后你别来赊账了。”六子记恨在心，一连几次喝点酒来闹事，掀桌子，摔板凳。还有一回已经打烊了，他在外面砸门，扯着嗓子喊：“你们家算个啥，别看出了个记者，也咋不了我!”

那一次六子真喝多了，不停地踹门，四姐说当时她觉得整个房子都在抖。她吓哭了。

六子的家族男丁旺盛，在崖上一直都很霸气，不少人家受过他们的欺负。我们家几代单传，爹又老实善良，从不与人红脸。我的性格也随爹，从来没把自己当回事，也没有学会利用记者身份去结网摆威风。人善有人欺，六子可能看透了我们的善良和不反抗，后来还是根子出面，才制服了这个无赖。根子带着四姐找到六子家，要他还钱。根子打小胆儿就正，好打抱不平，而且是个吃软不吃硬的脾气。他们家男丁也不少，他不怕六子。六子乖乖还了钱，临走，根子丢下一句话："小辉四姐就是我的四姐，往后你要再敢去捣乱，看我不一脚踢在你的蛋子上！"

每次回家，我都有意无意避开这些不想见的人。我们不得不当心自己生活过的地方，它们会说话。有一段时间，我喜欢松尾芭蕉的俳句，特别是那句"故乡啊，挨着碰着，都是带刺的花"，真是说到了我心坎里。这种用三小行字组成简单小画面就能抵达心扉的文体，还真不能小看了它。

五

手机响了，有些人你是躲都躲不掉的。每次回崖上，亮子总能在第一时间获悉并找到我。他戏称自己有特异功能，只要老同学的一只脚踏上崖上半步，他的耳朵就会自动跳三下。我知道他在胡咧咧。

亮子长了一对贼溜溜的小眼睛，活泼得吓人。用新菊的话说，鼻眼乱忽闪，一眨眼一个点子。我承认我不喜欢他，又无法摆脱他。他邀请我去他的饭店看看，说把原来的标间改成了民宿，想让我帮他指点指点，增加些文化氛围。我只得放弃了去老宅的打算，从小巷折回来。

亮子捏着一个湿漉漉的烟屁股在门口迎接我。他的饭店有一个十分响亮的名字：太行明珠。市书协主席题写的店名，我帮他求的字。亮子除了经营农家乐，还在朋友圈捎带卖山货，这两年又玩起了抖音，人模狗样地搞起了直播带货。

亮子天生就是一个生意人，这方面的细胞丰富得过剩。他的话你得好好琢磨，分不清哪一句是真的，哪一句是半真半假。要是你在他微信朋友圈看到这样一条消息：“有一个同学养牛的，噎死一头，已宰好净肉，需要了说一声，三十元一斤。”你一定要当心。还有类似的广告：“亲戚家养猪的，昨天猪打架打死一头，肉没毛病，低价处理。”你更要当心，他哪个亲戚家的猪也没打架。

当年我毕业分配到县棉麻公司，做了一个棉花检验员。一待就是好几年。后来棉麻公司倒闭，赶上市报社扩招采编人员，我考了个第六名。在棉麻公司家属院那几年，每年春节前亮子都来给我送粉条，我很感动。后来亮子说他家种的红薯不好卖，都下成粉条了，自家吃不完，不知道城里有人要没有。我说我问问邻居们，邻居们一听欢喜得不得了，说他们正发愁买不到纯正的红薯粉条呢。亮子一听，高兴得不行，说：“便宜给他们，保证比超市便宜。”亮子用奔马三轮拉来满满一车，一会儿就抢完了。没买到的邻居很失望，问他还有没有。亮子摇摇头说："家里就那几亩红薯，想吃，得等明年了。"

我私下里问亮子："你家里真的都没了？"

亮子冲我挤挤眼，说："这叫饥饿销售法，为明年打基础。"

第二年，还没到春节，邻居就有人问我："你那个同学家里还做粉条不？"我给亮子捎信儿，亮子又来了，又是一会儿车就空了。临走，他还是那句话："家里就那几亩红薯。"

我回家说给父亲听，父亲"呸"地吐了一口痰，说："亮子跟他爹一个德行，嘴里头没一句实话，他家一亩红薯都没种，他是从市里农贸市场批发的粉条，是不是红薯粉条谁也说不清。"后来各方面的信息涌过来，证实了父亲的话。亮子一冬天都在贩卖粉条，到哪个小区都是这一套。

我感觉叫人骗了，很生气，坚决不让亮子再来我们小区卖粉条。亮子是那种脸皮很厚的人，拒绝他他也不恼，照样往我家跑，每次还都是喝得说不清话了再走。要不就在我家沙发上打呼噜，脚臭味儿在客厅里缭绕，数日不绝。

在我们崖上，没几步就有一家饭店，每家门口都搁着一只网格状的鸡笼，养着十来只土鸡，用来招徕顾客。亮子站在鸡笼旁边，冲我呵呵笑："老同学，你可好长时间没回来了，我正打算去报社找你呢。"

我一眼看见了他身后三脚架上闪着红色信号灯的拍摄工具，厉声命令他关掉。这小子竟然想拿我做文章！亮子讪讪笑着，赶紧收好三脚架，说："不是故意的，刚才直播忘了关。"

由农家乐改造的民俗比以前简单的标间强多了，木材、石材、黄泥巴和藤条的大面积使用，使得整个环境散发出静谧舒适的气息。房间还没有名字，亮子问我能不能带几个文人墨客来住几天，给民俗写点文字。我说：“这个主意不错，回头我组织几个人。”这时，一个把太阳镜架到脑袋上面，腰间挂着讲解器的年轻人咋咋呼呼地闯了进来：“老板在不在？午餐给我们准备好没有？”

那人一张口，地道的焦作话。他直奔吧台旁边的柜式冰箱，毫不客气地拿出一瓶“尖叫”，拧开盖子。年轻人像很多导游一样，喜欢把双肩包挂在胸前，也许是他们的职业习惯。一个老爷儿们怀里抱着一个双肩包，我总觉得不是那么回事。

亮子喜滋滋地迎上去，给年轻人递上一支烟，说：“老弟，按你的吩咐，十菜一汤，五荤五素，主食随便吃。”

“量可不能小了，这个团是为卖饲料组织的养殖户，都是农村人，能吃得很，我费了老大劲才把这个团放到你这儿，可别让我丢人！”

“放心吧，兄弟，哥啥时候叫你丢过人？”亮子很下贱地笑了一下，把一整盒香烟塞进年轻人手里。年轻人说客人快来了，他去门口接一下，又关照亮子：“可别像上回，把肉炒老了，大米还不熟。还有，不要跟对方导游说餐标，谁问都不要告诉他们。”年轻人说着话瞟了我一眼。

我经常在亮子的微信朋友圈见到他的招聘广告：“太行明珠农家饭店招半把手厨师一名。”你想想吧，一个半把手厨师，能把饭菜做成啥样？可据我所知，他饭店的生意并不差，在崖上也是数得着的，他有的是点子。我问亮子："中午客人多不多？"

"全订满了，没有空位了。"亮子说完像是又后悔，他用舌头舔了舔上嘴唇，补充了一句，"这年头，原材料疯长，餐标还是五年前的，不挣钱，落个热闹。"

我说："你挣钱不挣钱自己心里有数，别在我跟前装穷，我也不找你借钱。"

亮子嘿嘿笑："瞧我这嘴，该打、该打！"

我一下子想起他父亲，这爷俩说话方式真像，能大能小，都爱说谎，比说谎更严重的事也干得出来。我问亮子："你父亲还在老宅搞展览？"

亮子点点头，说："老掌柜说要发挥余热，把十三壮士修挂壁公路的英雄事迹宣传给更多人知道，干得可有劲了！"

六

十一点钟的时候，根子接到一个电话，说这个团临时有变，午餐取消了。根子脸色不太好看。素菜都切配妥当，鱼烧进了锅里，炖菜已炖好在保温桶里，凉菜刚上了桌，还有新菊花半天时间擀好的手工面。新菊很着急，问："导游没说啥原因？"根子摇摇头，解下围裙，一屁股坐在石凳上。那只白色的田园犬跑过来，蹲在他的脚边，像是来安慰主人似的。

"这不是要人吗？啥都准备好了，说不来就不来了。我问问他到底为啥！"新菊从根子手里要过手机，拨通了导游的电话。

一连几遍，对方都不接电话。放下手机后，我发现新菊站在那里，用刚才看根子的眼神看着院外石板路上三三两两的游客，那是一种寻求真相的眼神。

我忽然想起在亮子店里见到的那个年轻人，问："这个导游是不是一个咋咋呼呼的焦作人，二十多岁，男的？"

新菊点点头，一脸惊讶道："你咋知道？"

我说："你们别打电话了，他带人去亮子家用餐了。"

"又是亮子，挖走我们的客人可不是一次两次了！"新菊一生气，脸更红了，好像要去找亮子理论似的。我一直纳闷亮子的生意为啥那么好，不知道他有啥高招。新菊也是快人快语，说他给导游回扣多。

"你们不能和他一样？"

"你不知道，团餐利润很低的，不好的食材根子又不用，我们的成本比亮子要高得多。就说那个鱿鱼和牛肚吧，碱发的和自发煮熟的，一斤差五六块钱。另外，亮子口才好，说的比唱的都好听，导游都被他哄得团团转。他除了用死猪肉、死鱼肉，还擅长偷梁换柱——他们的黑椒牛柳都是鸭肉腌制的，羊肉串用的是大肉，烤前在羊尿里泡几个小时。客人根本吃不出来，他们一边往外走一边用牙签剔牙，竖大拇指，夸牛肉烂乎，好吃！对了，还有他卖的土鸡，没有一只是真土鸡……"

我打断新菊说："不对、不对，'太行明珠'门口鸡笼里十几只活鸡，现吃现宰啊！"

"你不知道，那些土鸡都是老演员了，客人相中的那只，一进厨房就被铁丝绑上嘴，晚上放回鸡笼里。高压锅里开始炖的，是从冰箱里拿的白条鸡。”

“这不是销售假冒伪劣产品吗？有关部门不管？”

“你不知道，亮子用一条玉溪烟，两张超市金卡，还有掏心掏肺的热乎话早把相关部门拉拢了。现在，崖上好多饭店都在跟着亮子学……”新菊还要往下说，根子摆手制止了她。

接下来，根子用沉郁的目光盯着温热的蓝天，告诉我不久前发生的一件事。他去铺里修理柴油三轮车，一个缸出毛病了，光冒烟加不上油，还有拐弯时石头碰着了水箱，一直往外渗水。那个修车师傅耳朵上总喜欢夹着一根烟卷，土头土脑的，很随和，喜欢一边干活儿一边唠嗑。他一打开水箱就笑了，问：“崖上来的吧？”根子骄傲地点点头，因为用了四年的三轮车水箱里愣没一点水垢，就像“崖上人家”客房那些电热壶一样，内壁总是干干净净的。

上一回，根子补轮胎，已经错过了饭点，还有好几辆车在等着修理，修车师傅忙得饭也顾不上吃。根子问他：“你也不去吃点饭？”修车师傅冲他一笑，露出一排整齐的白牙，说：“干俺这一行的，三天不吃饭，照样一身劲。”根子纳闷，问：“你吹牛的吧，不吃饭咋能行？”修车师傅伸手指他的工具箱，说：“咱自带干粮，渴了喝胶水，饥了吃钢子。”根子一愣，半天才回过味儿来，笑得差点透不过气来。

这一回，修车师傅自始至终都很严肃，根子刚想同他开玩笑，问他饿不饿，修车师傅突然冷不丁地问根子：“听说你们一只土鸡卖到一百八十块了?”根子点点头，又摇摇头。前些年，“五一”“十一”的时候，景区门口黑压压一片，一部分顾客排一天队都进不去，炖土鸡的价格也从最初的六十元涨到八十元、一百元、一百二十元、一百五十元，直至一百八十元。水箱快修好的时候，修车师傅突然说：“你们卖的是假土鸡!”接着他告诉根子，县里农贸市场送小鸡的在他这儿修过车，一整车宰好的白条鸡，全是养鸡户淘汰的蛋鸡，送进景区当土鸡卖了。根子见过那辆车，是一辆经过暴力改造的三轮车，承重量是规定的两倍，一看就是个狠人。“一只蛋鸡成本不过二十多块钱，收人家一百八，真敢要啊!”修车师傅愤愤不平地说。临走，他又指着修好的水箱说：“崖上的人心，不如崖上的水清啊!”根子像被人狠狠抽了一巴掌，脖子根都红了，恨不得找个地缝钻进去。

我听了根子讲的事情，长叹一声，人心不古，乡邻们的确变了。刚才来崖上的时候，经过那个著名的小陡坡，撒满了玉米，多次当过群众演员的陈奶奶端着簸箕坐在门洞的一块青石上。这块石头经过河水冲刷，纹路细腻，浅绿底色上分布着几条白色纹路。陈奶奶的脸是核桃壳颜色的，皱纹累累。有几个采风的艺术家冲她举起相机，还有两个美院的学生兴奋地支起画夹。我看见陈爷爷从门洞里出来了，手里举着一个牌子，上面是庄稼汉写的粗大歪斜的字：“当模特，一次五元。”陈爷爷脖子上还吊着一个牌子，一张过塑硬纸片，正反分别印着两个收款码。

在停车场也发生了一件事：一个游客把钥匙锁在车里了，急出一头汗，两个十来岁的孩子围着他的车子转了两圈，问他要不要找个开锁的。游客很感激地点点头，两个孩子飞快地跑了，眨眼就没了影儿。一个矮胖的中年人骑着电车过来了，问游客用不用开锁。游客从他的口气听出不是帮忙的，就问他开锁收多少钱。胖子说气袋开锁，不伤车门，开一次两百五十元。游客跟他谈了半天价，胖子就是不松口，他说："崖上崖下没一个汽车修理部，你看着办吧。"

前几年生意好，农家乐都在扩大规模，他们竟然图省事，在石屋上用钢架结构来搭建铁皮房，那些愚蠢的蓝铁皮房遭到不少有识之士的诟病，一个千年古村落正被一点点毁掉。上级政府更多的是关心门票和索道的收入，还有他们所谓的资产盘活，一会儿把景区卖给私人，一会儿又收回来。这些年来来往往的当官的，好比过客，很少有人能沉下心来干一番事业，很少有人想过用门票收入反哺景区。他们采取的做法都是短期行为，用老百姓的话说，割了羊蛋不管羊死活。当地政府睁一只眼睛闭一只眼睛，他们也不愿意得罪崖上的老百姓，老百姓一急就会堵景区大门。

我问根子这次要我回来，是不是跟这件事有关。根子的指甲边缘上落了一坨烟灰，他说心里憋屈得很。这些年来，一心想保证土鸡品质，他在后山用铁丝网圈了十几亩山坡，除了让它们吃自然界的草虫，他还买来酒糟做饲料。根子对土鸡很有研究：养到十六至十八个月才出笼，这时鸡的胸肋间有块"人"

字骨已经成形，摸着柔软光滑，鸡肉必定鲜美活嫩。“人”字骨一硬，肉就发柴，他会用这样的鸡吊老汤。崖上只有他一家做菜使用老汤，他没有卖过一只假土鸡，不少同行都说他傻。最让人伤心的是，客人并不买账。人家报价一百五十元，他只卖八十五元，不少客人一听扭头就走，担心差价这么大，会不会是假的。那些把淘汰蛋鸡当土鸡卖的饭店，在鸡出锅时盛半勺菜籽油浇上去，也是黄澄澄一层油花，客人反而直叫好。

根子的表情很痛苦，仿佛做了一个重大决定似的站起来。田园犬也跟着主人站起来，尾巴还警觉地翘着。根子的身后不远处，是一棵被闪电劈开了的柏树，树干枯焦，树顶却是绿意盎然。这棵树可有些年头了，小时候我们在上面逮过知了。根子说：“你能不能写一篇报道——关于假土鸡的报道？听说你们记者的内参很管用，能直接递到市委书记那里……”

我沉默了。我想起了一件事，那一年的蜂蜜事件。

七

下午，我一个人去了老宅。

老宅是空的，只有一把生锈的铁锁。父亲在世的时候，总习惯把钥匙放在院墙外的一个固定墙缝里，上面老是拴着一截红头绳。现在，它还在那里放着。父亲走后，四姐又干了一年多小吃店，之后说啥也不干了，她说父亲三天两头给她托梦，数落她乱扔东西，不当家不知道柴米贵。四姐确实清理过一些不中用的东西。

我推开院门，竟有十几只松鼠在追逐打闹，它们一齐停下来，好奇地看着我这个陌生来客。我往前走了几步，它们眨眼间都往屋后跑了。屋后那块倾斜的三角形田地，也就几分地吧，曾经是我家的有机田。那些年，我和妻子回家，每次返城时父亲都会给我们准备几包新鲜蔬菜和玉米面。他说是专门给孙子种的，不施一点农药和肥料。父亲平时只在农作物周围用沤过的杂草堆肥，鼓励它们的根深入土壤汲取营养。

一条红黑相间的蛇从窗台上滑下来，消失在石头缝里。更早的时候，我们家有一只端庄的鹅，专门用来对付这些山蛇。据说蛇一沾鹅粪就会脱皮，山里人多会在鸡棚旁饲养几只大白鹅。其实南太行的蛇是无毒的，吃了还大补。父亲是个捕蛇能手，他不怕蛇，逮住蛇后提着尾巴一阵猛抖，蛇就晕了，乖乖就范，然后炖一锅蛇肉汤给我们吃。蛇肉太滑，筷子夹不住，我和几个姐姐都会下手抓着吃。吃过后，母亲会命令我们去屋后摘野艾叶，每人一大把，搓碎了洗手，去腥气。

父亲还有一项手艺，就是诱捕野生蜜蜂，他有三只蜂箱，但很难全部把蜂养满。每年割了蜂蜜，留够家用，其他的会卖出去。因为是野蜂蜜，又纯正，青睐者日益增多，都是头一年来订，直接把钱交了。这三只蜂箱，成了父亲的一个小银行。

那一年，一对从信阳来的夫妇在山弯处支下一百多只蜂箱，天天穿着蜂衣现场割蜜，游客虽然半信半疑，买者也不少，甚至有人留下联系方式要求邮购。后来亮子告诉我，那一百多只蜂箱只有三十几只有蜜蜂出入，后面伸进山坳里面的都是空箱。有人还看见这对信阳夫妇在夜里从车上卸下过整包的白糖，亮子问我：“蜜蜂还需要吃白糖吗?”亮子喜欢管闲事，他发现他们邮购的产品中有一款玫瑰蜂蜜：“他妈的，咱崖上崖下谁要找到一棵玫瑰，我赵亮敢把头拧了。”

我一时愤怒就写了一篇报道，没想到差点引起一场地震。那时候揭露真相，还没有现在这么多网络手段——抖音什么的，一夜之间就能让事件家喻户晓。但是当时有限的网络传播也很厉害，随着不少网站和同行报纸的转载，愤世嫉俗的时评写手跟进，居然涌现几十篇讨伐文章。当时县领导找到报社，指责我小题大做，扼杀了一个刚刚起步的景区，给地方经济带来了重大损失。报社领导找我谈话，说本来定了的新闻部副主任一职还需要再等一些日子，最起码等风平浪静了再说。以前我回老家，县新闻科和镇里领导都抢着请我吃饭。蜂蜜事件后，他们变了，对我明显冷淡了许多，有几回居然连我的电话也不接了。

我更没想到的是，有人居然把矛头指向父亲，说同行是冤家，因为信阳夫妇抢了我父亲的饭碗。散布这个谣言的不是别人，是春生一家，他们一直对我耿耿于怀。父亲把他的野蜂都放走了，蜂王跟他有感情，怎么赶都赶不走，他只好把它送给山西的一个蜂友。为此，父亲大病了一场。我回家看他，他握着我的手，满脸内疚道：“俺耽误俺儿的前程了。”眼泪从父亲的眼角处缓缓地流了下来。

如今，那三只蜂箱还在，风吹日晒，已经成了灰黑色，躺在屋后的石墙上。我不敢去屋后，不敢去看它们，里面埋藏着父亲的伤心。

这时手机响了，又是亮子，他问我是不是在老宅。我怀疑他在我身上装了定位器。他说老掌柜听说我回来了，非要见大记者一面。我知道什么事，我不想去见赵栓柱，于是编了一个假话，说跟根子去后山了。这个下午，我哪里都不想去，就想一个人静静地蹲在院子里抽烟，把身上的烟卷一根一根地抽完——进而想，父亲要是能从屋里走出来，像往常那样制止我，那该多好。

当年修挂壁公路的“十三壮士”都走了，就剩下赵栓柱一人，已是风烛残年。他闲不住，把当时修挂壁公路用坏的荆筐、凿子，穿过的旧衣裳……收集起来，开了一个展览馆，坐在门口收门票，一人两元。他想让我给他的展览馆写一篇文章报道报道，我拒绝过他。我说：“老叔，要是没有收门票这档事的话，还真是一件不错的新闻！”他一听，咧开嘴笑了，嘴角流出一串烟汁，说：“不收钱我吃啥喝啥？上头又没一分钱补助……”他得过轻微脑梗，照样抽烟喝酒，肥肉一回吃半碗，过得很惬意。

我猛然想起父亲讲过，当初修那截路时，老支书最担心赵栓柱拖后腿，说这个人见钱眼开，思想落后。谁知动员会之后，第一个来报到的竟然是赵栓柱，扛着八棱长柄铁锤，满面红光。看见老支书用怀疑的目光看他，赵栓柱知道大家心里想的啥，他一拍胸脯：“别忘了，咱也是站着撒尿的人！”

很多时候，我都不知道如何评价崖上的乡亲，他们是在变化，但是又有一些非常顽固的东西留在他们的躯体内，让你捉摸不透。中午的时候，我没有答复根子提出的问题，只安慰了一句：“别提亮子了，他给你提鞋都不够格。”其实我是个很爱面子的人，很在乎自己的那点名气，还有用半辈子熬来的这个社会部主任。我不想得罪上上下下的老家人，又不忍心拒绝根子。这个壮硕的崖上汉子，他把一生都奉献给了大山，奉献给了我们共同的母亲。根子的忧患深深灼疼了我，我需要时间来处理这件事。我想先为根子做一篇报道，去山后看看他的走地鸡，必要时给他做一期“现场云”。我想对他说：“酒香也怕巷子深。”要不就用崖上那句老话开导他：“烧香不放炮，神仙不知道。”

一下午就这样过去了，我好几次还出现了幻觉：我和父亲一起去耩麦子，收工后他背着笨重的木耧，我提着剩下的小半袋麦种。那匹耕作了一上午的老马寻到一片青草，就是不肯动窝。父亲只好放下木耧，他犟不过这匹老马。他们就像老哥俩似的，偶尔也会红脸。马抬头看了他一下，又低下头继续揪草，全身蒸腾着汗气。时隔这么多年，我还能听见青草嘣嘣嘣的断裂声。

我没能阻止我的眼泪淌下来。

崖上的夜色急剧变浓，一弯银色的月牙已经悬在西天。

根子打来电话，要我回去吃饭，说下午专门去黑龙潭钓了两条鲫鱼，准备和我喝几杯。黑龙潭的鲫鱼跟一般的鲫鱼不一样，扁身，略带白色，肉吃起来又嫩又松。崖上有个规矩，钓野生鱼自家吃可以，但是一律不准当成商品卖。而且规定，每家每户一年也只能钓两次。还有一条禁令，产卵期谁都不能打黑龙潭的主意。

晚上，“崖上人家”很热闹，坐了七八桌客人。我同一个来自郑州的、忧心忡忡的游客交谈了几句。他说他都看出来了，这是一个正在走下坡路的景区，别看经常上电视，高铁上也上了硬广告，但是管理者没有真正用心来经营，只是在造声势。我冲他点点头。

这一晚，根子一共卖出六份炖土鸡，都是当着客人的面宰杀的。一个长期在山里搞创作的老画家带着几个朋友来品尝——还不到冬天，他就围上他那条著名的围巾了，长得像魔术师变出来的红绸彩带一样——他说根子的手艺没有丢，虽然做菜手法传统了一些，但是烧出来的菜味正，很见功底。这让我想起根子当年将师父的那句话挂在他的床头：“练平常，不练非常，平常到家自是非常。”

根子将鲫鱼烧好后端上来，他捏住鲫鱼尾巴轻轻一提，肉即脱骨而下。老画家看呆了，说下回也得给他炖几条尝尝鲜。我邀请他喝了一杯根子保存了十一年的老尖庄曲酒，他直呼有劲。在崖上，我们都用一次性塑料杯喝酒，一杯装三两，容不得虚的。吃完饭离开的时候，他冲根子竖起大拇指说：“他们捆一块，也不如你!”他说的“他们”，自然指崖上的其他厨师。他对山里的农家饭店了如指掌，清楚那些人的鬼把戏。

当时根子正在院子里的地锅上炒最后一个菜，听了老画家的夸赞，手掌与勺子的接触，在他心中猛然唤起一股柔情；更令他自己都吓一跳的是，柔情唤醒时，泪水瞬间盈满了眼眶。

［选自《中国作家》（文学版）2023 年第 5 期］

小酒店一夜

安 庆

徐无走在小镇上，后来爬上一座醒目的拱桥，很多场景扑入他的眼帘，楼房、马路、灯塔、河边的老船……他的头发长长的，留着短胡，额头上沁出了汗珠。徐无在小镇上徘徊，有人怀疑他是一个画家，他身上有一个很大的双肩包，包里可能装着他作画的工具。小镇已经是一个新型的小城了，正在吸引更多的人到来。

徐无再走进小镇，卸掉了身上的包，他像侦察好一样，跨过两个十字路口，一条河，一片园林，走进了一片别墅区。徐无站到一座小楼前，隐约可以看见楼上的阳台和窗帘上的图案。再一次确认后，徐无摁响了门铃，他听见了院子里返回的铃声，门开的声音，细碎的脚步声，问话声。他回答着，隔着门。开门的是一个年轻的保姆，年龄看着比他还小。他弯腰搬起那个箱子，箱子好像很沉，说，你们的快递，好像是洋果什么的。

快递？洋果？我们买了吗？

他搬着箱子，腰往上挺，朝箱子上看一眼，说，地址就是这儿。他把箱子再往上抬，快挪到了胸前。

你怎么没有先打电话?

哦，抱歉。我……我正好往这片送，就……地址是对的，错不了。他看着保姆。其实，箱子上根本没有电话，地址也是他贴上去的，如果保姆细心的话会看出来。保姆朝箱子上看，再抬头看他，有些狐疑，大门一侧的小门半开着，保姆就站在小门口，一只手还抓着门，他抱着箱子从一侧往里挤，保姆的手松开了，他挤了进去。徐无看到一个干净的小院，小楼后边还有半个小院，前后院子里都栽着树，除了石榴树，他还看到了海棠、桂花树，透过花树间的甬道，他看清了楼墙的颜色，那种咖啡色的墙砖。哎、哎，你怎么进来了？我，哦……对不起。哎、哎，你怎么进来了？我签了字你就可以走了。他没有出去的意思，说，我就在院子里看看可以吗？既然进来了。说着，他朝房门的方向看着。你到底要干什么？怎么还要待下去？他仰着头，贪婪又无所适从地看着，房子、门、院里的花草……

保姆朝里边喊，阿姨，洋果，你买洋果了吗？两箱！他听见了答应的声音，声音在他的记忆里已经陌生。房门打开，他朝走出来的身影瞅过去，一个中年女人，穿着宽松的睡衣，头发披散着，在台阶上朝这边望，手里握着手机，说，是咱的，你收下就是，哪儿那么多事。女人走下了台阶，朝着他们继续走，好像从门口到院子里有很长的路，甬道上发出轻微的脚步声，女人微胖，脸颊上出现了挡不住的皱纹。

徐无在等待着女主人走过来。

你怎么还不走？

徐无说，既然主人出来了，我等一等。

你到底要干什么？你等主人有事吗？你怎么不走？你没有其他的快递要送吗？保姆不耐烦地质问徐无。

我……我想在你们的院子里看看，我马上就走。徐无说着，看着站到了跟前的女人，女人撩开鼻翼上的一缕头发，看着他。徐无的目光随即躲开，他感到身体的深处在发出响声，有什么东西在撞击，要撞出来。保姆愣了愣，像听到了什么，朝旁边、朝他这边寻找着，又朝天上看。他呼出一口长气，捂了捂胸口。女主人看着他，他头上的帽子，鼻子下短短的胡须，瘦高的身材。女主人看到了他的手，长长的手指，皮肤不算黑，相反有点儿白皙，不太像送快递的人。你，送快递时间不长吧？女主人审视着面前的男孩问。徐无点头，说，不算很长，不过也有一段时间了。然后，女主人问他的年龄。在他报自己的年龄时，徐无看见女人微微抖了一下，扭身回去，甬道上的身子有些晃动，细碎的脚步发出回声。徐无好像早有准备，在女人反身时，对女主人说，我可以进去看看吗？他一边说着一边摸出了鞋套，说，不好意思，看你们家小楼挺好，我有点儿好奇，想看看里边，装修肯定也挺好的，可以吗？他看着女主人，脸上充满诚恳和期待，在等着答复。

哎哎哎，保姆阻止着他，你这个人，怎么得寸进尺，快走吧。保姆挡住了他的去路，徐无求救似的看着女主人。女主人停下脚步，回过头，审视着，她从徐无的目光里看出了一种祈求，稍顿了一下，声音很低地说，进来吧。加了一句，又不像个坏孩子。徐无的声音更低，我就是好奇，想进去看看，我……还没有进过这样的房子。在甬道上，徐无被女主人和保姆夹在中间，保姆疑惑地瞅着女主人，你答应了吗？女主人挥了挥手。门开了，徐无走了进去。

徐无站在房间里，他看到了房子的内部，豪华的装修、家具（他认为那应该是豪华的），客厅宽大，干净明亮的步梯，宽敞，可以并排走几个人，步梯边放着几盆花，他认出有一盆花是杜鹃。他想再上一层看看，但他把自己劝住了。他站在沙发旁，等待着女主人发话，让他坐下。保姆看着他，不太友好。坐呀，女主人温和地看着他，让座。徐无坐下了，沙发在屁股下轻轻弹起来，整个沙发像在身下起伏，听见隐隐约约的弹动声。他回忆着相仿的声音，搜索着，最后他想到了汽艇，那种景区的汽艇或橡皮艇，好像也有这样的弹性。他看着面前的茶几，实木的，茶几面上闪烁着光泽，靠一侧摆着一件布艺品，像一个青蛙或者金鱼。眼前看到的还有几盆花，花开着，花叶青翠，完全已经是一个陌生的环境。这个女主人完全变了，脱胎换骨，二十年，他的记忆里其实没有什么能回忆起来的东西，如果在有限的记忆里搜寻，这些场景、物件，都是没有的。女主人坐在另一个沙发上，和他保持着一定的距离，在观察着他，他目光中的犹疑和胆怯或许她都看到了。徐无在抬头的瞬间和对面的目光几次碰撞，他在那双目光里隐约找到了记忆里的东西，那种看人时像在想事的余光、沉思状。水，倒水！女主人在吩咐保姆，徐无在女主人每一次说话里搜索着熟悉的可以唤醒的记忆。如果不是女主人发话，保姆可能始终不会为这个所谓的快递员，这个得寸进尺的年轻人倒水。水，放在了他的面前，他看了一眼，一个带色的玻璃杯，玻璃杯里的水在冒着热气，没有放茶叶，一个贸然闯入的快递员是不配喝茶的。徐无伸过手握住了杯子，热气缭绕到他的脸颊、眼睛，扭动着，要把他的眼泪熏出来，他的手感受到了热度，从玻璃杯里散发出的水温。这时候他听见了女主人说，凉一凉再喝。凉一凉！他的眼前幻化出一张木头的小饭桌，饭碗里的热气，那种声音的脉络他就要摸到了，一根线一样，在幻觉里飘浮，曲线般摇曳，像风筝，朝他扭动。女主人的提醒是慢声细语的，他的心里漫上一种感动，手离开了杯子。他抬起头又看着房间的摆设、装饰，客厅的地面反光，在反光里可以看到一些东西的影子，落地的窗帘在轻轻拂动。水，还冒着热气，一股一股摇曳，客厅里一度是沉默沉闷的。他又用手摸摸水杯，水杯上的热度慢慢降了下来，隐隐约约的热气快看不见了。他端起杯子，在端起杯子时他听见了一种鸟儿的叫声，从窗外传来，细细的，清亮的，脆脆的。他朝窗外扭了一下头，看见了窗帘上铺满了青草，还有草地旁的河流。他看见了玻璃外的树，海棠，木槿花，一棵小香樟树。

我可以用一下卫生间吗？徐无忽然说。他的一只手按在小腹上，仿佛内急，他看着女主人。保姆远远地看着他，他有些害怕这个保姆，其目光里带着冷冽、拒绝、猜忌、抵触。他希望即刻得到女主人的答复，保姆还是抢在了前头，说，外边，你去外边吧！你出去了，前边的马路边就有一个公厕。女主人瞥了一眼保姆，没有顾及保姆的态度，朝一个方向指指，去吧。他朝卫生间走去，其实他进来后就在侦察，就找到了卫生间的位置，卫生间门口搁着两盆花草，大概是有说法的。他站起来，按照女主人的指引拐过了一道小弯，几步远，好像穿过了一个小廊道。他走进去了，卫生间是宽敞的，干湿分离的，他并不急于用卫生间，他就是要来卫生间看看，这是预谋中的环节。他打量着，似乎在寻找什么，卫生间比较阔大，他的心一震，闻到了一种味道，一种香皂的香味。在视线里找到了，他记得的那种香皂，香皂块不大，放在一个精致的盒子里。他有些激动，身子往前倾着，仔细地看着那块近在眼前的香皂：橘黄，像一种面包的颜色，在灯光下反射出一股细光、一种光滑。对，就是他一直记得的那种香皂，他走到香皂最近的地方，抽抽鼻子，又使劲闻，童年的嗅觉仿佛复活。他伸出手，伸出右手的中指和食指，小心触摸过去，摸到了，手指发生了回应，发回了感觉，他实实在在地体验到了香皂的光滑、香皂的细腻……徐无将那块香皂捏了起来。这时候他又伸出了另外的指头，整个手掌将香皂窝在了手里。然后，递到鼻子前，更近地嗅到了香皂的香味，是肺腑间、嗅觉深处被唤醒的味道。他伸出舌头，朝香皂舔过去，香皂的香气，伴着说不清的涩、甜，漫进他味觉的深处。他的眼角冒出一颗一颗的眼泪，穿成串儿漫过脸颊，形成细流，在嗓子里涌出一种细细的声音，接近哽咽……泪水中，他想起他在脸盆旁，吞吃那块柿饼一样的香皂，妈妈的一双手抓住他，挤他的嘴，让他吐出来……

他知道需要克制，需要冷静，要马上出去，不能再待在卫生间……在出去前，他蘸湿手，抹去了脸上的泪痕。他继续握住了那杯水，已经没有了热度，保姆没有给他续水的意思，有些僵持。他想让保姆走开，他有话要说，是必须他和女主人才可以说的话。徐无抬头看一眼保姆，保姆有些敌视地看着他，他低下头，用很细小的声音对女主人说，可以让保姆回避一下吗？放心，不会发生任何事情！

女主人先是意外地看着他，他此时镇定自若地坐着，手里还握着茶杯。终于，女主人朝保姆挥挥手，保姆不情愿地离开了。客厅里响起碎步声，保姆上楼，楼上传来关门声。

徐无丢开了握着的茶杯，突然低低地喊了一声，吴金枝！

女主人一愣，接着一个哆嗦，惊诧地看着他，在他的身上搜索，你……你叫我什么？你……你从哪里来，你到底是谁？女主人有些慌张，上下打量他，目光最后停留在他的脸上。

徐无的头低下去，又抬起来，他迎着女主人的目光，说话声带着颤音，有些慌乱，说，香……香皂，我……我看见了香皂，我……我吃过的香皂。

什么？你说什么？女主人直直地看着眼前的徐无，香皂？她朝着卫生间的方向看去，卫生间里的确放着一块香皂，她一直在用的一种香皂。眼前的这个孩子在和她说着香皂，她在回忆，他为什么会和自己说起香皂？

徐无低声重复了一遍，直直地看着她，香皂，我……我一直记得的一种香皂，我看到了，我去卫生间，其实就是想找这种香皂，竟然……竟然有……竟然找到了……徐无的眼里有泪水打转，亮亮的，泪水奔出了眼眶，流过脸颊，一颗接着一颗地奔涌，徐无的身子在打战，有哽咽声从嗓子深处挤出来，冲出来。徐无的手还抵着额头，好像在卫生间的泪顷刻间又接上，他的手从额头朝下移，手上湿湿的、黏黏的，他伸出手指从脸上拭过，脸从双手间抬起来。

我一直都记得香皂，我吃过的香皂！

女人好像一下子想起来了，泪水冲了出来，身子在颤抖、在战栗，你……你是，你是徐无？是我儿吗？她身子歪趔了一下，徐无扶住了她，她一下子抓住了眼前的徐无，抓住他的肩膀，他的手，他的脖颈，他的头发，闪着满脸的泪在看着徐无，你是吗？是吗？是我儿子，是徐无？她脸上已经铺满了泪光。

徐无仰着头，让泪水滚过脸颊，迎着对面的人，不出声，让泪水说话。

儿子——她颤抖着，沙发在抖，女人低下头，又抬起来，她抚摸着徐无的脸，审视着眼前的徐无——儿子，一点一点地看着，泪花闪动着，泪花流过脸上的皱纹，深处的沧桑，十几年了，你怎么留着这么个小胡子？

不，二十年了。徐无朝楼上看一眼，想起刚才上楼的保姆，声音压低，说，你不想验证一下吗？他撩起额前的头发，在头发掩盖处有一个明显的疤，他撩着头发让吴金枝——他的母亲看那里的疤。吴金枝看到了，在他掀起头发的瞬间就看到了，那个疤她非常清晰地记得。她摸过去，伸出了手，她摸着疤，泪水又一波一波地奔涌出来。徐无闻到了母亲的气息，现在，他的母亲竟然离自己这样近，母亲还在摸着他的头，他的脸，抱着他的脖子。徐无却朝后退，他擦掉了泪水，像忽然莫名地有了一种生疏、退缩、陌生、畏怯……他放下了手，二十年了，没有母亲的二十年，上学、流浪、孤独、发愤……有一天，他特别强烈地萌生了出来寻找母亲的欲望，也许是在父亲离开自己之后，那种子欲养而亲不待的无助让他萌生了寻找母亲的欲望。他一路找，有一天就找到了这个小镇。可已经过去二十年。

徐无盯着吴金枝——他的母亲，你，可以跟我出去一趟吗？我们找地方说话。母亲还在抓着他的手。

去哪儿？这里不能说吗？你……想说什么，对我说吧。她把头抬起来，看着眼前的徐无——蓦然而至的儿子。

徐无扫视着房间，禁不住又朝楼上看一眼，想起那个敌视的保姆，房间里很静，他感到强烈的陌生感，对眼前的环境很抗拒。他低声说，去另一个地方吧，一个小酒店，我在酒店订了房间。徐无再一次扫视了眼前的客厅、楼梯、前方的电视，说，我不想在这里，不合适。徐无说。

母亲紧张地看着眼前的徐无，又伸手抓住了徐无，你不要走，仿佛怕儿子再走失了，说，你别急着走，我们不在客厅，去我的房间，我们关上门说，不用怕。

徐无犹豫着，看着客厅，地毯、花、翕动的窗帘、鱼缸，鱼在鱼缸里游。他低声说，去另一个地方吧，一个小酒店，我在酒店订了房间。徐无再一次扫视了眼前的客厅、楼梯、前方的电视，说，我不想在这里，不合适。徐无说。

母亲说，现在就去吗?

徐无看着母亲，我先回去，我等你，你不用急。

母亲也慢慢地冷静，看着徐无，说，去，我去，不过可能要等一下再去。

徐无说，不急，我等，一直等。徐无从衣袋里掏出一张纸来，折叠的纸，说，这是小酒店的地址。徐无起身，朝门口走。

门是母亲打开的，她站在门口，看着徐无——儿子，从自己的身边闪出去，在徐无的袖子上使劲抓了一把，跟着徐无走到院子里，打开大门一侧的小门。她揪着胸口，站着，看徐无的身影渐渐走远。

保姆走出来时，看见吴金枝坐在院子里的一张藤椅上，发呆地看着什么。保姆无声地看着女主人，停了几分钟才走到那把藤椅旁，细声问，要不要加件衣服?吴金枝摇摇头。保姆说，我去好好打扫一下卫生间，消一下毒。

徐无订的那家小酒店的确不大，属于流行的一种民宿，在一个胡同里。从酒店的后窗可以看见流过小镇的河流，滨河有一个小公园，从窗口可以看见公园的绿地、假山、一片树木。徐无在酒店里看着天色慢慢地暗下来，小镇的灯火次第亮起，灯火中的小镇显得有几分妩媚，后窗的河岸边渐渐晃动出朦胧的人影，夜影里飞过几只鸟儿，看不出是什么鸟，翅膀扇动着飞远了。徐无想去那个小公园里走走，又怕母亲会这时候过来，他回过头，看着房间，在房间里耐心地等待。

房门敲响了。小镇已经完全进入另一个世界，灯光让小镇变幻成一条彩色的河流，车辆在彩带里穿行，路上的人行走在彩带间，无数束射灯在小镇高大的建筑上放射出荧光，夜色变得细碎而晶莹。敲门声响起时徐无正瞅着窗外，望着闪烁无数晶莹光色的半空，一炷木香燃到了半截，房间里缭绕着一股木香的芬芳。他看见了母亲，母亲的手里掂着一个小包，还有一个纸袋。他打开门，母亲进来，他看到母亲换了一身在秋天的夜晚适合的正装，一件卡其色的风衣，脖子里围了围巾。她看着房间，木香缭绕的气味顺着带进来的风旋转，她在香气里有些迷茫，有些意外，怎么会有这样的香味？徐无难道特别记得这种香味？二十年了，那时候家里逢年过节，每逢初一、十五，香炉里点燃的都是这种木香。那时候他才几岁，确切地说她离开家时，徐无才四岁多。她看见那炷香在两个沙发中间的茶几上，徐徐地冒着香气，香灰下是香头燃烧的火星，用作香炉的是一个圆圆的暗红色的瓷杯，杯身上印一枝莲花，茶几上放着一个香盒。她走到沙发边，更近地看清了燃烧的木香。徐无一直站在母亲的身边，当母亲将手里的包和纸袋放在床头柜上后，他去倒水，水已经温好了，那里有他准备好的一个杯子。母亲摇摇头，从包里掏出了水杯，说，不用，我杯子里有水。徐无转回身，母亲指指袋子，我带来的卤肉，小镇的特产。徐无闻见了香气，和木香不同的香气，他朝袋子看了看。

母亲站到了后窗口，在夜色里，在小镇的灯河里，看见了夜色中的小公园，看见一条褐色的河流，河水在夜色里悄然流动。她想起她二十年前离开的瓦塘也有一条这样的河。她转过身看着徐无，徐无刮掉了留着的短胡子，在房间灯光下，她找到了童年徐无的痕迹，徐无的额头、鼻子、微翘的上嘴唇。她不知道该说什么，她的眼睛开始湿润，鼻子开始发酸，眼前开始模糊，她掏出了纸巾，纸巾接住了要掉下来的两颗泪珠。

他们坐了下来。坐下后，母亲还在直直地看着徐无，她觉得有许多话，又不知该从何说起。她只是先看着徐无，打量着徐无，孩童的印记其实还在，儿子的额头，额头一角的褐斑，耳朵后的那颗黑痣……

徐无先说话了，他，还是木匠吗?

不，早不是了，在做家具生意。

做大了?

母亲朝徐无看一眼，还可以吧，什么算大，有几家家具店。

其实，他从那座房子就可以看出来，不是有钱人住不了那么大的房子。徐无没有说，他已经知道小镇上的家具店，还有城里的两家家具店都是他们家的，都是那个男人开的。他在家具店打了半个月工，才有机会找到他们家那个地方。他一直想找到母亲，多年来忍耐着，不在父亲面前说起，是这几年，他慢慢收集到了有关母亲的信息，他寻找母亲的愿望也越发强烈。半个多月前他就来到了这个小镇，这里离他们的瓦塘已有几千里地的路程，多年来母亲和那个男人一直生活在这里，她和那个男人有了一个小儿子，今年刚去省城上了大学。这些信息徐无已经知道。

香还在燃烧，白色的香灰慢慢弯曲着落下，落灰的声音都可以听见。吴金枝回答着儿子的问话，她急于知道的是儿子这些年的生活，最初出来，她最后悔的就是丢下了儿子，那几年她跟着小木匠私奔后就是疲于奔命，好像离原来生活的地方越远就越安全。她知道那个男人，就是儿子的父亲，一直在寻找他们，那是一个脾气暴躁的人，找到了不会饶过他们，时间让一切慢慢变得平静。她跟着小木匠连续跑着，小木匠早已把木匠的东西丢下了，他们跑得离自己生活过的地方越来越远，土地、天气都和原来的村庄不一样，然后才慢慢安顿下来。小木匠和她在远离家乡的地方寻找挣钱的门路，他们最初都进了工厂，晚上回到出租屋。有一天，木匠接到一个电话，说吴金枝晕倒在车间，被送进医院。就是那时候吴金枝突然失忆，把一切都忘了，好在还能记得和她奔跑的木匠。她总想拼命地想起什么，却一片空白。那个时期的小木匠要给她治疗，还要继续打工，不然生活就成问题。后来吴金枝渐渐地恢复，记忆也在复活，小木匠回到家能看到她把饭菜做好了。这一年，吴金枝有了身孕。小木匠慢慢地又干起了他的本行，进了当地的一家家具厂，有心的木匠在多年的积累后，有了自己的家具店。

他们最初其实是狼狈的、彷徨的，可她也知道回不去，不能回去，也不想回去了。逃亡的日子让她的心更野，她离开那个家，选择和木匠私奔是有前因的，她后来回忆，她最怀念的是孩子，就是现在的这个徐无。

那个人一直对你好吧？

她沉默了一会儿，点点头。不过他忙，所以找了个保姆，保姆是他挑的。那个木匠，从家具厂出来先承包了一个家具店，家具店的生意在他的经营下火了起来，就又承包了一家店。从那个时候木匠越发地忙起来，木匠的野心越来越大，他告诉吴金枝，坚持下去就可以有自己的店，他们的苦日子就会好转。吴金枝见木匠的频率在日渐减少，木匠每次回家都告诉她，他又挣到了一笔钱。再往后他们来到了这个小镇，在小镇周围开起了自己的家具店，买到了那个小楼。

吴金枝说，还好，生活没有问题，艰难的时光过去了。见到你，我的心没有牵挂了。

徐无沉默，然后说，你寄给我的钱都收到了。他以为母亲会否定，母亲只是低着头。他对你一直都好吧？不好，你告诉我。

母亲不语，徐无见过那个人，那个人身材挺高，戴着眼镜，据说他做木匠时就戴着眼镜。徐无跟踪那个人的时间里，看他往往开车到另外的地方去，去过省城——那是他们的儿子上学的地方，去过另一个城市，只有一次回到了小镇上的家——母亲和保姆每天住的院子里。他有些疑惑。

母亲说，这不是你要关心的，说说你吧，你将来打算怎么办？

徐无说，不用担心我，工作不会有问题。

对不起，孩子！

徐无摇了摇头，没有，我都长大了，我自己的事我能决定了。

妈对不起你，妈能为你做什么，你说？

徐无低下头，说，没有，这些不要再说了。

母亲起身，说，我去一下卫生间。她是带着泪去卫生间的。徐无起身把卫生间的灯摁亮，从卫生间里闪射出一股光线。吴金枝抹着脸上的泪，看到了香皂。吴金枝想起儿子白天进她家的卫生间，出来后对她说，看到了香皂。现在，她在一块香皂前愣怔了，这不像酒店的香皂，竟然和她家卫生间的香皂一模一样。她在洗水池旁边找到了酒店配备的香皂，很小的一块，比一块巧克力大不了多少。她拿出那块香皂闻了闻，闻出了她每天习惯的香味。儿子竟然这样细心，包括房间里点燃的木香，这么多年儿子记住的大概就这两样，这也足以让她感动。她朝镜子里看了看，镜子里的自己皮肤白皙，有保养的原因，也和现在基本上不出门有关。但终究是老了，眼角、眼袋下的皱纹是藏不住的。她再看一眼那块香皂，香皂是打开的，搁在一个精致的香皂盒里，像一件艺术品。

你还走吗？吴金枝从卫生间出来后，徐无问。

她看着儿子，你说什么？

我是说，你能留下吗？就今夜，就这一个晚上。徐无说完等待着她的回答。

她犹豫着。

儿子的目光带着祈求，带着迷惘，带着期待。

孩子，你有话尽管说。

你能留下吗？徐无等她说出她的态度或答案。吴金枝看着房间里的两张床，简单、干净的标间，她不知道这个多年未见的儿子为什么要固执地提出这个要求。在她出门时，保姆跟着她走到门口，问了一句，你几点回来？她回头对保姆说，放心，我会早一点儿回来的。她没有对保姆说到哪里去，她不想说，也觉得不该说，没必要对保姆和盘托出，直到走出大门，保姆还在疑惑地看着她。吴金枝惊奇地看着徐无，徐无好像很平静，说，我就是想让你陪我说说话，能和你睡在一个屋子里，这么多年，我一直在回忆你曾经抱着我睡的样子。吴金枝吃惊地看着徐无，徐无低着头，说，哪怕就这一个晚上，可以吗？我有很多的话想说。

我听你说，吴金枝答应了。

徐无走向他的旅行包，摸出了一个木盒子，两只手捧着。他问母亲，知道里边是什么吗？吴金枝好奇地看着徐无手里的木盒。

徐无打开了，吴金枝看到的是一张张纸，白色的纸。徐无把手里的盒子放下来，盒子盖打开，徐无手里拿着一张纸，两只手抖开，在灯光下，吴金枝看到了纸上是一个画像，那是自己，似是而非的自己。画像的一侧写着两个字：妈妈。徐无一张张地抖开，抖着，画像上多出了时间，后边的画有了颜色，越来越具体，脸型、头发、眼睛……吴金枝看着，一张张接过，她看着，这是自己吗？不像，又分明是，是儿子记忆里的母亲。几十张，吴金枝把从儿子手里接过的画，一张张铺在地上，地上全是母亲的头像，铅笔画，涂色的画……她想象着一个孩子是如何想念母亲，如何画着一个被称为母亲的人，她的眼睛渐渐地湿润。她蹲下来看着，看着儿子记忆里的自己，眼泪落在了纸上，她忍住了哽咽，更多的泪却阻挡不住地朝下落。儿子站在灯光下，站在画像中间，像一个无助的孤儿，她终于听见了，一声低低的、带着哽咽的“妈”——她的眼泪穿成了串，吧嗒吧嗒落下来。她伸出手，拉住了儿子，抱住了儿子，母子俩抱在了一起。

接下来，徐无聊到了父亲，父亲的情况，父亲的疯狂、寻找、失望。母亲离开后，父亲找过一个女人，女人几年后患病死亡……父亲有一天看到他偷偷画的画像，在他的身后默默地站着，说，你画吧，别怕。父亲找出一张合影，是父亲和母亲的，还有一张是母亲抱着他的，父亲让他看着母亲的照片画……然后，是几年前父亲生病、住院、治疗……

徐无说，父亲最后一直想再见你一次，这是父亲最后的愿望。

吴金枝沉默着。

我想让你们见上一面。

什么？你……

徐无说，父亲已经来了。

吴金枝呼地站起来，左右寻找着，惊异，恍惚，拒绝，她朝着门口看，仿佛会突然闯进一个人来，那个二十年前的男人，已经在记忆里抹去的、模糊的人。

徐无说，你答应吗？母亲迷惑地瞅着徐无，不说话，不知道徐无到底要干什么。

徐无又叫了一声妈，说，你等一会儿，先闭上眼。

房间的灯灭了，在房间灯灭前，吴金枝又去了卫生间，又看到了那块香皂。卫生间的灯亮着，从卫生间射出朦胧的光线。她孤独地站在卫生间里，听着外边的动静，房间里有窸窸窣窣的响动，旅行包的拉链声，脚步声……她等待着门打开，等待着有人进来。然而，很短，有三五分钟，她听见徐无说，出来吧。

她推开卫生间的门，在她走了几步后，她看见一只手在伸向她，那只手是个影子，在拉她，她不知所以，慌乱地把手伸过去。是儿子徐无的手，徐无紧紧拉住了她，拉住了一个丢失了二十年终于又在一起的母亲的手。徐无——他听见母亲低低地叫着他的名字，他还紧紧地把母亲的手抓在自己的手里。

灯亮了，她看到，一张巨大的照片，那个男人——徐无父亲的照片，像一个真人，矗立在房间，她的手还紧紧地攥在儿子的手里。她听见儿子在说话，这是爸最后的愿望，见你一面。她不说话，时光在她的眼前流淌，照片上的人瘦削而疲惫，徐无说，这是我最后为爸照的。

她没有回避，看着灯光下的照片，照片上的人，她和儿子的手一直握着，她伸出另一只手，抓住儿子的手臂。你知道吗，我爸住院时收到过一笔无名的捐款。她知道儿子的意思，没有说话。

好久，好久。夜很深了，或者天要亮了。

（选自《广州文艺》2023年第6期）

心灯

李知展

一

北中原一带水草其实远称不上丰美，可许是草有嚼劲，也出产得好牛羊，牛肉汤羊肉汤，每个县域都各擅胜场。吃了肉喝完汤，且说皮，这里的皮子是有名的。皮货、皮雕、皮艺、皮影，都有来历。

永城张家，数代人专营皮货生意。在老掌柜手里曾铺展得很大，北销京都，南达湖广，煊赫一方。可作为着力培养的少掌柜，年轻时，他并不爱这行。虽然，以他的悟性和耳濡目染，不到二十岁，皮货手艺便挥洒自如，可就是喜欢不起来。老掌柜很是头疼。爹让他南来北往跟着压压货，他撂挑子，不想干，说是一闻到那个气味，就干哕。

他想干的是唱大鼓，他觉得那个有意思。背个包袱，游街串巷，天黑了，锣鼓一响，支起大鼓，道个开场，喉头响亮，开口便唱：

但则见，在马上端坐着一员将，嚯！真是威风凛凛相貌堂堂。明亮亮烂银盔上生杀气，风飘飘九曲簪缨贯顶梁。神灼灼阔目浓眉精神满，端正正鼻直口阔地阁方。厚奄奄两耳垂轮银盆面，雄赳赳膀乍腰圆气概轩昂。穿一件素罗袍衬银叶甲，悬两面护心宝镜放毫光。系一条勒甲丝绦攒九股，锋利利青钉宝剑鞘内藏。密匝匝壶中密摆雕翎箭，飞鱼袋铁背铜胎宝雕弓一张。蹬一双虎头的战靴飞薄底，悬一对鉴银二镫在两旁。跨一匹追风赶日银角獬，擎一杆兵惊将怕五钩神飞枪……

嘡嘡嘡嘡，锣鼓铿锵，一段下来，气贯长虹。但见那围观的听众，神色陶然，他最后一锤子定了音，微闭着眼，抚住鼓面。观众愣神一片，等从情绪里缓过神，纷纷拍手叫好，齐声喊：“爷儿们，再来一段，再来一段！”……一想到这些，他就热血沸腾。他是太爱想这些了。

有一回，春节后，倒春寒，大雪齐膝，老掌柜一双腿，风湿病、关节炎都复发，疼得走不了路。这是他奔波挣下家业付出的代价。没办法，只好叫少掌柜压着一车货送往省城开封。少掌柜倒是答应了，可刚出了城，跟随行伙计交代一声，就撂下货物，甩手走了。

他直奔宝丰北街。那儿马街书会正锣鼓喧天。六百年流传下来，每到年后，河南、山东、河北、安徽、京津等地各路民间曲艺的大小腕儿集中赶来，在书会上争奇斗艳，使才逞能，豫东调、沙河调、坠子、柳琴戏、五音戏、西河大鼓、十不闲、莲花落、评书、道情、相声、魔术、杂技、三句半……好一个热火连天。

他撇下一众名家，急等着听传说中的刘宝全。一路上就心痒痒得无处抓挠，在书会上转了七八天，待刘先生来了，使一出《单刀会》，心意始定，不痒了，也不挠了。却一转身，又听人议论，刚才那位爷并非刘先生真身，而是某个徒弟，即又恼怒，被骗了一脑门的热情。待要上前理论，一抬头，一只黑瘦枯萎的大手破空而来，兜头一个大耳刮子，扇得他晕头转向，满腔愤懑。也要扬手还击，定定眼，才见他老子青筋暴起，连病加气，气喘吁吁，摇摇欲坠，手指点着他："你，你……"却说不出一句完整的话。

端的是失望已极。

这批货是开封鼓楼区最大的皮料行临时加做的，付了足表诚意的定金，几十件皮衣皮草皮帽。小伙计见利起了贪念，携货跑路了。永城皮匠张的活儿，哪里都好销，这一车俏货，转手倒腾一下，足够他几年嚼用。货出了岔子，老掌柜当然痛心，更痛心的是失了信誉，连带人家那么大的皮货铺损了这冷天里的好生意。

老掌柜辛苦经营，顾不上家庭琐碎，发狠努力，大半辈子，挣的就是个脸面。这一把，被儿子丢尽了。不成器的儿子倒好，还跟没事人似的，在这儿支棱着俩耳朵听闲曲儿。老掌柜不仅仅是痛心、失望、愤怒，还有这么多年苦心教诲却付之流水的委屈。

实在让孽子气着了。

他还擎着张脸，舔着嘴角，似笑非笑，没半点悔改的意思，眼里反而带着终于又一次成功激怒了父亲的得意。嘿，老头儿，气吧，你不让我干我爱的，得，咱爷儿们也不会让你称心喽。他脑子里还接着刚才的思绪，纷纷扬扬地想，刘先生这不知真假的徒弟都唱得如此之好，妈的，老子什么时候才能去北京天桥或天津三不管，听他一回真格的呢？什么时候才能有机会拜在他老人家门下呢？

老掌柜一声令下，捆他回家。

到家还是和老头儿拧着头犟，继续在街上溜达。

然后，就注意到年轻的莲姨了。小城，街面能有多大呢，他之前就知道她，那会儿只想着大鼓，没太留意，大鼓这路一堵死，闲下来了，这一留意不要紧，年轻的莲姨，那风尘与香气扑鼻、眼波共身段销魂的做派，迷住了不少后生。

挨着沱河，莲姨在街尾有家酒馆，铺面不大，卖点小酒小菜做营生。因她长袖善舞，也因酒菜有特色，或者，客人醉翁之意不在酒，总之生意还不错。

他来酒馆越发勤了，恨不得天天盘桓在酒馆。

老掌柜看在眼里，他听过莲姨不干不净的来历。老掌柜又长叹一口气，孽子啊，羞煞祖宗。却没想到他竟有脸说，他喜欢小酒馆当垆的那女人，想娶回家。说完了，挑衅似的等老头儿回答。

老掌柜节俭，筚路蓝缕时节俭，生意大了更节俭。当下正在啃着隔夜剩下的烧饼喝小米粥，闻听此话，先甩出去半截烧饼，想是觉得不足以彰显愤怒，又把粥碗对着荒唐的儿子抛出绝望的弧形。老掌柜大喝一声："混账!"然后被一腔愤恨噎住，捂着胸口，久久才缓出一口气。"老子早晚要死在你手里……"老掌柜颤颤巍巍地站起，抄起顶门棍，要揍孽子。

他还笑嘻嘻的，弯着身子，杵着脑袋，指着太阳穴，催老掌柜："朝这儿，照准喽，一棍下去，赶快。"老掌柜迟疑的工夫，他笑了："怎么不打呀，老头儿，你不就这点出息嘛，我娘是不是就被你用这根棍打死的？也把我打死，就齐活啦。"他笑得眼泪下来了。

年轻时，老掌柜心气大，脾气暴，押着货南来北往，一年有八九个月在外开拓，顾不着家，听说妻子和隔壁街面上银匠铺的学徒勾勾搭搭。自己做生意起早贪黑，冬寒暑热，刮风下雪，都靠一双腿地下走，那年月，路霸山匪流氓也多，细想都是悲辛——老掌柜委屈，想，老子辛辛苦苦是为了什么，你不好好守着家，竟有脸和轻浮后生眉来眼去？老掌柜怒火攻心，也不探问清楚，几句话说岔了，就将妻子一顿好打。许是自此落了病根，妻子没过几年，就含恨病逝了。老掌柜带着痛悔，一生再没续娶，越发发狠去挣家业，也越发对儿子看管得紧。却不承想，父子关系如皮筋，绷得紧了，要么断掉，要么弹回来，打得他疼。

老掌柜怆然一叹，没法回头，只有继续加强管控。急忙给儿子聘了粮铺家的女儿。想他娶了妻，生了孩子，肩头挑起责任，也许会收了荒唐。谁知结了婚，还是那样，父子之间，依旧剑拔弩张。闲极无聊，他又突发奇想，要去学武，想，将来唱大鼓行走江湖，学了武，总有点防身功夫。也不是必须学，就是不想被父亲摁住头，按他设计的道路过活。说到底，还是和父亲不对付。

不似大鼓名家都活跃在京津一带，有伙计们看着，他出不了远门；学武好办，此处地近少林，有尚武风气，北关就有一位大师父。

师父奇异，眇一目，跛一足，好饮酒。说是苏鲁豫皖四省交界处，设坛比武，师父得胜，抢了风头，被人嫉妒，下黑手打残了。此人有一套自创的云手拳，据说威力无比，跟他学武的人挺多，入室的却没几个。何荣材后边也来跟着学。可这么多徒弟，也没见他把拳法传谁。

每到阴天下雨，师父腿上旧疾复发，须大口喝酒止疼。他卖乖，常从莲姨那儿抱来大坛的槐花酒。几年不进皮料坊的他，还亲手做了一副厚厚的护膝，送给师父。护膝是野兔皮做的，为逮皮毛丰足的野兔，他在芒砀山勘察蹲守了三四天。为得整张好皮，不能用猎枪，他硬撵，追赶野兔时，差点儿摔下山。

师父感动，教他练了两年。

这一天，下大雪，师父在檐下喝了一碗他温热的槐花酒，他接过碗，再要去温酒，师父忽然说："小子，你学武何为？"

此时，他在一招一式重复的拳脚里消磨了不少叛逆，血脉里激烈的风声渐渐平息，有了女儿，人也变得平和了很多。想想垂垂老矣的父亲，想想有缘无分的莲姨，想想孤独的自己，大雪哗哗而下，他拂开脸前缭绕的雪花：“为给自己透口气。”

师父笑了，独眼里，水波温柔，将手里搓着的核桃向他掷过去：“小子，接着，给你。”

就只他学了这一手拳。

也是师父喜他机敏，有灵气，为人有厚意。

何荣材百般乞求，师父不曾理会。“他这人，心术不正，教了他，回头倒坏我名声。”师父死后，何荣材多次转求于他。他也没应。何荣材一直恨意难平。

按他的原意，是学了武，趁父亲不注意，奔到沱河边，推开酒馆，拉住莲姨，把憋在心里几年的话炮仗炸响一样，殷红地捧给她：“愿意跟我走吗?”只要她一点头，就一把拉走，俩人骑着马，浪迹天涯，去京津投师学艺，去江湖纵意潇洒。谁料想，还没等他学完武呢，老掌柜就病得严重了，硬气了一辈子的父亲，抵不过风烛残年的病体。苦苦撑了一年，还是殁了。

到死，父亲的眼睛都鼓凸凸的，睁着。

他明白父亲的心意。每次他出去闲逛，都能感到父亲卧在病榻上黏在他背后的眼神，期许、苍凉，又无望。许多次，他甚至想低头，却始终没有。

父亲弥留之际，指了指祖传的作坊，又捶了捶心口，咳嗽过，嗫嚅着嘴唇，到底只是叹口气，说了句：“随你吧……”便不再和他对视。父亲剩下最后一口气，命令伙计绑缚他的双手，怀里抱着打过妻子的木棍。他死后，到了那世，要向妻子磕头认罪。

父亲这一死，似乎原是势均力敌的两军对峙，现在对方突然离席，皮筋弹回来，倒将他闪了一下，打得他疼。

埋葬了父亲，他去皮料坊清点货物，打算全都处理了，以后按自己的意思过活。到了作坊，打开门，看了一眼，他愣住了。葬礼上都没哭出的眼泪，一下子发了芽——屋内的操作台上，父亲常做活儿照明的旧风灯下，放着一包银圆，旁边是父亲在生命最后的时光里，为他打造的一副马鞍。

风灯油尽灯枯，早熄灭了。

他想起上次父亲说他："几十岁的人了，还打算这么架着肩膀瞎混吗？那些下流玩意儿，你怎么就这么心迷呢？"他还和父亲嬉皮笑脸地犟嘴："老头儿，在你眼里，那唱戏的是下九流，那当垆女是下三烂，可是，没办法，架不住你生得好嘛，爷儿们贱坯子，天生天性就喜欢这些。"

他仿佛看到父亲拖着病体，在漫漫的夜里，就着风灯苦黄的微光，一边佝偻在操作台上为他裁剪、缝制，一边在心里怆然叹息：孽子，随你的心去吧。钱已备好，马鞍柔软。只可惜我们张家这一脉皮匠手艺，可能就此要断。

二

每到太阳即将消隐，老街东头“顺河酒家”的酒旗挑着最后一抹晚霞，镇上的酒友们便支流似的，陆陆续续汇合到这里，形成一个人情聚集的湖泊。要了酒，各自坐在熟悉的位置上，打个招呼，几个卤兔头，一碟凉菜，悠然地吃喝。在街面上一天的劳苦，随着几杯下肚，都暂可忘却。

往往天彻底黑了，一个瘦长的影子，才哼着小曲，迈着方步，踱到酒馆。不用看人们就知道，哦，西街做皮货的老张来了。因他身上标识性的隐约皮革味，酒友们闻惯了，几天不见，倒觉得少了点什么。到了店里，皮匠张向大伙儿熟谙地点点头，照旧坐在树荫的下风口，不用言语，莲姨便默契地呈上小菜热酒。

且说这会儿，三两槐花酒，两个卤兔头，一盘花生豆，摆上来。皮匠张从怀里掏出钱，放在莲姨的托盘上，嘿嘿一笑，就埋头开始慢慢地吃，慢慢地喝。两杯过后，他惬意地轻吁一口气，看酒的眼神格外温柔，忍不住赞道：“好酒。”莲姨笑了，坐下来，陪他喝一杯，也没什么话。末了，他把一件镶银的真皮梳妆盒推给她，还没什么话。莲姨看看他，在盒子上抚摩着，然后叹口气，很轻。收下了。又来了别的客人，闹哄哄的，莲姨飞快地笑着，起身去招呼了。

他继续喝。说不清他这辈子是爱酒，还是爱来这儿，就这么坐坐。他没多少酒量，但酒确实是个好东西，他享受的是那个气氛。喝着莲姨自酿的槐花酒，再啃一口温热的卤兔头，这一天，没白过。

这个场景延续了很多年。

那天，第二个兔头刚啃了一口，忽而，一团粗壮的黑影罩在跟前。这人一来，小酒馆刚才的言谈逗笑都噤了声。来人街上谁个不识？何荣材，街混子。以前，晃着膀子，走在街边，随手掳这家一把菜那家几块肉，仗着一身膘油，打架斗殴，没人犯得着惹他。前不久，傍上商丘分会的伪军，被下派做了这一带维持会的小头头，行为便愈加张狂。

“掌柜的，喝酒哇！”

皮匠张将嘴里的肉丝嚼碎，咽下，才抬眼。对方迎着他，绽开一朵临时起意的笑脸，像某种陷阱。

“有个大生意哦，还不快请我喝两杯？兄弟给你送财运来啦！”

皮匠张仍自斟自饮，继续啃兔头滋味丰盈的另一半。

“嗯？”何荣材叩叩桌面，以示警告和提醒。

他无动于衷，咬开骨头，吮吸兔脑，嘶嘶有声。

何荣材不悦，却也无可奈何。在永城，这趟生意只有他皮匠张能做，且给他个好脸儿，所以还勉力维持着一抹笑色。

莲姨端出好酒好肉，欲铺在何荣材面前。何荣材摆了摆手，意即莲姨不必来劝和。“不干你的事儿。”他说，“多少年的老兄弟了，我还不知他的脾气？没事。我等着掌柜的，让他慢慢吃！”脸上带着笑，话却说得咬牙切齿。

莲姨心都提起来了，忙给皮匠张使眼色。这世道，何必当面跟他犟呢。

可皮匠张根本不抬头，只顾埋头吃喝。终于吃完了，咂咂嘴，喝完杯中物，取出烟袋，挖一锅旱烟，划着洋火点燃，抽了几口，好像才蓦地想起对面还有这么一人，还有这么一事。皮匠张眯着眼，淡淡回一句：“你的事，我没兴趣，滚。”

当着这么多人，刚才不睬他，何荣材就够恼火的了，竟还敢顶撞他，这不单单是做不做这生意的问题了，它关乎人心的向背和他的权威。

“给你脸了？”何荣材直起身，歪着头，盯住他。落日的光线从身后照过来，镀出一圈光边，强化了他黑云压城般的威胁性。“爷儿们，听清楚喽，三天之内，赶出五百条军用皮带，你做也得做，不做也得做，这事由不得你。”说着，拍出一包伪币，掼在桌上，震得杯盏晃荡。

皮匠张磕磕烟锅，抖抖衣服，将钱推向何荣材：“何会长，你这钱倒新鲜，冥币吗？”他笑了，“收起来，留着烧给你爹娘花吧。你说的这事儿，我干不了，你另请高明。”说完，就要悠悠闲闲地走。何荣材一把拉住他，举起拳头，被别的喝酒的老伙计劝住：“别急眼呀，都是一街的爷儿们，有事儿好商量，好商量……”

老伙计们是为他好。何荣材知道。

“老何，要打你可快点儿，咱别耽误工夫。”他笑眯眯的，

“你确定现在能打过我了？”

何荣材气咻咻的。他不确定。

趁这间隙，皮匠张拂开那些为他捏把汗的目光，瘦倔倔地往回走。

何荣材恶狠狠地吐口痰，掀翻桌子，冲着围上来替皮匠张开脱的街坊说：“都给老子滚，给脸不要脸，别怪老子来真的！”

人们心说，唉，他丢了脸面，这回是摽上劲儿了。隐隐地，也替皮匠张揣着一份担心。

三

吱呀一声，门开了，然后关上。莲姨身上还带着外面凉白的月光。

炉火亮堂堂的，摇曳着，照在土壁上，层层叠叠堆积的皮革既繁杂又和谐地融在火光里。

莲姨左右打量作坊。“多少年没来了，还是老样子，真子承父业了。当初你那么犟，谁能想到。”她坐下来，“你吃饱了撑的，跟他顶个啥劲儿呢，真不想做，出去躲躲就是。”

“我出去躲？——不可能。”他在熟皮子。脱去汗衫，抱定大棍，搅动泡着皮革的石灰、芒硝混合水，屋里即刻弥漫着灼热酸腐的气味。连同他说出的话，也被蚀掉了边角似的，说出来硬邦邦的。

“哎哟喂，又不是我惹了你，甩个脸子给谁？”她上去胡噜他硬茬茬的头发。“笑笑。”她命令道，“渴了，倒水去。”

他便顺从地笑，从大缸上跳下来，把水倒了。可一转身，脸又绷上了。

莲姨气得笑了。“你呀你呀，改不了这牛脾气。”莲姨透出认命的、亲昵的语气，在炉火边坐下来，看他忙活。他赤着膊，踩个条凳，弓着腰身，攥住木棒，搅动水缸，一屋子皆是壮阔的哗啦声。她喜欢他做活儿时的样子，投入、沉默、有力量感。炭火旺旺地烧着，映着他额头的汗珠，也勾画出两个影子，在墙上寂静起伏。往事随着火苗悄然爬进了莲姨眼里，她面目笃定，也很悠远，似乎无数的时光铺展在眼前，恍然间，她说：“皮匠，我问你哈，那时候，你跟家里提过我没？”

皮子熟完了，搭在院子的木架上，让月亮阴干。洗洗手，他也坐下来，闷头抽烟，两袋抽完，才说：“提过……你知道，我爹那个犟种……”

他还想说什么，她作势止住。“啥也别说了，就是这句话憋我心里好些年了，想问问。提了，对得起你，也对得起我了……”莲姨眼角微微湿润，随即又笑了，“刚喝多了，说酒话呢。人一老，就爱想起年轻时的事。”

他错错嘴唇，想附和笑笑，却虎头蛇尾，没成功。“还是我没种。”他说。

“不怨你。”她说，“都过去了。这些年我也没闲着。”她笑。她走马观花处了几个相好。曾很热闹。

“我也问一句，这里头有何荣材？”

莲姨愣了一下，起身，打他。是真打。“你啥意思，嫌我脏?”打着打着，莲姨的眼泪就下来了，是真伤了心的样子。

他垂下头，任她打，想，也是的，就算有，能怪她吗？蓬门已开，在街面上混，总不能得罪了那个无赖。还不是他没护好她？

“张静海，老娘告诉你，就算去要饭，我也不会搭理何荣材，你满意了吧?!”

他及时作出认错的样子，低眉顺眼的，不吭声。她作势要走，他只管拉住，攥着她的手，不放开。几番下来，莲姨也是没脾气了。

他没话找话，却又全不得法：“他让你来劝我的?”

“你管呢。”

“威胁你了?”

“再借他俩胆。”

“……”

“说清楚，你刚才嫌弃我了?”

“……”

“是不是嫌弃我？你老婆孩子没耽误，我凭什么不能有相好的？你说!”

“……”

“你给我说清楚!”

“你呀，唉，真傻。”

“你才傻!”

两人对视一下，没绷住，笑了。有些孩子气。

“你猜对了，他让我劝你合作。我来了，也不是为他。”莲姨说，“去乡下你闺女家避避吧，最好去芒砀山里躲一段，现今不比往常，咱惹不起。”

“又不是我做错了，老子还就不信这个邪。”

“你就犟吧。”

“大不了，无非是个死。”他说，“能缩头缩脑，怕他这样的？”

“不是怕。”莲姨说，“你不想想，你死了，我咋办？”这些年，他们隔河相念，人世才不至于灰心寂寥。

他不吭声了。

“就算不为我，你甩手走了倒轻巧，手上的活儿咋办？你们张家多少代就干这个，你好赖接了你爹，谁来接你？”

父亲死后，这二十多年来，他是怎么和自己达成和解，将整个人扎进祖传手艺里，用一天天的日子踮着脚，才熬到了父亲那个高度。他不说，她也知道。

皮匠张不言语了。本没想干这个，结果呢，一辈子都耗在这个事上了，临了，一下子带走，还真不舍得。嗯，当初该培养个接手的。也不是没想过带个徒弟，这个事儿，怎么说呢？得愿意上心，还得有点儿悟性。他手艺高，而又不太老，一时半会儿死不了，想跟他学的人也要咂摸一下，学成了，也出不了师。有他的手艺在，谁还愿意花钱买次的呢？他在这行里堵着路了。再者，鞣制皮革有味儿，要么是受不了这份腥臊，要么是觉得青出于蓝没指望，总之也带过几个徒弟，没遇上合适的。生养的是个闺女，总不能让一女儿家去摆弄这个吧。就这么眼看着撂在自己手里，没人接棒了。可他还嘴硬："嘿，说到底，不过是个挣饭的贱业。"

莲姨撇撇嘴："有本事到坟上跟你爹说去。"

过了片刻，莲姨仍试探他："真不打算和他合作?"

"别再提这事。"他说，斩钉截铁，"因我师父没传他那一手拳法，师父最后死得不明不白，都说是他下了药。"

"那你防备好，他这次不会饶了你的。那天他就是故意撩拨你，可你压不住火，当着那么多街坊，灭了他威风。想起来，真解气。可他那气量，明摆着要借这事儿压压你。"

"没事，等他来呗。"

"要不我搬来给你壮个胆?"她说，"看还有谁阻拦。"

"等过了这个事，"他看着她，脸上露出年少时的灿烂神气，"我搬到你那儿，省得喝个酒还要穿半条街。"

"想得美。"她捶他一下，"再给我唱一段《大西厢》吧。"

四

残阳落尽，月亮斜挂出个钩，挑着几片纱一样的云。这样的夏夜傍晚，喝一杯莲姨酿的槐花酒，沱河的凉风吹过来，真是惬意。酒是莲姨用小米和四月槐花花蕾酿造的，酒里有槐花的清甜。会酿酒的女人，水会生香。不用急不可耐地和盘叫卖，故人自会循香而来。杯子里，月色摇晃。喝一小杯，人就醉了。

皮匠张看了莲姨半辈子，酒也喝了半辈子，多想就这么一直看下去、喝下去。

可这一切，止于戊寅年春夏之交。

永城地处四省辐辏之地，位于郑州、武汉、徐州三角带中间，战略地位自不待言。战争一来，灾难便比别处更加酷烈。商丘全域沦陷是日军从永城撕开口子，接着民权、夏邑、虞城、宁陵、睢县、柘城相继失陷。日军为了发动徐州会战，分派华中派遣军第十三师团和华北方面军第十四师团及暂配十六师团之酒井支队，南从蚌埠，北从菏泽，直取永城，以达到包抄徐州守军、切断陇海路交通之目的。

其间，日军进犯遭到抵抗后，枪杀村民，焚烧房屋，惨绝人寰，全家被杀绝者不计其数。沦陷初期，日军在各县收罗汉奸，成立所谓的“治安维持会”，为虎作伥，替日军拉丁派夫，筹款送粮，打寨墙、挖战壕、修碉堡，建立日伪据点，强制平民学习日语，灌输顺民思想，推行奴化教育。

何荣材带着一帮跟班，充当日军鹰犬，亢奋得像打了鸡血，搜查可疑人员，传达命令，敦促上交苛捐杂税……狼奔豕突，搅得街上不得安生。

一杯酒，再喝下去，都是血腥。

暗夜里，一扇窗驮着一豆微光。沱河的水静静流淌。莲姨关了门，坐到桌前。桌上蜡烛单脚而立，焰头浮动，对坐在它两边的影子便也此起彼伏，暗地里较量似的。莲姨温一盏酒，破开寂静。“老何，先喝酒。”她率先喝了一盅，“怎么，不敢喝？怕给你下药吗？”

何荣材歪着头，盯住莲姨，饶有兴味的样子。“这么多年，也没见你给个好脸色，今儿怎么了，怕不单是请我喝酒吧？”

“那还能干什么？”

何荣材顺势在莲姨臀部掐了一把。“要说吧，到这个年纪，你算有模样的了，可今非昔比呀，爷儿们现在不缺女人了，也好吃口嫩的。”

莲姨打开他的手，轻叱：“滚。”并用筷子在他手上追加一击：“没种喝？”

“那看怎么个喝法，”何荣材习惯性地吸吸牙花子，舔舔嘴，“交杯？”

“和你娘喝去。”

何荣材定定地抽烟，并不恼，沉静地笑，对她的心思一目了然。以往你对老子的那股骄慢劲儿哪儿去了？他洞若观火地等莲姨开口，看她如何选择一些柔软的言辞来取悦他。何荣材心底刚有一丝隐隐的快慰，紧接着却是更大的妒意。这个贱货，到了此时，还替他说情。

果不其然。

“非要和皮匠过不去？”

何荣材嘬嘬嘴，牙疼的样子：“上峰的意志，要赶造一批特制的皮带，我能有什么办法？是吧？”

“放狗屁！”莲姨柳眉立起，“谁不知是因为他没把那劳什子拳法教你，你怀恨在心。”

“是吗?”何荣材眼皮微跳，“那就是大家伙儿的事了，嘴长在别个身上，我也堵不住悠悠众口，是不是?要说呢，我实在是一片好心，让他做点儿事，在上边卖个好，也算点儿功劳，这个年头，总可以自保贱命，多好?可惜啊，都太蠢，没人理解老子这番苦心。”

“你以为都和你一路货色?”

何荣材抽完烟，自顾自喝酒吃菜，妇人之见，懒得分说。

“你老家村里就没有妻儿子女?”

“没。”何荣材头也不抬，回答得干脆。

“那你是石头缝里蹦出来的?总有父母先人吧?”

“嘿，趁这会儿高兴，可别跟我提这一壶。你不就想说为啥跟日本人干这个，不怕给列祖列宗蒙羞?告诉你，老子才不在乎！我那赌鬼死爹，你说他也值得老子给他光宗耀祖?”何荣材吐一口唾沫，“要我说，还是先看看眼前，都什么形势了，老蒋都跑到重庆，腿肚子打哆嗦去了，我们这小地方还不知要死多少人呢，还有空跟我扯虚的，哼!”何荣材在指甲盖上顿顿烟头，“你说你一婊子出身，也配跟我唠这个，不觉得寒碜?”

莲姨一下子炸了，跳起来要扇他。“老娘年轻时在开封的书寓里做过端茶倒水的使唤丫头，不是婊子!”

何荣材躲过，划火柴点上，抽一口，喷她一脸烟。“依我看，差不多，你觉得屎坑里会有块清白的豆腐?”他激将地笑，横肉颤抖，嘴阔洞深，回荡出叵测的共鸣音。

莲姨骂一句粗话，负气坐下，扭过头，掠掠鬓发，懒得再理他。

何荣材挪过来，逗她："还生气了，得，咱爷儿们吧，还就爱你这股子胎里带的浪劲儿，没你这火爆性儿，还觉得不够味儿了。"他推她一下："酒不喝了？多好的夜啊，来吧，别糟践这良辰美酒。"说着，就要上手。

莲姨回身，给了他一耳光，将桌上的饭菜都掀下来。"老娘就算怎么着，也比你干净。"

何荣材似笑非笑，揉揉脸，擦擦身上的汤汁，趁莲姨转身的间隙，忽而抄起凳子，一下砸在她大腿上。

五

不论战乱还是苟安，晴天里，太阳依然金黄高悬。光线穿过院中的梧桐枝叶，打在正在工作的皮匠张的眉脸上。他埋着头，剪呀裁呀，然后叮叮当当地敲打。空气中弥漫着皮革的气味。几十年做下来，闻惯了，倒觉得有一种特别的香。各种皮子料底不同，气味也不一样，比如，兔皮轻逸，牛皮持重，驴皮苦涩……突然，砰的一声，扔过来一卷东西，黑布遮着，脏脏的，黏糊糊的。

"新摘的，爷儿们，上上眼，给瞧瞧质地咋样。"何荣材摸着下巴，笑得古怪。

皮匠张用工具刀挑开包袱一角。皮子光秃秃的，黄里泛黑，带着斑斑血迹，想不出是什么动物的皮料。他疑惑地看了一会，又看看何荣材的笑，忽然头皮一麻，手里的刀当啷掉在地上，冷汗就扑上了脑门。

“嘿嘿，怎么样呀，师兄?”何荣材紧逼一步，阴阴地问。

“……”

“哑巴了?”何荣材大大咧咧地坐下，“那天，当着这么多人，你不能挺能耐的嘛，现在咋不吭声了?”何荣材伸伸腿，掸掸府绸的绲边衣袖，“要我说，人哪，活着，就要识时局。赶上这乱世，没办法，无非都想活个命，何必假正经呢?非要跟自己过不去，是吧?再者说，你就一臭皮匠，谁的生意你不是接，又不是不给钱，你犟给谁看呢?”

何荣材让做的这几百件军用皮带，武装的是手下一帮伪军，且不论给不给钱，这生意，能一样?皮匠张发狠抽烟，辛辣的旱烟抵消掉了一点刚才看到包袱里东西的恶心感。

“我也不想管别人的嘴，他们爱吣什么就吣什么，可是呢，还真以为老子吃素的，我说个啥，都在那叭叭地犟!”何荣材跷起腿，就着熟化皮子的炉火抽烟，猛嘬了几口，过了烟瘾，才道，“到时候，一个个治得他们服服帖帖。”

何荣材顺顺油光水滑的背头，拉张牛皮垫在屁股底下，摆出一副慢条斯理叙述的架势：“我可知道你有个女儿，嫁到芒砀山那边村里，好像前不久才生了个大胖小子。要我说，还是你这闺女孝顺，每个月月初，都从官道上搭个驴车来县城看你，爷儿们，你老小子有福啊!”起身，拍拍他的肩膀，“又到月初了，闺女快来了吧，兄弟我要不带几个手下，在路上迎迎侄女，顺便看看你那刚出生的小外孙是不是缺胳膊少腿?”

皮匠张额头上的青筋拧成疙瘩，随着喘息，一跳一跳的。他终究还是没按捺住，噌地站起，一脚踢翻火炉，抄起工具刀，比画着：“姓何的，咱俩的事，咱俩了，你要敢动她娘儿俩一指头，我跟你拼了!”

说完这一句，皮匠张把自己逼出翻卷的泪意。

妻子虚弱，有肺痨，去世得早，他就这一个女儿相依为命，嫁了芒砀山边一户殷实人家，刚生了个大胖小子。

何荣材迅疾跳起，烟也丢了，凳子也翻了，躲过火炉迸溅出来的炭星，又要提防皮匠张手里的刀，一下子忙得很活泼。“正好好聊着呢，猛地就尥蹶子，你属牲口的?”他跳出几丈之外，摸着腰间的枪管，才放下心来，“这么激动干什么，这不还没去看我那大侄女呢嘛，所以说，有话好好说，别给脸不要脸，咱低头不见抬头见的，到时候都不好看，是吧?”

何荣材掏出枪，晃了几晃，打开黄澄澄的怀表，看看，又装进衣兜。“时候也不早了，给个话吧。老子心宽，不计较，再喊你一句师兄，这回做不做呢?”

“他妈的，我做。”

“这就对了嘛。”何荣材带着杀鸡儆猴大功告成的虚情假意，想要再去拍拍皮匠张，但看看他手里的刀子还青筋暴涨地攥着，就作罢了，“三天后，我来取。”

临末，收了枪，又贴过来，胖脸绽开，说一句：“回头，咱老哥儿俩切磋下云手拳？”

“切磋不了。多少年不练，早忘了。”

“嘿，我可没忘啊。”何荣材顺顺头发，甩甩袖子，走了。

六

丽日青天，三炷信香袅袅而燃。皮匠张双手合十，他拜的是留侯。供台上的张良，仙风道骨，淡泊清瘦。据传，此山曾是楚汉相争时留侯军营驻扎之地，皮匠张的先祖曾在大营中打造皮甲，供应军需。这当然不乏虚言附会，可老掌柜在时，常言有赖留侯和先人福佑，故此，每临大事，都要来这里拜拜。到了他，也延续了下来，不同的是，拜过留侯，会转过庙，去后山父母、妻子坟冢那里念叨念叨，才心安意定。

拜完出来，回首看，但见庙内古木森森，气象庄严。山门巍峨，斗拱挑檐。门楣有联：

“秦世无双真国士，汉廷第一贤良臣。”

还有一副：

“送秦一椎只干大事，辞汉万户不做高官。”

皮匠张凛然一叹。

转到父亲坟包前，皮匠张跪下，一边焚烧纸钱，一边吧嗒着旱烟袋，默默念道：“老头儿，好久没来跟你唠唠了，我也快老啦。你会老，我也会老。咱爷儿俩一辈子对着干，谁也不服气谁，可把你气够呛。谁想得到呢，这几十年，承了你的手艺，过着你定下的亲，算是偿还你了，谁也不欠。接下来，我终要娶了那卖酒女，还有可能要断了你的手艺。说起来，临到头，不孝子还是要忤逆你。老头儿啊，这乱世飘摇，家国破碎，我要挺不过去，你也别怪，大不了见了你再狠狠甩我几巴掌……”皮匠张咧咧嘴，刚一笑，带动了两窝淤积的泪。重新卷支烟，点燃，插在坟前，扑下去，磕三个头。

接连几天，老伙计们都没看见皮匠张在黄昏时出现在小酒馆。人们想，这年头，到底是“维持会”势力大啊，饶是皮匠张硬挣，也被制伏了，这会儿肯定在店铺里浸碱泡酸，鞣制皮革，为那些汉奸们赶造军用皮带呢。想想每况愈下的生意和不明朗的局势，各自怀揣了一份亡国的隐忧，又无可奈何。听说豫中会战又是惨败，各大城市相继沦陷，日军烧杀抢掠，无恶不作，到处都是惊骇的惨案……人们喝完杯中物，算计着避到哪个山下逃命。

三天后，临黑，何荣材挥着纯铜手电筒，敲响皮匠作坊紧闭的木门。这手电是他最近表现有功，日军奖励他的，大白天里何荣材也须臾不离手。砸了两下门，却无回音，索性一脚踹开，带动门后的尘埃。等尘埃落定，作坊里冷冷清清。皮匠张一人坐在椅上，双手拢住袖口，面色青白，岿然不动。

何荣材走过去，电光激射在皮匠张脸上：“喂，皮带呢？”

屋子里，炉火还保持着翻倒的姿势。看来，皮匠张这些天，什么也没做。

“问你呢！”何荣材掏出手枪，对着他。

皮匠张还是没动，却忽然哼了一声，漠然笑了。

何荣材被他笑得心里发毛，咋呼着，逼近皮匠张，要教训他。皮匠张却缓缓抽出被袖子盖住的手——两只手，唯有左手拇指、食指两根指头，留着喝酒、捏鼓槌；右手五根和左手其余三根，都齐根断了，露出白茬茬的筋骨。

皮匠张晃晃手腕：“被狗咬了，做不了活儿了，也练不成拳了。”

迎着枪口，他缓缓地笑了。

何荣材愣在原地，反应过来，一脸被戏耍的盛怒，举起枪托，朝皮匠张砸去。

七

灾乱的年份终于过去了。

街面上活下来的人们，像从隧道里爬出来的蝼蚁，劫后余生，大都丢了半条命。三三两两，又聚在“顺河酒家”，喝酒，聊天，唏嘘，感叹。不同的是，主顾们喝酒，要自己到柜台上取。莲姨坐在那里，样子老了，头发仍一丝不苟，量好酒，分装了小菜，交给来人，寒暄几句。每个细节和旧时一样，很平常，也很美。没有人看到她的断腿。

黄昏消隐，皮匠张胳膊上挂着一盏风灯，出现在老街上。他还是那样瘦削，灯光打过来，投在地上的影子仍硬邦邦的，料峭的晚风似乎都吹不动。皮匠张将风灯放在店里立柜上。风灯还是父亲留下的旧物，被他收拾得漂亮多了，底座用产自芒砀山的黑色文石，包裹着一层油亮的野猪皮，顶部是花轿式样，镂刻精巧。油足捻长，高灯下亮。

今儿要喝个痛快。

这天是汉奸公审的日子，人们兴高采烈地传扬。刚宣判“罪大恶极，枪毙”，还没绑赴刑场，何荣材就尿了裤裆，人打摆子，腿筛糠，直往下出溜，两个人都拽不住。

皮匠张和大伙儿打了招呼，照例踱到下风口老槐树下的位子，还是两个卤兔头、三两酒，左手仅余的两个手指执杯，喝酒，趴在盘子上啃兔头，还是很悠然的样子。到底高兴，贪多了两杯，清清嗓子，残指叩击桌面，唱了一出《单刀会》。本来挺激扬的故事，老街坊们听了，不少人落了泪。齐声叫了声好，喊道：“掌柜的，再来一段，再来一段！”

皮匠张血热神旺，皱巴巴的人忽然挺拔起来。得，给老伙计们扫扫晦气。站立如桩，又来了一段《赵云截江》。唱完，饮了一杯，说漏了嘴：“大伙儿好吃好喝，今儿我做半个主，所有酒菜，免费。”他举杯朝向莲姨，似乎在隐秘测量他们之间的距离。莲姨瞪他一眼，不知怎么，眼底发酸，也想哭一哭。

喝到后来，街坊邻居们看看皮匠张的残手，忍不住惋惜，老伙计这鞣制皮革的手艺，怕是要绝。

皮匠张笑笑，心说，没事，我闺女有个大胖小子。没事。

（选自《人民文学》2023年第7期）

指甲花河

王清海

一

檎哥有五只白羊，我有三只。我们两个赶着八只羊在指甲花河水草丰肥的地方游走。羊在吃草，我们看着羊吃草。河边的人都是来来去去，只有“神经”是一直住在那里的。

从我记事起，“神经”就住在指甲花河边一间碎石砌成的小屋里。指甲花被六月的热风染成红云，铺满指甲花河的两岸。他和他的房子，如同红云里的一朵花瓣。河水不管不顾流向自己的方向，如果倒影可以视为留恋，我认为指甲花还是印在了河水的心里。

我曾对檎哥这么说过。檎哥说，那只是你自己的认为，不要跟我说，我不是这么想的。我说，我们一起玩，你为什么不能和我想的一样？檎哥说，我为什么要和你想的一样？如果你要让我和你一起这么认为，我就不和你玩了。

我总觉得，我这些感觉也是从书本上学来的，老师就经常给我讲比喻、拟人这些的，我不认为我是错误的，我认为是檎哥没有好好学习。

指甲花河的水流也不大。窄处，十岁的我用尽力气，可以跳到对岸草丛里，那里有鱼、虾、淤泥，还有蚂蟥。我被蚂蟥吸在腿上过一次，柔软的褐色身躯，在我的小腿上钻出血来，牢牢吸在那里。檎哥用鞋底使劲摔打我的腿部，蚂蟥掉了下来，我用草棍把它挑到了指甲花上，花的汁液让它的身体蜷缩起来。我们看着它在花瓣上被太阳晒干，得到了一天里最大的满足感。

我们玩耍的时候，羊只管吃草，从来不看我们。

河水的宽处，能清晰照出我的样子。我平时也只在那里照照，看看水里若隐若现的草。有一次，檎哥从一个宽处跳了过去，站在对面喊我。我也想体验一下从宽处跳到对岸的感觉。我奔跑助力，奋起一跃，掉进了水里。

水迅速淹没了我，我在水里挣扎，呛了几口水，身子继续挣扎，水的力量大过我的力量，我只能随着水的力量起伏，被缠绕，被吞没。

忽然有一股力量打破了水的包围，把我拉了出来。水面上，太阳依旧照耀，我看清了，是“神经”。

你叫什么名字？

我叫水生。

他笑了，水生竟然不会游泳？

他的背有些弓，头发花白，眼珠里布满了血丝。笑起来，黑黄各半的牙齿露了出来。我有些害怕。

他问我，水生，你看这河水是向东流还是向西流?

檎哥大声说，自东向西流。然后拉着我去赶羊。白羊慢吞吞地朝着我们仰直脖子咩咩叫，一只也不愿意离开。面对这样的无奈，檎哥舞起了长鞭，我牵起了领头羊的绳子，它屁股使劲朝地上坐，被檎哥的鞭子打疼，不情愿地被我牵着走。

“神经”一脸怪笑地对着河水喃喃自语，不看我们。瘦弱的他站在河边，像一棵随时会被风刮倒的芦苇。

没有人知道“神经”是哪个村的人，听口音不远，但就是没有人认识他。他突然出现在河边的时候，不断有人问他是从哪里来的，他一会儿说这里，一会儿说那里，谁也没有问清楚。一会儿说自己是几十里外一个村子里的人，老婆跟别人跑了，自己是出来找老婆的。一会儿说自己就是南边不到十里地的一个村子的人，做生意被人骗走了很多钱，自己是出来找骗子的。一会儿又说自己是县长的儿子，正在被他爸四处寻找。有好打听的人想仔细问，看他还有多少理由。他就不说别的了，开始问：你看这河水是向东流还是向西流?

指甲花河，村里的大人小孩都知道是自西向东流。

“神经”一口咬定是自东向西。不管谁和他争论，他都不会改口；如果争论得急了，他就两眼一闭口吐白沫，浑身抽搐，像指甲花瓣上的蚂蟥。

这是很吓人的，谁也不想因为几句话给自己惹麻烦。听到他问河是往哪里流的，就直接回答，河是自东向西流的。“神经”就很高兴，对着河，喃喃自语，说些谁也听不懂的话。

“神经”的名字就是这样来的，神经病的意思。跟“指甲花河”的来历近似，不知道从什么时候开始，河两岸开满了指甲花，就叫“指甲花河”。大家都这么认为了就是正确的，我从来没有怀疑过。

夏天，站在村子南边远望五里地外的指甲花河，隐隐一片通红。花落的时候，想到这点我就害怕，远离人群的“神经”不仅无人交谈，还得面对时间的静止和指甲花河蛇一样的蜿蜒。

我问，檎哥，“神经”对着水面说什么？

檎哥说，说话啊。

我问，什么话？

檎哥说，你还小，不能告诉你。

檎哥比我大五岁。他对“神经”说河水是自东向西流的，“神经”喃喃自语的时候，他就坐在他对面，笑着听着。我认为檎哥听懂了。听懂了还不告诉我，这说明那是神秘的语言。我追问檎哥，“神经”对着水面到底说的是什么？檎哥说，不能告诉你。

我说，既然知道了为什么不能说？

檎哥说，有很多事不能说，比如今天掉水里，你回家后什么也不要说，要不然咱俩都得挨打。

我们在村口的岔路分手，他和他的五只羊去了另一个方向。我的三只羊要跟着去，我就用力把它们往我家的路上拉，领头那只羊不见了檎哥的鞭子，开始跟我瞪眼，咩咩叫，用力往后蹭，我不敢松手，拖着绳子，摔在地上。我的身上滴着水，沾着草，这又混上了泥。

在村口遇到了我爸，他正扛着锄头从地里回家。他远远地喊我：水生。

我爸看见我一身水和泥，放下锄头，从地里拔了一棵苞米，快跑到村口，就朝我摔了过来。我和白羊一起躲逃。白羊朝家里跑，我也往家里跑。到家门口的时候，我被我爸摁住了，一阵狂揍。打得我连连喊，再也不往河里跳了。我在心里无数次想说，我是掉进去的，不是跳进去的。我没有说，我知道会被认为说谎，这样会被打得更狠。听到我承认了错误，我爸停了手。

第二天，我爸杀了一只鸡，让我妈炒好了，他领着我给“神经”送去。一路上香气扑鼻，我忍不住向搪瓷盆中看了几次，我爸没让我吃，他的眼睛也不断瞟向鸡肉。我们家也只是逢年过节的时候才舍得杀鸡。我爸也在强忍着。虽然鸡是剁成了小块黄焖的，少几块看不出来，但是我爸仍然坚持将一只囫囵鸡送到了“神经”那里。

我爸先让我在河边落水的地方跪下，磕了三个头，谢水神的保护。然后就带着我来到“神经”的小屋。中午的太阳，晒得人浑身滚烫，“神经”坐在太阳地里看着河面。他背后的小屋子跟火罐一样，我站在门口都觉得热气灼人。我爸让我给他跪下磕了一个头，然后用很亲切的声音说，大哥，谢谢你救了孩子。

“神经”的眼睛盯着鸡没有动，身子也没有动。

我爸说，大哥，今天中午特意做了点好吃的，给你放在这里了。

“神经”这才看到了我手中的盆，站起来说，这怎么好意思？我爸不等他推托，就走进了屋子，转了一圈，没有找到可以盛放炒鸡的餐具。

大哥，带盆给你留下了，盆子你留着用吧，看你这屋子里就一个碗。

“神经”说，这怎么好意思？

以后有什么需要帮忙的，去村里找我。

“神经”说，这怎么好意思？然后就进屋子里，拿出筷子，开始吃鸡。他用筷子夹着放在嘴里，吃掉肉后吐出骨头。碰上难啃的，也是拿筷子夹起送到嘴边慢慢啃，不像我爸和我吃鸡的时候，直接下手拿起就啃。

他吃了几块后，抬头看见我们。

你们看这河水是向东流还是向西流？

我爸和我异口同声地说，向西流。他就停下了筷子，看着水面，喃喃自语起来。我们急忙走了。

回去的路上，我看了一眼水面，安静而平整，自顾自地流淌，肯定也听不懂“神经”的喃喃自语。它到底是向西还是向东流，我在一瞬间有些分不清楚了。然后，我坚定地告诉自己，所有的人都知道，它是自西向东流。我就有了胜利的喜悦感，紧跟在我爸后面，一蹦一跳地回了村子。

二

檎哥的五只白羊卖了以后，他爸给他买了更多的羊。他的羊群在指甲花河边如同白色的花朵，少了我的陪伴，只有他一个人躺在草地上，仰望蔚蓝的天空。他的羊群一离开，指甲花河就空空荡荡。

不，离开了我，还有“神经”陪着他。我星期天从学校回到村里，经常看到檎哥在河边，有时他和“神经”各自在一边河岸，有时他会把羊群赶到“神经”的那边。不知道他们有多少交流。

我家卖掉了三只白羊，没有再买。

我爸认为我的人生需要改变，不想让农村成为我的归宿。我一点也不嫌弃农村，我很喜欢。我也不反对我爸的想法，我的学习成绩一直很好。学习成绩好的孩子，注定要凭着考学离开农村。大家对这样的事情，像对河的流向一样，从没有怀疑过。无论是被裹进羊群里的羊，还是落入河流的水，都不可能擅自离开群体的方向。

在我爸的盼望里，我考上了大学。

领到录取通知书的那天晚上，家里来了很多祝贺的人。檎哥在傍晚的时候，赶着羊群从我家门前走过。他家在另一个方向。他是特意经过我家来祝贺我的。他在门口站了站，我走了出来，他的羊群不肯停下，河水一样向前流淌。他朝我挥了挥手，随着羊群走开了。

檎哥，过来玩啊。

水生，祝贺你，我得放羊，不过去了。

村子里的树被黄昏笼罩得影影绰绰，面对一天的祝贺声，我的脸笑得僵硬。我爸也觉得疲累，早早关上了大门。饭菜的香气在堂屋弥漫。我妈炒了四个菜：黄焖鸡、红烧肉、韭菜鸡蛋、白菜豆腐。我爸从床下掏出一瓶布满灰尘的酒。他还给我倒了一杯，一脸赞赏地看着我端起来。

大门响起了砰砰声，很大，叫门的声音却有怯生生的陌生感。

水生。门外有人喊我。

我们一家都没有听出是谁的声音，互相疑惑地看了一眼。我爸站起身，打开门，惊讶地说，大哥，是你啊。

院子里的灯光照着“神经”纠结的花白长发，他的眼睛在头发后面闪着模糊的光亮。他手里拿着一捆纸，嘴里喃喃地说，水生，考上大学了啊。

我爸招呼我妈给“神经”盛饭，“神经”站在大门口动也不动。看到我妈端过来一碗黄焖鸡和红烧肉，碗上放着一个暄软的馒头。他还是动也没有动。

水生，考上大学了啊。他重复道。

是啊，孩子考上大学了。大哥，你吃点饭吧。

他把纸捆递给我爸，说，想让孩子帮我看看，河水是向哪里流的。你看我列了这么多算式，找了这么多证据，河水明明是从东向西流的，可为什么这村子里的人都说是从西向东流的？

我爸接过他手里的那捆纸，放在了地上。我妈将饭塞到了他的手里，说，吃饱了再说。邻居家的狗突然起了几声狂吠，附近的狗也跟着叫了几声。“神经”的身子就哆嗦了一下。狗吠后的安静让他也安静了下来。他不再说河流的事情，将全部身心投入黄焖鸡和红烧肉上，他小口咀嚼着，一直到吃完，一句话也没有说。他吃完后看着我家的院子，又轻声喊，水生。

我只好走过去。他从口袋里摸出一根铅笔头，在纸捆上写下了一个字：掷。

这个字是什么？他抬起头问我。他拨开了披散的头发，露出骷髅一样的脸，他的眼睛放出诡异的亮光。

我竟忘了那个字该怎么读，我的脑袋里一片空白，我想了一阵，说，这个字读“zhèng”。我说出以后，不自信地问，对吧？

他说，谢谢。拿起纸捆，跟夏天的微风一样，踩着沙沙响的树叶，沿着村子模糊的小路，走了。

我爸长吁一口气。我妈将饭菜热了一遍，我们一家坐回饭桌旁，我爸又给我倒了一杯白酒，我喝了，辣味顺着口腔让我的脑袋一沉，我想起，我刚才把这个“掷”字读错了。

这个字我是认识的，不止一次使用过。我偏在那天晚上读错了。我爸、我妈没有听出来。不知道“神经”有没有听出来。我羞愧难当了好一阵，睡了一觉，并没有忘掉这事，也没有把这事当回事。

大学毕业以后，我在多处跌跌撞撞的时候，忽然发现那晚的自己，其实办了一件很聪明的事情。我如果告诉了神经正确的读音，他会不会再继续追问别的问题，甚至会继续问河是向哪里流的？而我只用一个错误的读音，就阻止了他的继续。

我在参加工作的日子里，并没有时时这样聪明，反而总被自认为的聪明拖着进入了一个又一个的无奈。我也是努力奋斗的，得到的却是不被认可甚至排斥，我费尽心思作出讨好的事情，比如努力工作，巴结上司，团结同事，却总被一次又一次莫名其妙的事情打破努力的初衷。

在一个又一个的挫折里，我开始想念指甲花河上放羊的日子，那是无忧无虑的生活。我明明已经熟知了故乡，为什么还要在一个分不清东西南北的陌生地方，一片迷茫地摸索?

我开始怀疑自己是否适合离开故乡。

三

我和我爸走在了去往指甲花河的那条路上，还是我去河边放羊走的那条路。荒草中的一条小径，十多年没有变宽过也没有变窄过。我大踏步走在前面，我爸紧跟在我后面，路边偶尔走过一两个乡亲，都会说，水生回来了啊。

我爸就会站下来，督促我给人家掏烟。从村子到河边，我掏了三次纸烟，我爸也幸福地笑了三次。

我爸给我打电话，铃声响起的时候，我正在城市的街头徘徊。我和那个一直挤兑我的主管爆发了冲突，被公司开除了，心中一阵轻松，也一片茫然。

我爸和我随便聊了几句后，提到了“神经”。我站在一座桥上，灯火灿烂，桥下的水面倒映着灯光，我眼前浮现出“神经”对着河水喃喃自语的样子。这条河是向哪个方向流动？

我在这个城市好几年了，还真没有想过这个问题。

我爸说，“神经”死了。我一时无语。我爸只是当闲话说出来，我也是当闲话听的。

我爸在说了“神经”的事情后，还是问出了那句让我有点痛苦的话，水生，你最近怎么样？

我说，爸，还就那样，不好不坏，不过我想回家看看了。

我已经两年没有回家了。上一个春节是因为要加班，这一个春节是因为替主管加班。我知道我爸我妈一定很想我。

我爸说，好、好。

我这次回来，他跟我说得最多的话，就是好、好。

我现在一个人跳进指甲花河里洗澡，我爸是不会再打我了，我也不会再这样做了。河水依旧清澈，但是水里杂草丛生，水底肉眼可见许多绿苔，不知道绿苔下面还有些什么。真不知道小时候为什么看见水就想跳进去。

我爸的头发已经花白，扛着铁锹的身体有些弯曲，走到河边已经微微喘息。

我说，爸，“神经”还有没有问过河水向哪里流？

我爸看着指甲花河窄窄的河面说，还是问，一直问。

那有没有人跟他一样认为河水是自东向西流？

没有。村里的“大傻子”都知道水是自西向东流。

“大傻子”不是什么都不知道吗？

可是他知道村里人都说水是自西向东流啊，为了证明自己不傻，他还跑到了“神经”面前，大声告诉他，水是自西向东流。结果，“神经”被气得翻了白眼，好久才缓过来。“大傻子”还是傻，别人怕“神经”气出病来要担责任，就他不怕。“神经”见了他就躲。“大傻子”站在河边大声喊，水是自西向东流。“神经”就紧紧捂住耳朵。

我爸见到我的第一刻就很高兴，说话很大声，在路上跟我说这些的时候，依旧很大声，声音里有挡不住的欢乐。我也很高兴。我们都忘记了，我们是去埋葬一个生命。

小的时候，河边的指甲花是野生的，谁都可以采，很多外乡人来这里采摘，收购。

现在，河两岸的指甲花已经发展成了产业，都是人工种植的。河的不远处，还建有指甲花的加工厂，做染发剂，做药材。河两边的地，也被几家大户承包了种指甲花。附近村子里的很多人，给他们做日工挣钱。

指甲花的根、茎、叶、花和籽都可以卖钱。指甲花籽有个名字，叫“急性子”，上午还刚好适合采摘，过一个中午，就会蜷着身子，弹出里面的籽。所以到采摘指甲花籽的时候，都是急活儿。

“神经”就是给人采摘指甲花籽的时候，一头栽倒在指甲花地里，被送到医院的时候，已经死了。医生说，可能是心肌缺血，这种病突发猝死的人很多。不过要想知道是不是这种原因，还需要法医解剖后做结论。

送他去医院的是他的雇主，就是檎哥。檎哥现在不放羊了，指甲花河两旁的花地，有一半都是他的。檎哥认为我考上大学，又留在大城市，是他一生都无法实现的目标。我也清楚地知道，檎哥每年的收入，是我的十倍都不止。

他见“神经”就这样死了，坐在医院门口痛哭。他知道解剖了得出结论他得赔钱，没有结论仍然是赔钱，还是坚持将“神经”解剖了，拿到了心肌缺血死亡的鉴定证明。

我和我爸见到他的时候，他仍然在抱怨，不怕花钱埋“神经”，就怕他的家人日后会跟自己纠缠不清。

我爸说，这都多少年了，没有人来找过他。

檎哥说，活着的时候没人找，不见得死了以后没人找。

帮忙埋葬“神经”的几个人都不说话了。大家都清楚，很多孤寡的人，活着的时候没人管没人问，要是死了能分到些钱，能冒出一堆亲戚来。

“神经”的小屋子里已经有一股浓烈的尸臭了，再不埋，就没法埋了。

檎哥下定了决心，说，不等了，说不定不会有人找来，也说不定就等着埋了后再找来，总不能看着烂到屋子里，动手吧。

屋子里进了几个人，把“神经”用被子卷了卷，塞进一口薄皮棺材里，放进他屋子后一个挖好的深坑里。几把铁锨一阵飞舞，坑填满，稍微隆起了些，就是“神经”的墓地了。

我回来的时候，想给他磕几个头，感谢他救了我。可是这一阵匆忙，我连手都没插上。直到埋完了“神经”，才有人想起我，问，水生怎么也回来了？

我爸说，他这几天休假，回来看看。

檎哥拿出几条烟，感谢帮忙的人。我爸收了烟，我不想收，檎哥不高兴，使劲往我手里塞，我爸就替我收下了。

回去的路上，我爸指着指甲花河说，以后再不会有人问这条河是向东流还是向西流了。

我说，方向也是人规定的，太阳是东升西落。如果当时规定的那个人说太阳西升东落，那“神经”就没有错，错的就是我们。

我爸吓了一跳，说，水生，在外面遇到事要跟爸说，不要自己堵在心里。

我说，爸，我就是随口说说。

不知道你檎哥为什么要雇“神经”做工，没有人敢用他的。

他能听懂“神经”说的话！

他又不神经，怎么能听懂“神经”说的话呢？

我爸的话让我如释重负，是啊，我听不懂“神经”说的话，我怎么能是神经呢？

四

指甲花河用它的无情和包容陪“神经”走完了他的一生，对于他的离去，发生改变的只有檎哥。他给我打电话说，他一直忐忑不安，约我过去聊聊。

我在家的半个月里，除了吃、喝、睡觉，也没有别的事情可干，早就想问檎哥，问问他在老家该怎么发展。我们都是在这里长大的人，因为我的半路离开，我对家乡的熟悉，远不如他。他已经有了两个儿子，都送到了县城读书，他又离不开他的指甲花地，就每天城里村里跑来跑去。

我去河边找他。他在那里，一见我就是一句话，回来了也不来找他。

我说，我都没有看到你闲过。

檎哥笑了，说，我是怕你忙。

早都不忙了，我辞职了，准备回家里发展，檎哥帮我想想，在家里能干点啥?

在外面虽然不自由些，但每个月能按时领到工资，不比在家里强?

我不能告诉檎哥我的无奈，只能说，我想回来，在家也得有事干。

檎哥说，回来也好，人吧，只要过得高兴，在哪儿都行。

我说，嗯，我就是这么想的。

檎哥就给我出了一个主意，在指甲花河边建一个养羊场。羊肉的价格稳定，能保证利润。河边还有很多地空着，建场方便。粪便可以倒入指甲花地做肥料，在环保上也好达标。檎哥说的很多我都没有考虑过，但我能清楚地感觉到，这已经是一个技术活儿了，不再是我们小时候赶几只羊的事了。

我跟我爸商量养羊的事，我爸一脸震惊，用打量“神经”的眼神看了我好久，说，不行。我试着说了几次，都被我爸我妈坚决阻止，甚至邀请了一帮亲戚劝我。这让我心里像揣了石头一样，总觉得硌得慌。

令檎哥忐忑不安的是，“神经”的家人还没有出现。

我说，也许他没有家人呢。

檎哥说，都是娘生爹养的，不一定谁跟谁连着，一定会有家人的。早来了，事情刚发生，大家都还记着，能说清楚，越晚越说不清楚。

我说，你怎么想起雇他呢？他神经，也干不了多少活儿。

檎哥说，我觉得我是懂他的，觉得他可以跟正常人一样干活儿。

我说，你真能听懂他的话？

檎哥说，我听不懂，小时候那是骗你的。不过我也不认为河是自西向东流的，我只知道南北，不分东西，小的时候别人说东边西边，我都是顺着人家说的。后来我发现这样挺好的，到一个新的地方，只管左右不用管东西，就不会迷方向。你说“神经”可怜吗？为了一个“东西”，迷了一辈子。

我想了想，我到一个新的地方，也和檎哥一样没有分过东西。要想找出东西方向，也是凭借着路牌、太阳，或者用手机指南针强行辨认的。

“神经”去世一个多月后，一个四十多岁的中年人，穿着干净朴素的衣服，来到“神经”的坟前放鞭炮，烧纸钱，痛哭。指甲花依旧红彤彤一片，“神经”坟上的土，已经长满了青草。

附近很多人都知道“神经”埋在那里，这个中年人能轻易找到，很正常。

他做完这些后，就来到我们村里，直奔檎哥家。一切都是打听清楚的，从没有人见他来过我们村。而他，也不需要打听，就直接找到了住在村子最南边檎哥的家。檎哥后来说，这一定有内鬼。他不知道是谁，使劲想也想不透，是谁能够联系到“神经”的家人，却又这么多年对他不管不问。

我们坐在一起分析了很久，想了想，可能自始至终，“神经”的家人，都知道他在这里，只是没有人来找他而已。一个合不了群的人，被人群抛弃的时候，也包括他的亲人。

檎哥没有跟他在家里谈，喊上我，把来人领到“神经”的小屋前。“神经”住过的小房子还在，房顶有个大窟窿，房门也没上锁。我走近了，远远就闻到一股粪便的味道。

这才几天，他的小屋子就被来干活儿的人当作了厕所。据说，他的屋子里还有很多书，都被上厕所的人拿来擦屁股了。我在河边为养羊寻找场地的时候，想去小屋里看看是什么书，终究是嫌臭，没有过去。

檎哥在小屋前开始训斥那个自称“神经”侄子的人，说你这么多年都没有照顾过他，这个时候来要钱，心里亏不亏？这是檎哥准备了很久的话。而那个自称“神经”侄子的人，也准备了很多东西。他先拿出了自己的户口本和身份证，指着户口本上的人名——张耀庆，说这个人就是他的叔叔，看，跟他是在一个户口本上。然后拿出了一张张耀庆年轻时候的照片，穿着白色的衬衣，理着板寸，双手叉腰。我和檎哥瞪大眼睛看了很久，才从五官上看出来是“神经”。

檎哥说，他年轻的时候很帅气啊。

那个中年人给我们讲了张耀庆的故事。说张耀庆少年的时候失去了父母，和哥哥相依为命，还好学习成绩一直很好。考上大学后，去了好几个亲戚家也没有借够钱；他最亲的舅舅家，竟然没借给他一分钱。为学费发愁，愁到把家里唯一的一只鸡脑袋剁了，说是砍了舅舅。从那就有些神经了。最后，他哥，也就是这个中年人的父亲，还是把弟弟的学费凑够了。他去上了一年学，却再也找不到他了。没想到在这里，最后还死在了这里。

中年人想要二十万元，檎哥答应了赔偿，但是提了一个条件，要中年人带着他们的村干部带着公章来，做个见证。中年人将赔偿额降到了十万元。檎哥仍然坚持自己的条件，并说，我也会让我们这里派出所的人带着公章来做个见证。

中年人想跟我们两个吵闹，看着檎哥一脸凶恶的样子，就走了。

我看着中年人走远后，和檎哥一起去看他的指甲花，忽然发现，这么大片的花地，居然没有花香，我开始不相信自己的嗅觉，我凑近了去闻，依然是没有香味。

我当然不会问檎哥为什么会这样，这在他那儿，是习以为常的事情，我只是刚刚发现了而已。

檎哥说，你相信他说的是真的吗？

我说，不知道。

檎哥说，我也不知道。你决定在家养羊了吗？

我说，不了，我明天就回城里。

檎哥点了点头。我们这才想起，我们刚才没有问那个中年人的名字。这似乎也不是一件重要的事情。

（选自《山东文学》2023 年第 9 期）

金疙瘩

孙全鹏

一

一个多月前，桂花就开始在大山耳朵边聒噪，她娘家弟弟正月十八要结婚了，说现在姊妹们随礼都是一万元。桂花是家里的老大理应不能少一分，少了拿不出手。大山骂骂咧咧道：“我又不是开银行的，上哪儿弄那么多钱？你瞎比这有啥用？亲不亲就看这点钱了？”近几天，桂花说的次数更多了，大山就没好气地对桂花说：“要不你把我的肾割了去卖吧，听说可以卖几万。”桂花一听来了气，她叉着腰厉声说：“不给钱就不给钱，你还说什么风凉话？你的肾肯定比咱家的老母鸡值钱！”大山嘟囔着骂了一句：“奶奶的，那我抢银行去！”他踢了老母鸡一脚，出了门，懒得跟桂花一般见识。那只老母鸡咯咯嗒地在空中翻了个跟头，一落地，就扑扇着翅膀逃开了。

大山习惯了低头走路，腰杆儿慢慢直不起来了，像根豆芽子，眼睛还不时向地上瞅，像雷达一样搜索着地面上的东西。

如果发现地上有什么东西，大山会突然停住，伸伸长脖子，弯腰捡起，再看个仔细。大山已是四十多岁的人了，他想着要是真捡起一块金疙瘩，那么他后半辈子可以天天晒太阳了。他算过账，自己家的那几亩地就是再怎么勤打理，除了够添香随礼，一年忙到头也挣不了几个钱。村子里天天喊着要乡村振兴，也有不少干部来村里宣传，可他不明白，真能在黄土地中找到宝？

天黑了，大山不好意思回家，像只没头的飞蛾，在将军寺村东一头西一头地瞎转悠。现在他肚子饿了，村里也没一个人留他吃饭。桂花不理他，不再喊他吃饭，她肯定还在气头上。人是铁，饭是钢，一顿不吃饿得慌！饭不能不吃，大山犹豫着是否回家。经过二大爷家门口，他发现二大爷摆弄着一个唱戏机，声音吱吱地响着，正播唱着："咱孩子这一回得了官，回家我去把孩他娘见，我见了孩他娘细把话谈。"这是《不孝子忘娘》里的唱段，现在有钱人都喜欢买个唱戏机，抱着听戏。二大爷看见大山走过来，就问："喝罢茶没？"然后他就咳嗽起来。

在将军寺村，"喝罢茶"是吃过晚饭的意思，这是一种礼节性的问候，并不是真的问你喝过茶没有。大山本不想说话，他知道二大爷特别爱絮叨，天南海北的事都能给你乱扯一气。说心里话，他不是恨二大爷爱说话，而是看不惯二大爷家有钱，感觉他见了谁都像在炫耀。他儿子老张在城里打工有些年头了，包个收破烂的摊子挣几个臭钱，听说手里有上百万，人家那是三九天穿单褂——抖起来了！将军寺村典型的心理就是羡慕，还有嫉妒。二大爷家每顿饭都吃肉，每隔两天他就赶集买东西，鱼、猪肉、牛肉，买一大兜子，吃都吃不完，有时候放得太久都发霉了。将军寺村的人在背地里经常议论，二大爷家里到底有多少钱，有人说几辈子都花不完，人家活的这辈子倒是值了。大山想着自己家的处境，现在吃喝都是问题，人家吃香的喝辣的，人与人之间怎么这么大差距呢？他埋怨这世道不公平，内心有说不出来的滋味。有时候见到干部在村子里忙活，就故意跑过去说风凉话："啥时候也给我振兴振兴。"

没想到，这次二大爷就问了一句话，竟然赶紧转身要走，这在以前是没有的事。大山见二大爷要走，不知道怎么回事，话反而多了起来，就问："老张哥过年回来了没？"

"回来了、回来了……"二大爷继续咳嗽着，一声大过一声，脚步丝毫没有要停的意思。

二大爷的儿子老张从屋里出来了，二大爷不咳嗽了，进了门。老张长着一脸横肉，脖子上套了串金珠子，黄灿灿的，剃个大光头，比一百瓦的电灯泡都亮，这大冬天不冷吗？大山看见老张心里就瘮得慌。

老张说："你这没事了？"

老张主动打招呼，很客气，大山却听得不自然。老张财大气粗，从不正眼看他，谁让他家里穷呢？大山倒也能理解。

"咱哥俩晕几个？"老张邀请大山到家里坐坐。

大山想着反正也没地方去，就跟着老张进了门。老张把大山让进屋子。屋子是新盖的，客厅里装着玻璃吊灯，五彩六色的灯光刺得他眼睛发疼。这几年村里流行盖小楼，还都是盖两层，一层有四个房间，两层八个房间，阔气得很，这看起来比谁都有面子。其实，都是做样子看的，谁家有这么多人住？房间一年四季都空着。家人多数出去打工找活儿了，有的把孩子也带到城里，只有老头老太太在家守着，地里那么多活儿等着做，就是打扫房子都忙不过来。

老张的桌子上摆着几盘子菜，还没有动过筷子，旁边放着一瓶酒。大山问："你家有客人？我先回去吧！"诱人的香气飘过来，他咕咚一声咽了一口唾沫。

"咱哥俩好久没有坐坐了，来来来，坐下来喝！"

"我回家还有事哩！"大山说着，屁股却稳稳地坐了下来。他抓起筷子夹起一大块牛肉，好吃，香得很。他感觉有点没出息，但肚子的确饿坏了。他又对老张说："你发大财了，有了大买卖，可别忘了兄弟啊！"

老张一脸的横肉舒展开了，笑着说："你干不干？我真有大买卖。"他就盯着大山看，眼珠子一转不转。

"干，我啥都干。"大山现在太缺钱了，他满口答应下来。他发现老张有了好事想着自己，感觉这个人还不赖，并不像大家说的那样很小气，铁公鸡一个。他就端起酒，两人酒杯咣当一声碰在了一起。大山没有见到老张的老婆，但依然要夸奖一下他老婆，就说："菜真好吃，嫂子厨艺真不赖！"吃了人家的，他要挑几句好听的话夸夸人家。

老张的笑容瞬时消失了，脸阴森森的。大山不知道自己哪个地方说得不对。老张闷声闷气地说："你嫂子有事没回来，你知道，城里还有一大摊子事……”

院子里，二大爷的唱戏机里还唱着：“我的儿啦儿，你想想你算算，是为娘怎么把你拉扯大，我的儿啦……”听得人心里难受。

大山等着老张说发财的门路，可老张停顿了一下，再也不提那档子事了，两人闷闷地喝了一会儿。大山找个借口说：“时候不早了，我该回家了。”

见大山要走，老张神秘一笑，说：“我给你五万块钱！”他压低声音，嘴巴凑到大山的耳边。大山心里一惊，脸上浮现出笑容，心想，啥活儿这么来钱呢？他等待着老张的话。

老张神秘地说：“搞断人家一条腿，你敢吗？”

“这不行！绝对不行！”大山像鸭子吃了辣椒一样直摇头。他不是傻子，知道这是犯法的事，给再多的钱也不能干！进了监狱，钱花不出去。说着说着，大山有点害怕了，趁老张不注意，像犯了错一样赶紧逃出来了。

大山走了老远，心里还有点害怕，他怎么也想象不出，这么有钱的一个人，心竟这么狠。

二

桂花歪在床上还没有睡，像是等大山回来。

见大山回来了，桂花没好气地说：“你还知道进这个门？咋不死在外面？”没等大山说话，桂花又接着说：“锅里还有饭，赶紧趁热吃吧!”大山知道桂花的气早就消了。两人经常吵架,床头吵架床尾和。

说心里话,桂花也不容易,这一点大山最明白不过。桂花自嫁过来就没享过一天福,日子穷得没法说,净是受罪了。这哪儿能跟她姊妹们比,她们嫁得一个比一个好。想想也是,桂花哪儿能不跟自己急?他想,这人啊,都是比的,本来桂花挺知足的,有吃有喝,也不缺穿,可与别人一比,心里就像拉起风箱,来气了!几个姐妹都买了车,回娘家时都开着车,礼品都是榴梿、火龙果、椰子,这些稀罕物装满了后备箱。而大山呢?骑着一辆破电三轮,电瓶换了几块了,车闸一刹还刺啦啦地响,礼品是橘子、苹果之类的。一从娘家回来,两人都要因些小事莫名其妙地生气,尤其是近几年,吵架更是家常便饭。都是穷惹的错,他心里感觉也难,感觉有点对不住人。他思来想去,心里开始埋怨乡村振兴都振兴别人,不振兴自己。

桂花这么一说,大山心里一热,抹了把眼睛说:“在老张家吃过了……”

“爱吃不吃!以后再也不给你留了。”桂花有点生气,又好像没听清,扭过身子问他,“你刚才说啥?”

“吃过了,你闻闻,我身上还有酒味哩!信不信由你。”

桂花也没闻,她懒得搭理大山,躺在床上,钻进被子里,翻了一个身,背对着他,又继续睡觉了。

“我跟你说个事,老张老婆这次没跟他一起回来,你说是不是出什么事了?他老婆不本分,听说跟人跑了,看样子是真的。”

“你听谁瞎说的？别惹他。”桂花翻了个身，面朝大山。

“真的，我刚从他家回来，没见到他老婆！老张他自己也承认他老婆在城里。要我说这都是借口。过年不跟着回来，能没问题？”

“那是，八成是出事了！不过，这怎么可能呢？人家这么有钱。”桂花睁大眼睛说。

“有钱也不是什么好事，到城里学坏了吧！这是用自己的金疙瘩换别人的金疙瘩！要我说，都是钱惹的祸！”大山给自己找了不进城的充分理由。以前桂花让他去城里打工，说实话，大山有点懒，总是找理由不想到城里找活儿干。

“就你有理，你有本事也学坏试试，你也不撒泡尿看看就你那穷窝囊样，还自己的金疙瘩哩，你有个啥金疙瘩啊！”桂花讽刺他一番，“要我看，狗屎你倒有一大堆。早让你看看人家怎么乡村振兴的，你就是不听。”

大山不搭理桂花了，两人一说就吵。他上床睡觉，背对着桂花，像背对着一座山。桂花把被子拉走了，他只得找来一件大衣盖，侧在一边睡。两人一夜无语。

第二天，大山推说去亲戚家借钱，向桂花保证道：“一万块钱也不是什么大数目，我就不信借不来。”桂花在厨房里刷锅，没理他，像他不存在似的。大山披上外衣，揣着手走出了门，也尝试去借了几家，不是这家说手头不宽俗，就是那家说刚存进了银行，还有的说准备添置一些家电，反正没有一个借钱给他的。借钱真难，什么亲戚不亲戚的！钱难借，屎难吃，王八好当！大山算是体味到啥是人情的冷暖了。他看到那些乡里的干部就心烦，天天张罗着做这项目做那项目的，有啥用？

大山捏着烟屁股不舍得丢，麻将摊子散了，他走到大街上，将军寺村东头的“闷驴”喊他：“大山，老张老婆跑了。你知道吗？”

“你别像个青蛙到处呱呱。”大山顿了一下，说，“唉，我说，你咋知道的？”

“谁不知道？过年就老张一个人回来的。”

大山随口说了一句：“人家不回来，那是在城里享福哩，城里多好。”

“闷驴”一听，嘴一歪：“你真不知道？”然后，他声音一声高一声低地说：“跑了，跑了，你不知道，她跟人跑了。”

大山不奇怪，现在他担心的是自己老婆说出去的。这败家娘儿们，嘴怎么这么快呢？要是老张来找他的事就完了，想想也怪自己，怎么没叮嘱桂花别乱说呢？他不再借钱了，他要回家了，想问问桂花是不是她说的。

到晚上，桂花才串门回来，大山也没有问她为何回来晚，忙问她：“是不是你说老张老婆跑了？”

桂花的头摇得像个拨浪鼓，大山知道桂花爱叨叨，不信她。他又追问：“你再想想，是不是跟谁说了？”桂花往厨房里走，应该是饿了，走进去又出来了：“你给我滚，我想跟谁说就跟谁说，要你管！”大山不生气，他说：“我不管，你跟谁说了？”桂花手里拿了个馒头，咬了一口说："我只跟翠花一个人说了，她说她不会到处乱讲的。"

大山想，肯定是翠花传出去的。翠花是个大舌头，将军寺村的这两朵"花"有个共同点——都像大喇叭，啥事跟她们一说，整个世界都会知道，捂都捂不住。桂花说："翠花挣着大钱了，这次开着小车回来的。"大山想，谁不知道翠花在城里干什么，这挣的钱也算钱？但他没说出来，何必呢？他转念一想，不如找翠花借些钱，先渡过眼下的难关再说。

大山推托外出有事，出了家门，在将军寺村西北角找到了翠花家。翠花正在梳妆打扮。翠花不到四十岁，早年死了丈夫，孩子上了初中，每次缺钱都进城，一回来都要带上千儿八百的。翠花看见大山来了，却也不正眼看他，手仍然摆弄着头发，停也没停，衣服最上面的扣子都没扣。

"发大财了，翠花？"大山没话找话说。

"你——有事吗？"翠花停止了描眉，放下东西，等大山继续往下说。

"我——我想跟你商量点事！"大山想着怎么开口向她提借钱这事。"你……你能不能借点钱给我？"他感觉心里挺为难。

"滚，没有钱！我哪儿有钱啊？"翠花显然怒了，用双手推大山走，"你走、你走，赶紧滚！烦死人了。"

大山被推了出来。大山走了两步，见翠花关了门，他骂了一句："娘的，不借就不借，你给老子凶什么凶！"他走了好远，感觉不解气，又折回来，朝翠花家大门上吐了几口唾沫，"呸呸呸”，这才气呼呼地走了。

大山往家走，突然感觉后面有个人跟着他，他加快了脚步。经过老张家的时候，大山听见背后有人喊他：“来，大山！上家来歇歇！”大山吓了一跳，怎么又撞见了老张？老张肯定生自己的气，都怪自己嘴快，说他老婆跟人跑了，他这次不收拾自己才怪。大山走也不是，不走也不是，心里紧张起来。

“进来吧，你跟我客气啥！”老张说。大山硬着头皮跟老张进了门。老张没有其他的意思，远远出乎大山的意料。看样子是大山想多了。

老张说着递过来一个信封：“事成之后还有两万！”

那信封鼓鼓囊囊的，大山的心怦怦跳得厉害，想说什么终究没说，那钱对他来说太有吸引力了。他还是想接过来，沉甸甸的。

老张又说：“这个人你也认识，就是胡三立！”

“胡三立？干啥要断他的腿？”

“实不相瞒，在城里，他顶我的生意不说，还拐跑我老婆，你说该不该杀？断腿已经是轻的了！”老张的光头闪闪发亮，“行不行？别扭扭捏捏的，你给我个痛快话！”

“好——”大山想了想又说，“不好！这有风险……毕竟不是搞个猫啦狗啦。”

“啥意思？你不想干？那我再找人，把钱给我吧。”老张装作要把钱收回的样子。

“我再想想！”大山舍不得那些钱，有足足一万块，家里正缺钱。他没理由跟钱过不去。

“兄弟呀，这天上哪儿有掉馅饼的好事？天上掉下的都是些鸟屎蛋子。有风险才有收益，天天喝西北风没风险，可有啥用？你好好想想，我也不勉强你。说实话，咱是兄弟我才找你的，别人想干我还不让干呢。你人机灵，对你来说也不难，这周内就行，也不着急。”他眼睛里浮现出一丝笑意，望着大山，大山不知道啥意思。

大山回到家时，桂花已经睡熟了。他本来想叫醒桂花，商量商量事情咋办，可桂花睡得死，跟个死猪一样，他想想算了，跟一个老娘儿们有啥商量的。他翻来覆去地睡不着觉，这是一万块钱啊，他太想要了，可怎么才能让人察觉不到是自己搞的呢？要逃避责任……想了半夜，他也没想到脱身之计。半夜了，屋子里黑乎乎的，一阵阵微风吹进来，这时他猛然想到了什么，暗自发笑，连忙起身，披着夜色向窗外走去。

三

没过几天，将军寺村传出来一个吓人的消息，胡三立的一条腿让人打折了，他倒在了自家的厕所里。这事传得很快，风一吹，屁大的将军寺村都知道了这事。太蹊跷了。

快过年了，大家都忙着备年货，这件事并没影响大家去看热闹的热情。村里人一个个伸长脖子去看，围得里三层外三层的，一个个指指点点，大家讨论着胡三立的腿，说他估计要落个残废。有人叹气说："有再多的钱，又有什么用呢?"有的则说着风凉话："肯定得罪谁了，为富不仁的，不会有啥好果子吃。"

这件事大山没有去看，说心里话，他不敢去，隐隐有点担心，他就在家里准备蒸馍的劈柴，一有事儿做就慢慢忘了心里的害怕。桂花胆子肥，她放下手里切馍的刀，手没洗，围裙也没解，就随着人群跑过去看。她挤在了最前面，看得眯缝着小眼睛，她回来就对大山绘声绘色地说："胡三立要住院，估计一条腿保不住了，骨头都碎了。"大山又往手上吐了口唾沫，双手搓一搓，又抡起了劈刀说："管这么多事干吗呢?没事别打听这些事，说不定就沾惹上你了。"他照着劈柴，又开始狠狠地劈。桂花嘴一咧，说："又不是我干的，跟我有半毛钱关系?"她开始继续切馍。

胡三立报了警，几个警察到将军寺村来调查，拍照、取证、做笔录。一个胖子，像个领导，前前后后地问了村里一圈子人，一个瘦子在一边拿个本子密密麻麻地记着。警察问胡三立家人："这段时间得罪过什么人没?与谁吵过架没有?"还问村里人有啥线索。大家都支支吾吾的，谁也不敢多说一句话，多说无益，说不定哪一句就得罪谁了。警察问到最后，什么线索也没找到，忙碌了半天回去了。看热闹的却不散去，还纷纷猜测到底是谁，说得有鼻子有眼。

这是板上钉钉的事，胡三立确实是残了。大山在心里天天算来算去，有时候一个人嘿嘿地笑，有时候一阵紧张。不过，他还是决定去找老张要钱。

刚拐过巷子口，他就看见一个黑影，大山赶紧退了回来，他怕撞见别人。不过，那黑影却进了老张的家。他心里不停地骂起来，这不捣乱吗？正想着，听见院子里面争吵起来，有几个字他听得特别清楚：“我就要跟着你……”他再想听下去，那声音却变小了。

大山听得很清楚，那声音是翠花的。这女人真不要脸！在自家门口还做这事，他替这个女人害臊。他想起那天翠花讽刺他的样子，心想，等自己得到钱，要好好向她显摆显摆。他不知道咋会这样想。接着就是翠花的呻吟声，还有老张吭哧吭哧的喘气声。他心里乐得比自己做了还高兴，把耳朵贴在墙上又听了一会儿，浑身热乎乎的。

等了好久，翠花也没有从老张家出来。他想，算了，总不能等一夜吧，明天再找老张要钱。这次没要到钱，但他还是心满意足地离开了。

大山回到家，却发现“闷驴”坐在堂屋里正等他。“闷驴”一见大山就说：“你要说话算话。”大山怕桂花听见，把“闷驴”拉到一边，小声说：“都半夜了，你怎么还在我家？我说话肯定算话，一分都不会少你的。”“闷驴”说：“你少装蒜，现在就躲我，以后说不定还把我供出来呢。你赶紧给我钱，我到村外避避去，警察要是抓住我，再多的钱有啥用？”大山也急了，连忙说：“我现在也没钱，等天亮去银行取了就给你。”“闷驴”又说：“你少跟我耍花招，当初我就不该答应帮你。”

两人争吵了一会儿，大山勉强同意给“闷驴”五百块钱，还一副可怜样地说：“就剩下这么多了。”“闷驴”一把抓住钱，装进衣兜里，威胁他说：“明天不给我钱，我就告你去。”他头也不回地走了。“你——你告去——老子怕过谁?”大山也壮起胆子说。

等“闷驴”一走，桂花就问大山：“你欠他什么钱?”大山支支吾吾道：“没有，上次打牌输的钱还没给他呢，他没怎么着你吧?”桂花说：“他敢动老娘一个指头，借给他十个胆，老娘可不是吃素的。”大山咂摸着嘴说：“那就好、那就好。”

警察又来调查了几次，终于有了线索，他们怀疑到老张身上了，原因就是胡三立在城里顶了老张的生意，又抢了老张的老婆，这肯定是老张报复的。他们带走了老张，可老张一点也不害怕，不吃那一套，他跷起二郎腿对警察说：“我恨胡三立不假，但我没打他，你们抓人要讲究证据。”老张是个老江湖，该说什么不该说什么，他心里明白着，嘴巴说话也有分寸。

说实在的，这几天大山的日子真不好过，他最怕的就是见“闷驴”，他一个人躲到村外，直到晚上才回家。大山得知老张被警察放回后，心想着钱有着落了，他开始去找老张，说：“事儿我都办妥了，你也要说话算数。”老张的头亮亮的，满脸赘肉一横，反问他：“人是你打的?”大山说：“我给你办好了，你得兑现你说的话。”老张一听，大骂道：“你小子，你拍拍良心说，那是你打的?”大山想，难道老张知道他是找“闷驴”打的？不应该啊！于是就说：“不管怎么样，我事儿办成了，你也该……”老张打断他的话：“这里还有一千块，这事到此为止，以后别烦我，到时候别怪我翻脸不认人。你做的啥事，你心里明白!”

大山心里一直骂老张，你做的啥事你心里才清楚，不过他还是拿了那一千块钱，揣在怀里走了。有总比没有强，一千块钱也是钱嘛！他握着钱，突然有种找翠花的冲动，说去就去，想想上次翠花的表情就可恨，他要报复。他来到了翠花家门口，手刚碰到翠花家的门，翠花就开了门缝，好像特意在门口等一样，手里还拿着一个包袱。虽然在夜里，但大山看得清楚，翠花穿着很时尚，乳房挺得高高的，像两个小山峰，大山看得入了神，眼睛都快掉在地上了。他咽了一口唾沫想进去，可是翠花没让大山进屋，堵他在门口，板着脸说：“大山，你别来这一套，滚，以后给老娘放尊重点。”翠花说完，砰地关上了门。

大山骂了一句：“你给我等着，有你后悔的时候!”他气呼呼地往家里走，心想这翠花怎么了，跟我生这么大的气干啥？还有，这大半夜怎么还守在门边？穿戴这么整齐，肯定等谁呢。拿个小包袱难道要出门？你能上天了？看我以后怎么收拾你。

第二天上午，大山正准备外出晃悠，“闷驴”又来找他。这次他没躲，摆出了一副死猪不怕开水烫的架势，“闷驴”也没为难他，就是问他什么时候把余款结了，还意味深长地说了一句：“做人要厚道啊!”

大山不耐烦地说：“没钱，真没钱。”

“闷驴”不急不慢地说：“你先给一部分也行，我手头真不宽裕了。”

大山不高兴了，说：“谁手头宽裕谁是王八羔子。”

两人你一句我一句正争辩，桂花突然从外面跑回家说：“不好了，不好了，警车来了!”

四

后来，大山多次对“闷驴”说，他绝对没有害怕，至于传他胆小都是“闷驴”造的谣。他说：“我坐得稳稳当当的，比老鳖趴在地上都稳当。我怎么可能害怕呢？害怕是村里老娘儿们的事，可不是我这样的纯老爷儿们的风格。”他永远都有理，嘴硬。

其实，那天大山一听来了警车，先是心头一惊，站了起来，想跑，想了想，跑也白跑，就没动，就傻站在那里了。大山还真不想进监狱，别说是大山，谁也不想进去。虽说这些年他都拉来黄牛当马骑——穷凑合了，其实他还有很多事要做呢。想想自己对这个家像个甩手掌柜，没有好好出过力，没给桂花买上一件好看的衣服，更别说让她享福了，也没有把孩子抚养好，自己就这么窝囊。唉！他深深地叹了一口气，觉得对不起人。他感叹自己的命，这怪谁呢？人在做，天在看！不是不报，时候未到。他越想这些话，越感觉说得有道理。

不过，“闷驴”也没动、没跑，像个没事儿人一样，这倒出乎大山的意料。大山死死盯着“闷驴”，心里在说：“你这货还不跑，在这儿等死啊?”“闷驴”竟然笑了，牙齿都露出来了，坐在那儿像个石磙一样，纹丝不动。

“警察是来抓人的!”桂花又说，“吓死人不偿命。”

大山低下头不作声，他不知道该说什么，此时像只闷鳖。

桂花倒像只乱叫的蝈蝈，没完没了地嚷道：“这个翠花，这个傻女人，她不知找了谁摸黑去胡三立家，在厕所打残了他。这个傻女人原以为替老张报了仇，解了心头恨，幻想着老张能娶她，其实人家咋能看上她?真是傻到家了。”

“闷驴”哈哈一笑，说：“哦，就是，咋能这样呢?真有点傻。”

桂花接着说：“你俩在家里瞎侃吧，我再看看去，去晚的话，就看不着了。”

刚过正月十五，外面不知道谁放了爆竹，噼里啪啦地响，大山猛然明白了什么，他心里的石头一下子落了地，全身轻松起来。他抬起头望着“闷驴”，闷驴也不说话，只是盯着他笑。此时，大山也坐下来，深吸了一口气，跷起了二郎腿，整个身子一晃一晃的，他一本正经地对“闷驴”说：“都是庄稼人，不好好种地净想歪主意了。你看看咱们的土地多好，养活了多少代人，不能老杀杀打打的，还得好好干活儿。春天就要来了，脚下的黄土地可以长出金疙瘩哩!”他教育起“闷驴”来。

“闷驴”略停了一下，也嘿嘿一笑，说：“就是，想什么歪点子嘛。人要本分，种好自己的一亩三分地，这比啥都强。现在乡村振兴了，咱也得出点力，是不是?”

“你啊，说的比唱的都好听。”大山抿着嘴在笑。

“人人都有金疙瘩，别弄丢了自己的金疙瘩!”这话，爹以前对大山说过好多次，记得爹还说过，“不要用自己的金疙瘩换别人的土疙瘩!”当时大山还不信，非要跟爹抬杠讲自己的歪理，看样子爹说得还真有道理，现在，说不定黄土地里还真能找到金疙瘩哩。他相信，别人能，自己同样能。

也就在那一刻，大山也想明白另外一件事，不能老跟风随这么大的礼金，更不要怕别人说什么，面子当然重要，但里子更重要。他心里已经有了主意，要和干部在一起，搞点事情，一定能挖到属于自己的金疙瘩。他想通了，也要把寻金疙瘩的道理告诉桂花，对了，还有翠花，当然，还有将军寺村的其他人。

[选自《中国作家》(文学版) 2023 年第 12 期]

刀枪剑

王大烨

一

闪转、腾挪，步功缘于裆功，裆如不成，步必不稳；裆如不下，步必不灵。左强右防、左突右护、交替移步；腰直，头正，目平，身功乃讲身法，练拳最为显效，所谓：“举打千遍，身法自然。”眼功练气，双指掉目，寸长则许。但小心，杀气不能外泄。与人决斗，要点全在气息的分配。以上习法，均演化于武术大师万籁声的《武术汇宗》。谨遵其旨，日益磨炼，亦琢磨出一些心法：譬如身处黑夜，披帽裹身，想象自己是一阵风。风有万形，遇水则柔，遇钢则韧。但不论柔韧，风都不会退却，更不会被打倒。

我与詹晓云是相亲认识的，当时她在一家服装店做推销员，深秋喜欢穿开衫风衣，搭长筒高靴，披肩长发，干练妩媚。我与她本是无缘，那年我三十出头，暂未不惑，干的是催债的活儿，嘴皮拉，业务不精，基本上就是混口饭吃。人遇此况心境大多呈两极分化：有的同事特别乐观，脸皮贼厚，软硬兼施，一年能跟好几个姑娘建立联系，有时连丈母娘都不放过。但我不属此类，我很自卑，觉得自己不属于这里，每次唇枪舌剑跑完业务，都觉得犹如身在江湖，如履薄冰。

头一次跟詹晓云见面，稀里糊涂约在“王婆大虾”，要了两瓶啤酒。客套几句，实在不知道聊啥，干坐那儿不停地给她剥虾。詹晓云抽着烟，问，就喝这点？我说，酒量不行，完事还得骑车回去。詹晓云说，门口那辆小电瓶啊！我说是，心想停的地方还真显眼。又唠了一会儿，我觉得没什么必要，耽误大家的时间，主要是人家的时间，就说，吃得也差不多了，我那电瓶小，给你打辆的回去，往后估计也见不着了，你今天喝得挺猛，回去早点睡。詹晓云说，怎么，瞧不上我？我说，不是，目前局势我看得挺清。詹晓云笑笑，说，我跟你直说吧，我觉得你还行，你要同意咱俩就凑合过吧。

后来我才知道詹晓云的身世，“成分”比较特殊：做过美容美发，早年放荡，后来断断续续谈过一个七八年的男朋友；跟我一样，单亲家庭，不过她跟她妈过；有个弟弟在上技校，听说之前搞大过别人的肚子。这些底儿刚开始我没敢跟我爸说，说了他非得活剥了我。可我当时也确实看上了詹晓云。我知道这是个险道，不过能有几个男人不为漂亮女人动心。再说我可能随了我爸——眼高手低，闷倒油瓶。我爸当年也是非得娶我妈，我妈挺漂亮的，外地人，贵州的，后来跟一个卖假药的跑了，我跟我爸一个德行。

现在想想，人生就是由一个错误不停地奔赴下一个错误的过程。最初的错误已经找不到了，我能琢磨过来的，应该是从高中毕业开始。那时高考结束，成绩不佳，想复读，我爸不让，遂随便找个大专瞎上了三年。学的是计算机，是学校的王牌专业。不过我三年的重心全挪到了网吧，最后一年跟人干架，一个砖头下去，被迫辍学。待家半年，无法适应社会生活，喜欢上了拳击，一个夏天戳破三个沙袋，我爸看不惯，推着我当了兵，在某边疆驻扎，寒冬腊月，没放倒过敌人当然也没挨过枪子儿。当兵几年，什么都没弄明白，脑子里就记住了风——西伯利亚的风，带着甜味，从浩荡的太平洋奔来，刮破脸颊，揭露伤疤。风是打不透的，我就明白了这点。

我爸说得对，每一步看着你都挺赶趟，最后咋就混成了这模样？仔细想想，还真是。问题可能就是出在不适合上，挺好跟合适是两码事，有时也看命，比方说，为什么一窍不通，非要学计算机？比方说，别人干架，那砖头怎么就是自己敲下去的？比方说，别人都安排到了卫戍，自己咋就到了边疆？比方说，为什么结结巴巴，最后干了催债？比方说，明知道詹晓云不简单，为什么自己要接那盘？

有一次我爸跟我喝酒，我俩都醉了，我爸讲，以前的错先不说，跟姓詹的结婚那绝对怨你，前车之鉴都不懂。我说，爸，詹晓云像我妈，我有点想我妈了。我爸“哐唧”往我头上来了一拳，说，你说的是人话吗？拳头捶在脑门上，也不知道是疼还是怎么的，我竟然嗷嗷哭了起来。我五岁时我妈就跑了，我恨她，也爱她，从小到大，我都觉得女人是种充满诱惑而又恐怖的生物。我爸叹口气，说，你个小崽子，漂亮女人咱降不住啊。现在他老人家也死了半年多，我觉得他说得挺透彻。没结婚不知道，结了婚不到半年，詹晓云所有小道消息我全摸透了。比方说做过洗头妹，大学时被某个老板养着当小秘。五彩缤纷，什么都有。我很想问问詹晓云，咱俩结婚后跟别的男人搞过没有，后来想想这个问题很愚蠢。有次我气不过，干得有点狠，差点上手捶她。完事后我俩躺床上晾着，我看着天花板，说，詹晓云你可真不要脸，詹晓云一愣，揉着胸脯笑着说，你以为呢。

有时我在想，为什么自己要不断地试错呢，尤其是那些明明白白的错。我练拳，书上讲，练拳首先要修身正性。修身可以，性子是改不过来了，我可能是喜欢上了这种破罐子破摔的状态。这事儿听起来可能有点别扭。但我觉得真是，总有人喜欢糟践自己，我就是其中一个。

詹晓云是我八抬大轿、吹喇叭放炮娶来的。我爸当时已大病在床，再加上跟我闹别扭，他老人家都没来。我叫了同学、叫了发小、叫了同事，也没几个人来，弄得挺凄惨，心里堵得慌，真想把那一箱大曲全喝了。不过也有好消息，当时驻防编队要得挺好一个，名字叫焦柘，他来了。说真的，焦柘能来我很感动，我觉得他跟我一样，都是那种话不多的闷子。我还清晰地记得，当天焦柘穿了军装，仿俄式，戴个贝雷帽，眉毛那儿还粘着白色发泥，像是从遥远的莫斯科赶来。焦柘坐得笔直，我过去敬酒，满大桌子，就一个人。焦柘站起说祝贺，微微一笑，还给我亮了个军礼。我没说话，脑子已经喝蒙，迷糊中把他当成了雪原上的麋鹿，一把抱住，扑倒在桌子上。我问他退伍去了哪里。焦柘笑笑，摆正衣领，说，在老家钢铁厂上班。我说，混得不赖，有五险一金吧？焦柘说，有，不过没什么提成，全靠基本工资凑合。我说，不着急，要相信党和国家，更要相信自己。焦柘说，谢谢。我仰头灌了一杯，扶着焦柘的膀子，问他，还见义勇为不？要我说都不小了，少掺和年轻人的事。焦柘说，嗯。最后他说，谢谢你，朋友。我喝得有点高，秃噜下嘴，大手一挥，说，好几年了，还这么客气，就当自家人，成不？焦柘说，行。我又说，对了，你那电话我还没有。焦柘说，好，从土灰色大褂里掏出来一张信纸，“唰唰唰”地在上面写了一行字。我捏到手里，还没来得及看，另一桌人就过来拉我。我说，咱俩等会儿再聊。焦柘说，不用了，烨，我得先走了。我被一堆人拉着，甚至都没来得及和焦柘告别。等收拾桌子的时候，才发现焦柘的桌子上到处都是酒痕。

婚礼结束后，我的大脑昏昏沉沉，仿佛来到另一个世界。我口中嚷嚷着鹿。詹晓云问，什么？我说，战友。詹晓云说，哦，那他的名字是？我起了身，刚想说“焦柘”，结果没忍住，一口吐到了她身上。是夜，我做了一个梦，地点是我与焦柘同在的那个哨所，此地在我国最遥远的东方，毗邻的小镇有十来户人家，整个哨所也只有一个班。寒冷无时无刻不侵袭着哨所，但那并不意味着寂寞：秋季鲑鱼在河中成群游荡，大江和礁石聚拢为柳叶形小岛，有鸳鸯、白鹭、狍子、灰熊以及麋鹿。于我当时挫败的人生而言，这里给予了我沉默的安慰。刘兆林曾据此作过一篇短文，名叫《雪国热闹镇》，内容不再详述，其主人公牛犇来到哨所时，手里拿了一本川端康成的《雪国》。当我第一次见到焦柘时，他手上拿的也正是川端康成的《雪国》。焦柘性格跟我一样，话虽不多，人却仗义，我俩很快就成了好朋友。焦柘热爱文学，喜欢用观察镜瞭望。我俩常常搭配放哨，焦柘负责观察，我负责记录。记录本身并无意义，不过是种消遣。焦柘说，鲜鱼，三条，向西游过。我如实记录。焦柘说，白马，酒桶，戴毡帽的猎手。我问，什么眼睛？焦柘说，蓝色，青铜色枪套，他转向我们了，注意隐蔽。

焦柘话不多，闲暇时间就是练武写信，焦柘认为写信和练武都是有温度的事情。焦柘每天晨跑过后在对岸的礁岛上习武，我俩常常一起，焦柘用一支长棍绑上匕首做枪，耍得虎虎生威。他还教我练刀，在浅水湾里用刀捕鱼。闲暇时他便看书，多数是哲学或古典文集，譬如柏拉图和奥古斯都，《春秋》以及《周易》。焦柘最喜欢《周易》，认为万事万物都可以用《周易》化解。可以说焦柘是我最好的一个朋友，如同知己。我记得有一次退伍后我还去广东找过他，具体时间忘了，可惜没见着，不知怎的还哭了半晌。

回到那个梦，在梦中，焦柘身穿麋鹿一样的皮衣，在凸凹不平的雪中缓慢走来，我与他相向而行，将要接近，焦柘的身体却像雪粒一般消融。将要破灭时，我看到焦柘微笑着抬手，嘴里说出了一句话，很短，有关生命和运动，依稀记得是《雪国》里的句子。只是风雪掩盖了声音，我没有听清他在说什么。等第二天醒来，在焦柘给的那张信纸上，我看到了一句话：

生存本身就是一种徒劳。

二

婚后，我跟詹晓云过得还行，不过困难很快显现：结婚不到半年，我爸因病去世，治病的钱花了不少，另外上头出现波动，好几个股东卷钱退股，再说催债这行我也不太干得来，行情就是这样，借钱的人反而是大爷。詹晓云嘲笑我，说一身腱子肉白长了，就该你待家我出去。你说，你能成啥？

穷是男人的命疾，思前想后，我离开催债行业，决定去工地搬黑石块，干体力活儿。我爸以前就是做这个的，很累，不过工资可观。我干的是包工，常常找半个多月量，咬着牙干，能落七八千块。力气劲儿在，干干歇歇，过得也挺自在。詹晓云不喜欢我这样，我知道她是嫌弃我混成了农民工，配不上她。但这还不是最让我膈应的，最让我膈应的是我觉得她心里有鬼，成天买把菜都能买一下午，吃饭也不跟我说话，扒拉个手机乱笑。我觉得詹晓云出轨了，晚上我俩分头而睡，她背对着我，有手机亮光漏出。我不敢问她在干什么。我是她老公，却什么都不敢问。直到那时，我都在竭力维护表面上的风平浪静。我真的怕，怕自己也落得个我爸那样的结局。人老实惯了，便不敢造次，觉得打破之后就再也没有机会重构。那些日子我的脑子越转越闷，仿佛整个身体都快要分裂。

无奈，我开始练拳，拳是身躯之中最为攒合的力量，能够让分裂的心聚拢。拳是在部队学的，师父就是焦柘。他告诉我，习武最重要的是身法，拳术又是身法之基，正所谓拳打千遍，身法自然。我照做了，每天扎马步，左右出拳一千下。头一月，只觉得双手酸胀无比，疼痛万分；第二个月，拳速变得迅捷，来往之中夹杂着风声；第三个月，拳的形态成了春水，外表轻柔，遇阻之后却劲大无穷。拳法小成后，焦柘问我想学哪种兵器。他可以教我三种：刀、枪、剑。焦柘主习杨家枪。兵器之中，长则强，短则巧，唯有杨家枪兼枪带棒，长器短用，神出鬼没。我认为自己的能力肯定比不过焦柘，于是首先排除长枪，剩下刀和剑，焦柘说，刀主力量，剑主技巧。思忖一番后，我觉得自己是个大老粗，于是选择了前者。

刀术我在哨所练了有半年多，不过一直不在状态。焦柘讲，你的问题主要有两点：一是不够机警，二是不够尊敬。万大师《武术汇宗》有言：练刀亦如练拳，不可低头牟腰，以刀剁伸为度，意存有一敌人在前，与之抗搏。谚谓：“有形剁形，无形剁影。”这点我明白，在边防，每时每刻都要保持警惕，保持警惕的最好办法就是学会创造敌人。需要为自己树敌，敌人是对照，是警示，亦是活着的证明。第二点就有些玄妙了，焦柘告诉我，无论何种兵器，必须以尊敬相融的意识对待。以刀为例，刀背为天，天有无尚仁道；刃口为地，地须杀伐有度；柄中为君，君乃忠君奉主；护手为臣，臣须不离不弃；柄后为师，师则师出有名。

焦柘说得很深奥，直到退伍回来，我也是一知半解。重新练拳半月后，某天我在三角湖闲逛，发现个武馆，门面挺大，看样子才开不久。门上有一匾额，漆黑大底，上题“武术”二字。店主是个年轻人，脸颊瘦长，顶个短辫，大概三十岁，跟我差不离。那天他手边拿了根长剑，我不是太懂，看着像八仙，柄手刻有婆金花纹。他见我出神观望，问，您想练剑？我愣了一下，说，不是，就来看看。他笑，很和蔼的样子，声音磁沉，说，没事，我们这里教学广泛，想学什么都可以报名。我说，好。他点头，问，有兵器吗？我说，没。他说，那好，你要不忙，可以试试我这把剑。

这是我第一次抚摸长剑，它是那么轻盈，像把镜子。剑柄温热，剑鞘却又寒凉。这把剑应该有点来头，不像我之前用的那把刀，粗犷凌厉又蕴含着疯狂，剑太冷静了，那不是我。他说，怎么样？我说，还行吧。他的眼中闪过一丝不满，很短，接着又说，没事，兵器毕竟是私人的。我赶忙讲，不是，我喜欢用刀，剑纯粹不太适合我。他听了哈哈一笑，说，果真不同，我不太喜欢刀，太粗鲁，但也不可否认它充满了力量。我听了这话，有点不满，心想，你才不懂。但又不能直说，只好讲，各有所爱吧。临走前，他递给我一张名片：毕淦。我道谢，随手揣进兜里。命运总是无常，如果那会儿我提前知晓，他就是詹晓云藕断丝连的男人，我肯定当场就把他给刺了。

三

从武馆回来，我犹豫了几天，随后前去交报名费。在武馆，毕淦给我配了一把刀。状似大刀，却又很软，劈砍起来柔弱无力。可以理解，毕竟只是教学，肯定会有瑕疵。武馆内大多数是初学者，主要目的是强身健体。大家在一起都是混着练，东倒西歪，杂七乱八，消磨时间。不过，在不知道毕淦的底细前，我是真的快乐。人在远古时代，也是野兽的一种。暴力植根于每个人的内心，以前被用来谋生，现在用来释放：释放压力、紧张、疯狂。我在毕淦武馆练刀时，常常把自己代入哨所环境中，那时边疆驻地条件辛苦，有时补给跟不上便要自取所需。抚远近海多产大马哈鱼，它们体形庞大，通体能有五六公斤。枪和剑是杀不了它们的，有时渔网也会被扯破。焦柘教我练习用刀捕鱼，在水的激流中，大鱼腾空而跃时，用刀斜砍而下；倘若熟练之后，速度与力量均衡，可以内外展抹——刃口向外为展，内为抹，两相交错，威力无比。用刀捕鱼，一开始艰难，原因是刀体沉重，刀身上下又轻重不一，不过熟练后便会非常顺畅。对刀来讲，招式并不特别重要，最为重要的是勇气。

在武馆待了两个多月，詹晓云知道了这件事，非嚷嚷着要去。我认为这是缓和二人关系的最好时机，遂愉快同意。当天正值深秋，有风，詹晓云穿了件天蓝色风衣，紧身牛仔裤，如今回想，和跟我相亲那天别无二致。我当时估计跟傻子差不了多少，热情地介绍他俩认识：詹晓云，我媳妇；毕淦，三点水一个金，武术馆馆长。我当时竟没从他俩的眼神里看到一丝破绽，他们该是有多么默契。回来后，詹晓云假模假样地说，看你挺累，以后少去那儿练武，多在家歇歇。我还真信了，以为她良心发现关心我，于是傻乎乎去得更勤。有天上工，搬石块累坏膀子，脱臼，连带着还把脚给砸了。中午詹晓云给我做完饭，戴上防晒袖套，没吭声挎个包准备出去。我觉得有点奇怪，躺沙发上问她，去哪儿？她说有点事，出去一下。我说，哦，行，什么时候回来？她说，不确定，你在家躺着别动，我回来时买点菜，做些你爱吃的。

都说女人有第六感，我觉得男人也有，更何况我还当过侦察兵。那些日子我已经有点觉察：詹晓云变得更安稳，不去打牌，也不再对着手机傻笑，整天窝在家里看书做饭。詹晓云出去大概半小时后，电视上正放着《神探狄仁杰》。狄仁杰低头看了会儿尸体，站起来笑着问，元芳，你怎么看？元芳赶紧上前说，大人，此事必有蹊跷。必有蹊跷，我心“咯噔”一声，想去武馆看看。就这么巧，说去就去，没有一点犹豫，几乎是爬到楼下打了辆的。推开武馆门后，毕淦不在，詹晓云也不在。我当时内心就一个想法：再打辆的，赶紧回去。这时武馆另一位师父老张喊，刘烨，你腿咋了？我笑着讲，没事，崴了一下；接着心中冒出一个想法，好险，我错怪詹晓云了。跟老张打完招呼，我出门到十字路口，准备坐公交车回去。就在这时，前面一棵歪头松下，毕淦正紧紧抱着一个人——淡紫色短袖和纯黑色的防晒袖套，阳光打在女人肩膀处的包包上，十分美好，万分美妙。前些日子詹晓云过生日，我俩去北京逛街，詹晓云眼望着一家店。我知道那叫古驰，狠心进去，给她买了个最便宜的包，八千多。现在来看，贵是有贵的道理，我望着詹晓云的背影，觉得她越来越远，已经完全不属于我了。

我直接回了家，就我目前的状况，去了铁定被反杀。半小时后，门打开，詹晓云拎了箱酸奶和一大堆菜，喘着气，矫情地喊累死了。肚子里有股怨气，可我还是憋住，笑着站起，帮她提过来酸奶。晚上詹晓云睡得很死，隐约间还有呼声。我侧躺在旁边，脑袋嗡嗡打转：起初安慰自己，说不定他俩只是普通朋友。可普通朋友怎么会拥抱，又怎么可能摸着对方屁股？思绪在两种情绪间转换，我紧盯詹晓云后背，捏紧拳头，只要力度够强，穴位够准，应该能要了她的命，如果一下不行，就攥住她的脖子，狠狠扼住，掐断筋脉，掰弯喉管……

可惜，那晚我什么都没干。第二天我去武馆，只有老张在，想从他嘴里套话，客套几句，我说，对了，老张，听口音毕老板不像本地人啊。老张讲，差不离，不是安阳本地，林州的。我点头，说，确实，那地儿跟咱口音不像。我又问，毕老板结婚没？老张笑笑，说，没结婚，你问这个干吗？怎么，有朋友想撮合？我说，不是，纯粹八卦，之前道听途说过一些学员的话。老张四处张望，接着凑到跟前，讲，八卦确实有，这事你可千万别往外传，据说他之前谈过一个女人，有七八年，证都准备领了，结果又分了。我问，为啥呢？老张讲，好像是女方家不正经，不仅自个儿做过洗头妹，有个弟弟还让人打过胎，因为这，毕老板家里反对……

水落石出了，我打个马虎眼跟老张道别，心里全空了。我还是会去武馆，但不太勤，每次碰到毕淦，都想一刀捅过去。可他的武功我也晓得，整天剑不离身，实在没法下手。干坐在出租屋里喝闷酒成了常态，钱也攒得差不多了，说好婚后两年内买房呢，这是第二年，买房也没啥意义了。干熬个把月，想来想去，我跟詹晓云说，最近工地效益不好，心情跟不上，想一个人去旅游。詹晓云同意了，我知道她也是巴不得我离开。买了张票，一路往北，胡吃海塞，风风光光玩了几天。有天傍晚，我在济南大明湖边上躺着，头顶是庙宇、阳光、喷泉与小船。突然间，我想去哨所看看，那儿还有焦柘留给我的一样东西。当夜买了最近的一趟班机，直达佳木斯，七拐八拐，再往抚远市，最后坐船到乌苏镇。裹个大棉袄，一路翻江倒海寻了三天，终于找到一把刀，当时在哨所时焦柘教我练武的那把。退伍前我太爱它了，恰好刀不是军需品，于是我谎称弄丢了，和焦柘约好偷偷把它藏到镇子上。我看着那把刀，心中浪涛翻滚。得有五年了吧，我坐在一块大海礁上，潮来潮退，飞鸟与鱼，一抹笛音踏海而来。往昔萧条已然不再，这里很热闹，可惜还未过半生我就已经失去一切。焦柘，我已认为不再会有哪些东西可以令人信服，换个说法讲，已不再有何种东西能够让我泪流。错误已经达到顶峰，我现在急需一个答案：舍命单刀，救命花枪，焦柘，我需要你的帮助。

四

早上六点起床，洗漱后吃早餐，以面包、牛奶、燕麦等西餐为主，瞬时补力。食毕，先舒展筋骨，缓吸数口，伸腰踢腿，再习之木人：手掌击点上部、胯打五十余次、脚捆一百有余。习毕练拳，击打沙袋，身眼步法、灵活转动，五分钟即可。练习兵器前应先站梅花桩，练习脚力。过后练习换步，渐次行之。

我将刀挖出来，因有多层锡纸包裹，刀体并没有受到多少销蚀。回到家后，经过刀粉打磨，施以热油，再用棉布擦拭，刀身又恢复了往日光泽。我准备用这把刀做掉毕淦，但是这事儿能否办成，我也没多大信心。正当愁苦之际，焦柘到了。他来安阳是因为出差，需要待半个多月。我非常开心，遂邀他到火锅店，痛痛快快地吃了一顿。那是最为开心的一天，我的脸通红，攒起酒杯，说，兄弟，好久不见，也不说什么大虚话，全在酒里。鸳鸯锅里雾气蒸腾，加上酒劲儿，我都有点看不清他的脸。

吃完饭后，我跟焦柘勾肩搭背在路上闲逛。我邀请焦柘去家里住几天。焦柘摆手，说，不了。我嘟囔着酒气，说，为啥，看不起兄弟？焦柘说，不是，直觉告诉我，你最近有些问题，而这问题恰好跟你的妻子有关。我用力拍手，说，兄弟，真神了，想得跟我一模一样。焦栢笑笑问，到底是什么事情呢？我叹口气，说，这件事吧，挺窝囊。焦栢讲，都是兄弟，但说无妨。我叹口气，讲，一句话概括，你嫂子出轨了，那男的我认识，我想做了他。焦栢点头，说，不恒其德，或承之羞，贞吝。我一愣，问，什么意思？焦栢说，《周易》里面的爻辞，指代一女不可侍二夫。烨，你的愤怒我能理解，不过如今是法治社会，切记要三思。送走焦栢，我回了家。詹晓云正在家里做饭，一共三道菜，香菇炒肉、麻婆豆腐，还有个干煸豆角。我本来不想吃，但还是垫吧了几口。詹晓云问我，去喝酒了？我说，是，跟我一个朋友去喝了点。詹晓云点点头，说，少喝点，买菜的时候碰到你了。我一愣，问，也见我朋友了？她说，没，就见你一个人。我说，好，我肚子有点撑，你吃吧。

焦栢告诉我，他退伍后也没有忘记习武，每天都会练上几个小时。由于公务繁忙，我俩只好每天早晨六点起来，一同前往羑里城习武。羑里城为古迹，乃“文王拘而演周易”的地方。此地树木高大，平日无人。焦栢教我的是六合单刀，习的是展、抹、钩、剁、砍、劈，重在刀手合一，要杀气与义气同行，才能展现出此刀法的真正意义。我问焦栢，杀气与义气有什么不同？焦栢告诉我，杀气是私欲，义气则是公理。我又问，杀一个人，必须合理才行吗？焦栢抬起我的大刀，看着我的眼说道：烨，不知你是否记得这句——无论何种兵器，必须以尊敬相融的意识对待。刀的构造之中，看似刀背最无用处，其实却是关键所在，刀背就是事物的度量。如若两面都为刀刃，则力的碰击将会反噬自身。兵器虽为身外之物，但每一次出击都因自身而起。要懂得牵引大局，要让锋芒显现出最大的正义。

五

焦柘来到安阳一周，我的刀法突飞猛进。心里按捺不住，遂找了个借口和毕淦比试。我等詹晓云去买菜的时候，自己一个人带着大刀偷偷下楼。路上想了想，跟焦柘打了个电话，说如果有空的话，可以来看我比武。焦柘说，行，今天正好没什么事情。挂断电话走了几步，又觉得不行，慌忙告诉焦柘，来看可以，进屋还是算了，武馆对面有个咖啡馆，隔着落地窗正好能看见，这事儿再怎么说也是私事，不想让兄弟你直接参与。

到武馆后，毕淦扔给我一套盔甲，跟击剑差不多。我笑笑，说，不用吧，咱俩点到为止。毕淦戴好王八壳子，笑着说，安全第一。我说，真不用。扯到最后还是戴了上去。比武开始，前面还行，借着刀劲儿狠命狂砍；到后半段，毕淦压了上来。他的剑法有板有眼，一套下来基本没啥破绽。最后一个横挡没上去，毕淦的剑戳中了我的头颅。他掀开头盔，说，不好意思，兄弟。我点头，分外沮丧，感觉事情不该这样，可又说不上来为什么。到咖啡馆后，焦柘正端坐椅子上，一动未动。我问他，不喝点？焦柘说，我刚刚看了你俩比武，感觉你的刀法问题很大。我叹口气，说，是的，没有章法。焦柘说，对，除此之外，你的身形太过于佝偻。我问，什么意思？焦柘说，感觉不到正义。我说，不懂，只是想赢罢了。焦柘讲，《周易》有云，“箕子之明夷，利贞”。一件事如果道义正确，即使退避也能获福。焦柘文绉绉的话令我反感，我招呼服务员，说，拿两大杯摩卡。服务员问，能喝完吗？我气不打一处，瞪了她一眼，讲，你说呢？

回到家后，我翻来覆去睡不着：与毕淦的比武失败了，就连最好的兄弟焦柘也开始劝我。以前我一直以为焦柘懂我，现在看来又有点迷糊。何谓道义？退避真的能迎来福分？那两天我没有去找焦柘，光着膀子独自一人在家喝闷酒，喝高了还拿大刀胡乱挥砍。某日詹晓云过来敲门，我赶紧把刀藏起，开门问，怎么了？詹晓云神色慌张，说她妈生病了，要去那儿看看。我没回话，盯着她的眼，詹晓云眼神躲闪，说了句不信你可以问我妈。我说，没事，你去吧，明天早点回来。我在厨房看着，等詹晓云快要出小区，赶紧裹上帽子，顺手夹了把水果刀下楼。她妈那儿我去过，离家不远，就在铁西。我骑了个电瓶车，时间九点出头，我在小区门口坐着，中间喝了碗羊汤，吃了几瓣牙捣蒜。

那晚风不小，呼呼的，循着天空上下摇动。不过我耐冻，哨所的风比这劲儿大多了，而且硬，打在身上跟刀刮似的。又坐了十来分钟，路灯亮的时候，我看见詹晓云出来了。裹个羽绒服，拦了辆出租车往北走。我赶紧骑上电瓶车跟过去，普通人还真玩不了，但我是侦察兵，干的就是这个。一路逆风，手冻得通红，眼刺挠得痒痒，心却逐渐兴奋，仿佛又回到哨所，回到乌苏里江，攥着钢枪紧盯海对面的敌人。车越开越快，一挡、两挡、三挡，我觉得自己跟风融在了一块。这样也好，毕竟风不会退却，更不会被打倒。

出租车在一个叫华瀚小区的地方停下，詹晓云没往里进，站门口不住跺脚。我把水果刀从兜里拿出，温热万分。没一会儿，一个男人出来，看身形像毕淦。他过来跟詹晓云拥抱，詹晓云往后撤。男人又伸手，詹晓云迟疑了一下，跟着进门。我蹲下，把刀插在梧桐树上，从裤兜掏出烟。心很乱，没一点头绪，就那样蹲着抽了小半盒。詹晓云没有出来，我猜这会儿他俩估计也洗完澡，该上床了。想到这里，我起来骑上电瓶车往家走，水果刀还插在树上，没拔。

我整夜没睡，有点后悔，想再回去杀了那对狗男女。蹲身从床底翻出来那把大刀，这几天我一直把刀藏在床底，有次起夜，我还拿着这把刀对着詹晓云比画，大汗淋漓。第二天清早，詹晓云到家，买了血肠和扁粉菜，问我吃没，专门带的。我掩饰着说，还没吃，正好。接过来回屋端到书房，吃了两口，扁粉和血肠太过油腻，想到被刀划棱出的人体器官，一下呕了出来，悄悄把剩下的扔掉了。家实在待不下去了，哪里都让我感到恶心。当天下午，我去酒店找焦柘，敲门，他不在。打了个电话，也没人接。焦柘不辞而别，我的心情低落到了极点，当天晚上大醉一通，醒来已是第二天中午，头脑炸裂，四肢瘫软。后来我又给焦柘打过电话，却发现变成了空号。我能理解焦柘的心情，有些忙是无法帮到底的。只不过他的做法让我感到难过，犹如背叛一般。我查找过焦柘所说的几句爻辞，全是劝解。后来我翻遍《周易》所有爻辞，发现最喜欢的是这句："见龙在田，利见大人。"意指某事快要成功，无须逃避以及隐藏。当晚做了个梦，梦中我成了条龙，上天入地，腾空翱翔。毕淦和詹晓云就在我的脚下，他们小得简直不像话。第二天我起了个大早，明白时机已到。我直接给毕淦发信息，说待会儿在殷墟火车道那边等他，是男人就来。火车道就在殷墟宫城外边，下午六点以后，每隔半个小时过一趟，这我都算过。没一会儿，毕淦来了，我站在铁轨上踮着脚，看着毕淦的身形慢慢变大。等他站定，我说，也不废话了，咱俩这事，来个了结吧。毕淦一愣，说，什么事？什么了结？我笑笑说，咱俩认识时间也不短了，别装糊涂，就你跟詹晓云那点破事。毕淦说，我跟晓云，不是，我跟你媳妇能有啥事啊？我摆摆手，说，不谈别的，羑里城去过吧？毕淦一愣，说，知道。我说，那行，知道就好，三天后咱俩在那边决斗，死了废了为止。这三天你可以提前看看，观测观测地形。毕淦没吭气，风有点眯眼，我不敢乱眨。他说，非要这样？我说，不是，现在搞也行，就是我没带刀，徒手有点费力，你呢？毕淦说，我也没带，兄弟，你现在心里全是怒火，这样不好。我俩没再说话，突然间我有点悲伤，觉得天昏地暗，一切像场游戏。我说，那还是过几天吧，带啥都行，你往外挪挪。毕淦问，怎么了？我说，没啥，火车快来了。

毕淦先走的，我等了会儿，等到第一班火车拉着煤炭轰隆而来，看它庞大的躯体如何驶向远方，又是如何消散。之后我绕着殷墟城墙转了转，一抹长红，没看出啥苗头。往回走，顺着殷墟南边道路，距此五公里外就是羑里城，我就这么走着，一路上迷迷糊糊，分不清自己是文王还是商纣。

回家倒头睡去，做了三个梦：第一个梦，我划破了毕淦脖颈，他的剑还握在手中，他说，放了我。我问，服输吗？他没有回答。第二个梦，毕淦用剑扎伤我的脖颈，并不疼痛，只是有种虚无。毕淦问，服输吗？我说，杀了我。他没有回答。第三个梦，火车脱轨撞在殷墟宫墙，红色的城墙被染黑，世界也变成了黑色，焦柘在我旁边看着，口中嚷嚷着正义。我手提大刀，不知毕淦在哪里。第二天醒来，我觉得痛楚在加速稀释，等到与毕淦比武当天，愤怒已经了然无几。这不是好兆头，我找来一瓶二锅头，灌了一口，对着大刀呲了几下，门没有锁，詹晓云突然开门，一脸惊愕地看着我。我没有理她，自顾自地擦拭，又用毡布包好。詹晓云愣了几下，从桌子上拿了颗橘子，掰成两半，给我一半，自己吃了一半。她开口，说，我知道你要去找谁，武馆的毕淦对吧，你想杀了他。我说，是。詹晓云说，因为我？我点头，说，要是前几天，你还可以去报警，但现在不行了，你要去我也会杀了你。詹晓云手往后掖了掖头发，说，你放心，我不会报警的。事实上我也活够了，从我刚出生那天起，从我爸跟别的女人跑了那天起，我就知道自己已经活够了。你曾经有句话写得挺好，生存本身就是种徒劳。我说，当然，谁不是瞎过，到了如今这种地步，大家都活得差不多了。詹晓云眼里有了泪珠，她没有理会我，继续自顾自地说下去：

这么多年来，我太想有个依靠了，我就想找个依靠，你懂吗，刘烨？我点头，詹晓云哈哈大笑，说，你懂个啥，直到如今我才明白，我错了，女人不应该依靠别人，永远不能依靠，一个人能依靠的只有自己。

羑里城离这里有点远，我搭了个公交车。大刀用毡子裹着，放在大腿上。出两站，上来个人，坐我旁边，说，哥儿们拿的啥呀，太挤了，往里挪挪。我点头，将刀竖起，右手紧握，仿若古代守门将士。不知过了多久，车停下，抬头眺望，羑里城的门匾就在前方。正是周一，里面一个人都没有。四周柳树飘飘，花团正茂，文王铜像矗立正中。我放下大刀，对其一拜一叩，完了起身时觉得不行，便又加了两叩。微风吹拂，我感觉到文王的胡子在动。做完这些，我给毕淦打了个电话，问他，在哪儿？毕淦说，已经到了，就在那个吐儿家，演易台的后边。我循着记忆走去，毕淦正对着一个墓碑凝思。他见我走来，问，你知道这里面的故事吗？我摇摇头，问他，什么时候开始？毕淦没有回我，开始自顾自地说起：文王演易时，纣王为试文王真伪，将其长子伯邑考杀害做成肉汤，并逼文王吞食。文王忍痛咽下，而后又到演易台后吐出。我问，说这个干吗？毕淦笑笑，说，没事，剑我拿了，咱们开始吧。

我将毡子取下，经过白酒沾染，大刀变得凌厉而又火辣。毕淦抽剑，他的剑头银白，透露出深深的寒意。是我先出的招，抡起大刀，借劲儿劈了过去。距离给予了毕淦闪躲的空隙，大刀“嗡”的一响，犹如破空而起的哨音。毕淦闪避，随后提剑刺过，我用刀背阻挡，刺裂的声响让人发毛，呼呼喘气，有汗冒出。毕淦收剑，后撤两步，讲，烨兄，还没问你，刀法究竟在哪里学的？我说，没必要。我握住刀柄，慢慢抡圆。时间才过了两分钟不到，却如一个世纪般漫长。毕淦讲，烨兄，累了吧？我总觉得咱俩的决斗来得不明不白，现在不如歇歇，把事情讲清楚了。我喊，也行，那就说一说，我媳妇，詹晓云，她是你前对象吧？毕淦一愣，说，是。讲话还算利索，我问你，那天在车站底下，你俩是不是抱住了？毕淦一愣，说，什么时候的事？记不太清。我说，想不起来就算了，大概一周前，詹晓云去找你，对吧？毕淦说，是有这么一回事，可詹晓云找我是害怕你，她觉得你精神出了问题，怕你拿这把大刀伤害她……我打断他的话，说，行了，我只知道那天她去了，并且没回来。毕淦讲，可是……我打断他，说，你不用解释，过程永远比真相复杂。毕淦没有再说话，我缓慢呼气，将刃口外向，横置左肩，左手成钩；同时劲坐右腿，左脚虚出，大喝一声，右手起刀，刃口向前，使出六合刀法。毕淦虚上左步，长剑同时向里钩回，蛟龙入海；这招震得我虎口生疼，腕臂麻木。毕淦瞅准时机，用剑轻轻一挑，刺破我的手腕，大刀应声落地。我慌忙后撤，内心怦怦直跳，觉得死亡近在咫尺。

毕淦走过来，身形犹如殷墟宫墙般慢慢变得高大。他叹口气说道，烨兄，如果按点到即止你已经输了；你的刀法不错，让我想起了一个当过兵的朋友，可惜他前几年见义勇为被人用刀刺入心脏，已经不在了。我脑子混乱，全身颤抖，说，别讲屁话了，要杀要剐随你。毕淦抬起头，叹了口气，有些事情并不是你想象的那样，爱情中，最重要的是信任。我强撑着站起，说，别给偷情编造什么花样。毕淦说，不是的，你想错了。每一件事情都有缘由，刘烨，有时你也应该想想自身，暴力是解决不了问题的。我冷笑一声，讲，你的意思就是苍蝇不叮无缝的蛋呗，没关系，我要是颗臭鸡蛋，你俩也不过是对儿苍蝇。毕淦叹口气，那好吧，说完转身要走。我喊他，什么意思？毕淦讲，比武这事儿，我还行；杀人，办不到。本来今天是想解释清楚，现在才发现是泼墨画眉，越描越黑。

我佝偻着身躯，看着毕淦的背影，胸口上下起伏，一股难掩的沉痛在心中发酵。所有的道义都被你们侵占，语言哪儿还有倾吐的必要？想到这里，我提起大刀，将刃口对准脖颈，咬紧牙关，决定割舍掉这条烂命。刀刃触碰到脖颈，身体消弭出一阵温热，随后寒光乍现，我看到了焦柘，他站立在我身前，拿着那根熟悉的长枪。这时我才发现，我在冬日的海边，在遥远的柳叶形的小岛，鸳鸯、白鹭、狍子、灰熊以及麋鹿，全都在我身后。痛感从脖颈处传来，我半眯着眼睛，身体虚弱，血液正加速流动。焦柘看到后快步走过，撕掉布衣帮我缠绕伤口。我说，我输了。他说，没事，输赢常有，重要的是你还活着。我说，活着也没有什么意义。焦柘的脸庞缥缈晃动，声音却变得瓷实。他说，刘烨，物无非彼，物无非是，人太自私了，所以只能感受到自身的痛苦，而察觉不出别人的好。我摇头，说，这些都不重要了，重要的是，我们还能回到过去吗？焦柘顿了下，说，当然可以，你现在的问题就是想得太多，睡吧，好好睡上一觉。焦柘说完，站起身来匆匆离去。我抬头，看到白鹭在天上盘旋叫唤，棕色的麋鹿缓慢移动，风吹了过来，风是打不倒的，但可以散开，漾在我的脸庞、眼睛、脖颈。但我已顾不上这些，我太疲惫，需要在这深沉的冬夜，好好睡上一觉。

（选自《延河》2023 年 4 月上半月刊）

无边无际的午后

丁 威

一

凌晨五点，在夏秋或晴日，这时节晨光已算熹微了，而在春冬或阴雨，天光就还在地平线以下徘徊。若有早起晨练的，远远近近，便可听到三五成群的人，熙熙攘攘沿着街道朝小广场那边走，而多数人家，还留在整夜最后的残梦里，为着一天积攒最后的精力。闹钟响起来了，其实万芳和李明早就先于闹钟醒了，二十多年的生活，早已让他们的生物钟变得比闹钟还要准时，他们一人裹着一床被子，分躺在床的两边，中间隔着的距离几乎可以再躺一个人。十多年前，这个拉开的距离属于他们的儿子。他们闭着眼，各自在晨光熹微里安静着，等待着闹钟响起，而后各自行动着，穿衣、洗漱、收拾车子，像两列并行却永不相交的火车，朝着相同的方向行进。一切都是在沉默中进行的，当三轮车的声音响起来时，这一天就算拉开崭新而陈旧的序幕了。

万芳和李明两口子在镇上卖衣服。从县城、从外地批发来的衣服，每天一大早开着三轮车赶到集市上卖，直到中午罢集，街上几乎再无赶集的人影，他们才开着三轮车赶回家。李明到厨房里做饭，万芳坐在那里盘点收入。下午他们都是没事的，吃过午饭补一下早起的觉，睡醒之后，这一天真正属于自己的时间才算开始。

万芳和李明都是大高个，万芳一米七五，李明一米八。万芳稍胖，李明精瘦。万芳是齐耳短发，方脸、大眼、大鼻、阔耳、厚唇，五官都是加大一码的，这样看起来，就有了富态，或者说，剽悍。她的性格也是，随着她的长相，大大咧咧，火暴脾气，嗓门粗大，挥手投足间，一样风风火火，几乎全无一点女人样。李明不同，李明也是方脸、大眼、大鼻、阔耳、厚唇，配合上他的高大身材，倒显出了合适的面目，但是这面目组合起来——或者说，由于李明性格的原因——有一种木然的感觉，大悲的哭、大喜的笑不说，就算平常表达感情的一点点表情，你从李明的脸上也几乎是看不到的，表情在他脸上像是短暂的抽搐一样，一晃而过，待你想从他的脸上找出一些情绪的端倪，他已经是全无表情了，恐怕就是因为这样一副表情的原因，李明的性格也是迟钝、木讷、沉闷的，跟他的老婆万芳比起来，他反倒更像个女人。

也因此，时不时他们吵起嘴来的时候，人们听到的也总是万芳的大嗓门，话像冲锋枪一样，“突突突”地朝着李明乱放。在李明终于招架不住的时候，李明总是扯起自己的喉咙，干吼一声，话语也是囫囵的，听不清他究竟是在吼些什么，这吼声也就变得底气不足，吼出来了，也是轻飘飘的，听不清是什么，也就落不到实处，在吵架上，落不到实处，也就等同于无用。待李明这一声吼下去后，接着便是万芳更猛烈的扫射，李明呢，只得坐在楼梯口的水泥台阶上，勾着头，一言不发。万芳的火气仍旧旺着，在房间里走来走去，一边走，一边点着食指，指着李明吵，吵到最后，万芳没了兴致，气也渐渐消尽后，她总是以一句话作结：李明，你可有一点男人样？

二

把儿子送入大学的校门后，万芳和李明两个人先后迈过了四十的门槛。进入不惑之年后，按说，两个人结婚二十多年，生活早已足够将他们俩打磨透了，彼此也该遵守日常的既定轨道，过起按部就班的，可以说是平心静气的生活了。可是儿子走后，他们才发觉，空下来的时间一下子多了起来，像是腰间的赘肉，不知不觉地，已把生活的裤腰撑开了。

之前，除了雨雪天气，他们俩一年到头，是一天不落地赶集。因为卖衣服，中午这顿饭就很晚，儿子呢，中午也就不回家吃了，早饭和晚饭对于一家人来说就显得尤为重要了。尤其对于儿子，正是长身体、长知识、加把劲的阶段。早饭因为赶时间，除了两个鸡蛋、一杯牛奶，儿子再吃其他的，是拿着钱自己到早餐店里吃的，那么，晚饭就变得具有唯一的重要意义了。

吃过午饭，午觉睡醒之后，这一天关于晚饭的忙碌就开始了，准确的说法应该是，从罢集之后，这一天关于晚饭的忙碌就开始了。昨天吃了什么，今天应该吃什么，要换着花样来，否则，儿子会腻，荤素如何搭配，营养如何协调，吃起来才会更均衡，这都是两口子一下午要盘算的事。当然，两口子在晚饭这个问题上，也是有明确的分工的，万芳主要负责策划、指挥、打打下手，具体的实施、操作，基本上是交给李明的。但是在万芳看来，她虽然可以算作袖手旁观，但是这旁观却是决策性的，决定晚饭的大方向，只有大方向对了，晚饭的质量才能打下基础，具体的实施过程，不过是决策的延伸，或者说，是决策完成的推动力，没有她万芳，晚饭等于说是无头的苍蝇——抓瞎。隔三岔五地，万芳要去县城里进货，那么这一天晚饭的重任就全部落到了李明的肩膀上。

一顿晚饭好坏的硬性指标，或者说，唯一性指标，就是儿子吃饭的多少。儿子吃得多了，这一顿晚饭就算胜利完成了任务；反过来，如果儿子的胃口不好，吃得索然无味，那么，这顿晚饭就以失败告终。而万一，遇到万芳上县城进货，儿子今天又吃得索然无味，那么，今天晚饭失败的全部责任无疑都在于李明，这一天，就免不了一顿吵。最后，仍旧是万芳的那句：李明，你可有一点男人样？

三

但是现在，儿子走了，去外地上大学了，晚饭对于全家来说——这个具有庄重意义的，可以称之为仪式的重要性——就大打折扣了，也可以说，没有了儿子的参与，晚饭就变得无足轻重了，变得仅仅只是一顿填饱肚子的晚饭了。既然晚饭都不重要了，那么一整个下午的策划、筹备，也就跟着没有意义了，这种差别可以说是一落千丈，有着天壤之别。这样空出来一下午，就像生活中的一个庞然大物，如此突兀地横在他们的生活之中。他们没想到，儿子考上大学后，突然就留给了他们那么大一块空荡荡的下午，他们就像是“解甲归田”，但是之前那无数个下午的策划、筹备，又让他们觉得自己还仍旧“志在千里”，还仍旧“壮心不已”，这个时候的“告老还乡”是如此不可理喻，更不能接受。

起先，他们还没有适应这突如其来的变化，万芳午觉起床后，还试图指挥着李明该如何做这一顿晚饭，这意识刚唤起，就转而想到，儿子已经上大学去了，这顿显出隆重意味的晚饭已经变得可有可无了，也不是可有可无，而是仅仅成为一顿填饱彼此肚子的饭了。

开始就是躺倒重睡，企图来一个回笼觉，可是，又如何睡得着呢？两个人，依旧是在床上一边一个地躺着，空出来的那段距离，属于十多年前的儿子。儿子稍大一些后，就自个儿睡了，而他们俩的床也由原先的木床变成了现在的席梦思，只是中间儿子所留下来的那一段空白，却始终空在那里，像是卖衣服时，两个人东一个西一个地分立摊子两边。他们都光着半截身子，已经许多年没有认真打量过对方的身体了，这下一看，有些不知所措。概括起来，两个人的身体，露在外面的，统一被阳光晒得很黑，而在里面的，却不是白，而是黄，有一种内里翻出的油脂的感觉，原先的皮肉是各就各位的，现在看起来都像是挪动了位置。看过去，好像都不对，又说不出来是哪里的错，反正是别扭。看着对方，光着的半截身子展现出来的衣裳架子，有一点滑稽又无奈的意思。

在李明眼里，这种变化在万芳身上几乎是触目惊心的。他想起他们刚认识那会儿，像许多人一样，他们从小就生活在这个镇子上，彼此都面熟，可要说有什么具体的印象，李明是一点都想不起来，只记得到了要结婚的年纪了，媒人一撮合，两个人一见面，彼此点了头，这桩婚事就算成了。后来李明回想，记得的只是相亲时的那一个场景，而万芳具体穿了什么衣服，说了什么话，甚至连万芳的长相，在李明的意识里，也是如堕雾中，一片模糊。直到进了洞房，李明想要好好看看自己的新婚妻子，万芳却执意要李明关上灯，否则，她就拒绝做那件事。关了灯，刚上了身，李明动了几下，就下来了。那一夜，李明也在万芳身上，上上下下了好几次，可总是像一头牛掉进了井里，浑身的劲使不上，折腾了几次，李明是满心歉疚。而万芳呢，嘴上不说，心里却是憋了火，这样不痛不痒的，反倒是给她身体里埋下了火种，等着他引燃，带她到高处的云雾里享受极乐，越慌越忙，全没了阵脚，万芳心里、身体里都是委屈。这一夜的开头，像给他们接下来的生活写下了注脚一般，后来他们也有了孩子，但是夫妻生活的快乐却与他们无关。慢慢地，彼此也都麻木了，那件事也就渐渐地不了了之，等同于无了。

睡不着，又躺在床上，两个人也不看对方，看天花板，看房间，这样一眼一眼地看过去，就像你写一个字，总归是一眼就认识，但是不停地写上几百遍，恐怕就要怀疑它的正确性了，当他们开始——可以说是认真地——打量起这个闭上眼都能说出三六五的房间，又觉得这个天天待着的地方好像也是哪里不对劲了。

万芳记得他们初建这个房子时自己的兴奋之情，跟李明父母挤住在一块的日子终于结束了，她终于要有自己的家了。按说，毕竟是第一次真正拥有一个家，对于李明来说，应该是一件需要多费心思的事，房子如何盖，屋子怎么布局，李明统统不过问，万芳说起来，李明只说，哪有那么多事，能住人不就完了嘛！万芳再想说什么，却只把话咬在嘴里了，真是一块木头，说不通话。房子盖完了，万芳也累得病了一场，病好了后，李明竟然来了这么一句，不就盖个房子，至于下这么大劲？好好的，给自己寻一场病！万芳听到这话，挥手过去要给李明一巴掌，咬着牙，却把这一巴掌扇到了自己脸上，恨自己瞎了眼！

但是，也就这样，二十多年过去了，生活就成了卖衣服，成了吃饭，成了睡觉，成了年复一年，成了日复一日，早上睁开眼，晚上闭上眼，每一天都是把前一天的水倒进另一个杯子，难道他们真是这样一天天过来的？之前还有一个儿子撑着日常的生活，现在儿子离家了，难道他们真要这样别扭地生活着？沉默，沉默，沉默甚至成为一种无声的对抗，仿佛谁在沉默里待的时间更久，谁就赢得了生活的主动权，沉默就成了一张慢慢拉伸的弓，在不言不语的力道下，一点点地绷紧，像是平静的水面绷出了弧度，一滴水成了沉默的箭矢，随时都有可能听到那一声断裂的“咔嚓”，随时都要被生活的水、沉默的箭矢中伤！

生活该何去何从呢？

四

连着这样几天后，万芳急了，不能就这样把一个又一个下午浪费掉，她穿上衣服出了门，上街去。因为平时的生意，她是天天在街上的，不过上街跟上街的意思也不一样，她的上街是固定的，像一枚图钉被按住的，她只在自己的摊子前活动，她上街的主要任务就是跟人磨嘴皮子，讨价还价，活动范围顶多不过两三米。也可以这么说，别人是逛街，而她呢，是站街。

一上街，她就觉出了之前生活的单调了，卖衣服的时候，她是只管卖她的衣服的，除了和顾客讨价还价，她一上午几乎不多看李明一眼，需要交流的时候，两个人也已经简单到只用一个眼神，在别人看来，这好像是夫妻之间的默契，而万芳心知肚明的是，两个人实在是无话可说。在这样一个下午，万芳来到街上，没想到街上不但赶集的时候热闹，罢集了，街上仍旧这么热闹。上午是人们赶集时的讨价还价，是人声，是人声鼎沸。而到了下午呢，是麻将声，是你一言我一语的闲话声，各家各户门前几乎都不空闲，都有着一桌两桌，麻将牌哗啦啦地响着，高级一点的，是摆在屋子里的电动麻将机，不用洗牌、码牌，一局打完了，一摁，另一局就马上重新开始了。

万芳一上街，就有人吆喝着喊她了，你咋出来了呢？

万芳应着，家里闷得慌，出来转转，脚步就朝说话人的那边去。

那里也有一桌麻将，就是那种很高级的麻将机。这一局刚好打完，万芳看到一个人伸手摁了麻将机中间圆盘上的洗牌键，那个圆盘就像舞台一样升起来了，众人把麻将往圆盘下的洞里推，等到麻将牌都被推进洞里，又是那个人，按了圆盘上的洗牌键，圆盘缓缓降落，圆盘落定了，紧接着，四角沉下去四根长条，而后，从沉下去的四根长条里，升出来整整齐齐的四道麻将牌，一上一下地叠着，一溜子规整地排开去。万芳看着这，嘿，这挺有意思！

看了麻将机，万芳就又抬眼去看那个摁洗牌键的人，一看，是街上卖“五金”的陈奎。陈奎光着膀子，留着三七分的碎发，嘴里叼着烟，眼睛半眯缝着，伸手拿过烟，去磕烟灰的时候，眼睛才睁开，这样一睁开，眼睛就显出亮来，这就让万芳想起了李明，想到李明，就又想到在床上，真不知道陈奎在床上会是个什么样，她觉得像是一滴水淋到了热锅上，她的心里是“刺啦”一声，心里已经潮潮的了，万芳又看了陈奎几下。

看了几局麻将，别人让万芳也坐上来摸几把。万芳推托了，说还有事，就又朝街上去。一路上被人拉着说了几次话，又在她妈家坐了半天，这么着，一下午就过去了。轻松，悠闲，无所事事，却又松松散散，像是一团面，在那里发着，安安静静的，就醒到了最好处。

五

李明呢？待万芳走后，李明又在床上挨了一会儿。屋里越发变得空旷，家门前的路上，不时有三轮车、摩托车、小轿车驶过，尤其是三轮车，嗓门极大，响声“通通通”的，车厢颠簸着，也同样发出震颤耳膜的响声。李明就想起自己的三轮车来，每天早上六点左右，道路上还几乎没有行人，大多数人还沉睡在梦乡的时候，李明的三轮车那突兀的“通通通”，无疑更像是一记拳头，砸在宁静的清晨，不知道给那些还在睡觉的人带去多少苦恼。一天天的，他都要吵了大家的睡眠，这样想着，李明就觉得挺愧疚。

李明从床上起来，来到楼下，卷闸门还关着，万芳已经走了。他去后院的厕所撒了泡尿，在桃树下站了一会儿，顺着后院，来来回回走了几圈，看看辣椒、茄子、黄瓜、番茄的长势，一条黄瓜已经成熟了，他把成熟的黄瓜摘下来，在压井前洗洗，然后站到一株月季前，一口一口地，把黄瓜吃完了。黄瓜吃完了，他走到屋里去看了看挂在墙上的钟，才不到三点半，也就是说，整个下午，也才过了一半而已。

他又去了厕所，这会子他感觉到了尿意，在厕所里站了好一会儿，却只挤出了滴滴答答的一点，尿意像条丝线一样，隐隐约约地在膀胱里漂荡着。李明站在那里等着，脑袋里空空如也，就这样好半天，没有再挤出一滴来。李明提上裤子准备结束，这倒好，刚系好腰带，一股尿就像幡然醒来的冬眠的蛇，丝溜溜钻了出来，来不及再解开，滴滴拉拉，都撒到内裤上了。李明心里暗骂一声，那里温吞吞地湿着，生活就是这样疲软，他连怀念过去的感觉都熄灭了。

李明回屋坐了一会儿，隔着卷闸门，门底的空隙透进来白生生的光，声音也是，变着各种花样，从那里钻进来，一进了屋，就瞬间涨满了整间屋子，又在屋子里激荡着，而后弱下去。李明觉得越来越闷了，那些声音和那些光，似乎都有了压迫性，像是储钱罐里的硬币，在他的胸腔里，来来回回咣当着，一枚硬币是一枚凉，一枚硬币又是一枚沉，李明觉得似乎有百爪在挠心。

李明打开卷闸门，掇了条凳子，在门前坐下来。太阳这会儿正是炽烈的时候，虽然昨天才下过雨，路面经这阳光一烧，有些地方还是干了。因为年久失修，这条街早已是满目疮痍，大坑撵着小坑，小坑挨着大坑，坑里还积着明晃晃的水，仔细看，还有天光，还有云影，平坦的那一处路面，已经像起癣的狗皮一样，颜色一块明，一块暗，就这样，一条路望过去，一截子柏油，一截子砂石，一截子泥土，一截子水洼，颜色竟然有了纷呈，看起来真是让人又好气又好笑。

李明在门前坐下来，他的个子高，凳子却矮，他的脊梁弯曲着，两只胳膊肘压在大腿上，脑袋也沉下去，这就能看到李明脑袋上的白头发楂子，虽然不多，但是这里一小簇、那里一小簇地染着，也已让李明像埋了半截的枯木似的，有了老态了。坐在门口，李明是安静的，也可以说，是从容的，万芳出门了，家里、心里，再无一点事情来打扰他，不用费心地操持晚饭，生意也无须他操半点心思，他有几个小时的下午可以挨，这么看来，刚才关起门来的那一点焦躁，就无足挂齿了。接下来，几乎可以说，李明是在享受这个下午。

虽然街道的路面破烂不堪，但是仍旧挡不住来来往往行人、车辆的步子。熟悉的人走过去，李明也打一声寡淡的招呼，脸上却没有什么表情，这也像他平常的交际一样——是没有交际的。李明不像别的男人，时不时有三朋四友聚到一块，喝一场闲酒，说几句醉话，李明不是，从来不见李明去找别人，也从来不见别人找李明，这些喝酒、扯闲篇统统没有他的事。有车子从东边来了，李明的眼睛远远地就把车子瞄准了，别人的车子沿着道路由东到西，李明的脑袋就像电风扇一样，跟着别人的车子，由东到西；再有车子从西边来了，李明的脑袋又像电风扇一样，跟着别人的车子，由西到东。

一个下午，李明坐在门前，除了逢着熟人打一声招呼，便再无一句话，有时候邻居家的鸭子卧在门前的阴凉地，他就望着那群鸭子，也是面无表情的，有些鸭子翻个身，抬起眼皮，看他一眼，又埋下头，仿佛没有他。

晚饭的时候，万芳从街上回来了。回到家，李明已经在厨房里忙活晚饭了。没有了儿子，晚饭就容易多了，街上买一兜子馒头，烧一锅稀饭，凉拌黄瓜，中午的剩菜热一下，就够了。常常是李明把稀饭烧上了，万芳还没有回家，电锅里的水很快就沸腾了，李明就要守在电锅旁，防止翻腾的米汤从锅里溢出来，把锅盖掀开了，李明木刻似的坐在那里，看着翻腾的米粒上去了，下来了，又上去了，又下来了，这时候，李明的思绪就会跑很远，恍然想起他走过的很多路，说不上来，好像也是这样，上去了，下来了，又上去了，又下来了，这样想着，李明的心里就会有一些不一样的滋味，让他鼻子里微微发酸。又或者是，最简单的，下一锅面条，饭也有了，菜也有了，吸吸溜溜两碗吃下去，就饱了。吃过晚饭，收拾收拾，两口子就关灯睡觉了。

一夜无梦。

六

这样过了个把月，一天晚上，万芳刚吃过晚饭，收拾收拾，准备洗洗的时候，胡雪梅来了。胡雪梅就是那天上街时，招呼万芳过去坐的那个人。见胡雪梅来了，万芳就从屋里拎出个板凳给胡雪梅坐。

胡雪梅是干什么的呢？胡雪梅是镇上中心小学的老师，已经小五十了，却不显老，看上去，要比实际年龄起码小十岁。一方面是由于工作相对轻闲，需要操的心少；另一方面她心态乐观，爱打扮，一天一件衣服，几乎看不出来重样，她呢，又喜欢花红柳绿的，整天穿得也像一只花蝴蝶。加上她又爱热闹，就自发地在镇子上组织起来一支广场舞的小队。说小队，却也不小，每天晚上音乐响起来的时候，敲敲打打的，有百十号人，在菜市场超市的小广场上扭。

胡雪梅来找万芳，就是为着广场舞的事。这几天，万芳下午总去胡雪梅那边闲坐，经人说道，万芳就迎着陈奎，坐在了他对面，也打起了麻将。这样，万芳就成了胡雪梅的麻友。麻将打完了，胡雪梅又说道着，让万芳加入她们的广场舞，她们两个说得来，万芳呢，又能跟着胡雪梅锻炼身体。胡雪梅说着，按一按万芳的肚皮，捂着嘴笑，说，看看，老爷儿们的肚皮似的，却并无嘲笑的意思。万芳却不好意思，只说，老胳膊老腿的，埋下半截的人了，还跳个啥舞。胡雪梅劝了几次，万芳推托了几次。这不，胡雪梅这天晚上就赶到万芳家里来了。

都请到家里来了，这可就让万芳无话可说了。胡雪梅说了几句关于广场舞的话，意思是不用担心，跟着她胡雪梅，一个星期不到，保管她万芳扭得有模有样。话到了这里，胡雪梅就把万芳的手拉住了，两个人起了身，万芳扭头对着屋里的李明喊了一声，说自己到街上去转转，她也没好意思说自己是去街上跳舞。就这么着，万芳跟着胡雪梅一路来到了街上。

原先不知道，这到了街上一看，也是黑压压的一大群人，两个音响接在小超市的门口，超市门头上的大灯亮起来了，队伍一眼看过去，竟也整整齐齐，多而不乱。胡雪梅就拉着万芳的手，在人群后面扭了起来。万芳个子高，身体胖，又大手大脚的，跳起来，就尤其显得笨手笨脚，扭了几下，万芳不动了。胡雪梅拍拍万芳说，刚跳的人，都是这样，哪有一下子就上路的，多练练，你看看，这跳舞的哪一个不是熟人，哪一个不认识，没啥不好意思的，来，你跟着我，咱们先跳慢一点。

来回的路加上跳舞，差不多有一个半小时，万芳回来的路上，还有同路的人，说说笑笑的，一会儿就到了家，也觉出这跳舞的有趣和好处来了。到了家，推门，门却锁了，退两步看看楼上，楼上的灯也已经关了，看来李明还是像往常一样，早早地睡下了。万芳就一边拍门，一边冲着楼上喊。万芳大着嗓门，手上拍门的劲儿也越来越大，有邻居从楼上窗户探出了脑袋，李明却还没有一点动静。万芳手拍得疼了，嘴里也就跟着骂起来，前前后后，折腾了有十分钟，李明才穿着拖鞋从楼上悠下来。万芳的话朝着李明的后背骂过来，李明却仿佛全没听见，慢腾腾地，一步一步走到了楼上。万芳又骂了几句，觉出了没意思，就不吭声了，窝了一肚子火。

第二天晚上，万芳临走时，特意嘱咐了李明，让他不要锁门。待万芳跳完舞回到家，还好，李明这回没锁门。万芳学了两天，不好意思已经没有了，还学出了一点模样，回了家，就把满身的轻松也带回来了。

这天晚上，万芳带着轻松的身子回到家，不知道怎么的，她脑子一下子转到了陈奎身上。陈奎手上摸着牌，嘴巴里叼着一根烟，这让万芳心里一阵跳。想起了陈奎，万芳身体里就有了火苗子，她就主动跟李明说，上床睡觉吧（万芳已经有多久未曾说过这句话，在他们还年轻的时候，他们也曾有过点到就明白的时候，比如早点休息）。万芳说完，还用手在李明背上摩挲了几下，这意思已经再明显不过了。

李明却坐在电视机前无动于衷，电视里正放着《动物世界》，电视里低缓的声音几乎就是催眠曲。可是，万芳的话和她在李明肩头的摩挲，却让看起来已经有些昏昏入睡的李明清醒了一下，李明就又打起精神继续无味地看着电视。万芳又忍不住说了声，不早了，上床睡觉吧。这下子李明听清了，说，我还不困，这看完吧，你先睡。李明说着还把肩膀扭了扭，把万芳搭在他肩头的手抖掉了，说，烧人。

万芳憋了一肚子气，转身去倒水喝，隔着小半个客厅，看到坐在电视机前的李明，电视里依然是不徐不缓的腔调，在空荡荡的客厅里无趣地回响着，万芳看着坐在那里头又垂下去的李明，仅仅隔着几米，却觉得中间隔了山海似的，都是荒芜。结婚这么多年了，他俩何曾亲近过呢。说起来，从来都是他是他，她是她，两个人在一起过日子，也从来都是各过各的，卖衣服的时候也是，一个站在摊子这头，一个站在摊子那头。而此刻，万芳难得需要他的时候，需要两个人变成一个人的时候，万芳也仍旧是自己一个人。更应该说，这么多年，他俩从来都没有成为一个人过。那么孩子呢，这个寄托了他们彼此的爱的孩子呢，能称之为爱的结晶吗？明明是，万芳爱着这个儿子，李明也爱着这个儿子，可为什么到了万芳和李明，就什么都没了呢？说起来，在她和李明之间，这个爱的结晶——儿子——从来也不是他们俩的一座桥。假如没有这个儿子呢？没有了他，他们两个的婚姻会不会是另一种样子？他们的爱的结晶——儿子——反倒成为捆绑的绳索？想到这里，万芳的心里却觉得愧疚了，儿子永远是没有错的，那么，谁错了呢？什么错了呢？喝完水，万芳放杯子的时候手上带了劲，一个好好的杯子也打碎了。“砰”的一声响，让李明低下的头抬了起来，他回头看了一眼，什么也没说。

又有一天，李明想做那件事了，翻身往万芳身上压。万芳挥手推了李明一把，李明讨笑，又往前凑，万芳抬起一脚，把李明从床上蹬下去了。看着李明坐在地上，心上也有点不忍，可想起那天，万芳就扭过身子，给了李明一个背。李明坐在地上，愣了半晌，抱着枕头到客厅去了。

二十多年的生活是这样，最近的生活依旧是这样，万芳打了一个多月的麻将，跳了一个多月的广场舞，各自看起来都是相安无事的。不料，这天晚上，还是出了岔子。一个岔子，又分出来一个大岔子。

七

这天晚上，万芳吃过晚饭，又出去了。李明照例洗刷完，把自己收拾好了，就上楼了，他往床上一躺，摸过遥控器，打开电视，把灯关掉，准备看一会儿电视就睡觉。看了没多久，迷迷糊糊的，他就睡过去了。

隐隐约约地，李明听到楼下有人在吵。他愣怔着，听不真切，心想是不是自己又把门给锁上了，万芳回来又骂门了。他就醒了过来，仔细听，不是万芳，也不是哪家邻居，是其他的女人，李明尖着耳朵听，是一个女人在骂，骂得很难听。

你个不要脸的，晚上不在家跟自己男人浪，跑到街上跟别的男人浪，你有脸没皮，死不要脸，一大把年纪了……你男人呢？缩在屋里不出来当乌龟哦，看看你，是不是当一辈子乌龟哦，你女人给你戴绿帽子，你把头缩到壳里，死不要脸哦……

李明在屋里坐了起来，这骂人的声音很近，就在自己家楼下。李明想要去推开窗户问问，是不是认错门了，好好的，跑到自己家门口乱骂什么。李明犹豫了一会儿，楼下的女人越骂嗓门越大了，越骂越难听了。李明一骨碌从床上爬起来，推开了窗户。听到窗户响，女人停止了骂声，仰着头朝李明看。李明用余光四处瞥，注意到有好几家邻居正躲在纱窗后面朝这边看。

李明说，咋回事？

那个女人声音有些哽咽，鼻子里是哼的一声，说，咋回事？自己的女人自己也不管好，还睡得着?!

李明脸上有些挂不住了，说，你看清了，是不是认错门了？

认错门？街上谁不认识卖衣服的万家，砸碎了，敲烂了，也跑不掉你这家！

李明知道，刚才那女人骂了半天，那个“乌龟”不是别人，正是自己了。李明脑袋蒙了，手足无措地找不着话说，半天又问了一句，咋回事？

咋回事？你家老婆给你戴了帽子，骚都骚到别人家去了，咋回事，我不说，等你家老婆回来，你自个儿问她。说完，这女人就转过身，走了。

好半天，李明还没回过神。他在窗前站了一会儿，用余光扫了扫邻居，站到纱窗后面盯着这边看的人更多了。李明心里也是火腾腾的，只是，他也不知道，万芳真回来了，他该怎么办。

想到这，他把窗子关上，窗帘拉严实，又躺到了床上。万芳、万芳，李明在心里一遍又一遍地念叨这两个字，念叨了一会儿，他又给“万芳”这两个字前面加上了“骚货”，加上“婊子”，加上“淫荡”……一个个的称呼加上去，他从牙齿缝里把这些词一个一个地咬出来，这些词的后面跟着的不是别人，是自己的妻子——万芳，是自己儿子的母亲——万芳，一瞬间，他有些六神无主。假如万芳回家了，他能怎么办？这样一个跟自己生活了二十多年的人，时时处处早已成为习惯的人，突然间，成了一个这样的人！而他李明呢，头上从此就要顶上一个绿帽子了。邻居在窗前看着，听着，他们都知道了，他李明现在很出名了。明天，也许他还是会像往常一样，一大早跟万芳去街上卖衣服，但是跟以前不一样了，他李明脑袋上有一顶绿帽子，人人都会知道。人人来买衣服，都会看到他头上的这顶帽子，他也能想到，人们茶余饭后，他李明成了众人嘴里的笑话了。他甚至想起来他们结婚的第一夜，万芳非要关灯，而在李明脑海里，甚至都没有妻子的模样，关了灯，他像是面对着虚空，做了，却是失败。这里面虽然有第一夜的不知所措，但也无疑给今后埋下了祸根。李明是一个从来不多想的人，这会儿，他想到，也许这么多年的婚姻，根本就是错。这么一想，倒把李明吓了一跳，他一直都是闭着眼睛过日子的，因为这件事，突然让他觉得这二十年——人生的四分之一——是白过了，他活成了什么？有过幸福吗？那么，离婚？一把年纪了，今晚已经是一个笑话了，再离婚，难道不是再添一个笑话？如果把牙齿咬碎再咽回肚子里，接下来，他们依然能够过下去，剩下的三四十年，像以前那些日子一样，闭着眼过下去。可什么是生？什么是活呢？什么又是幸福呢？人一辈子，跟猫跟狗说起来有差别，但真说起来，还不终归是一样？到最后，都逃不掉是一堆灰。既然都是一堆灰，还要什么脸面呢？可是，就这样算了吧，他又觉得不甘。想到这里，李明下楼去把门从里面反锁上了。

八

这天晚上，刘桂云心乱如麻。

上个月，她爹突发脑出血，晕了过去，还好送去医院及时，抢救过来了，却落下了个半身瘫痪。大哥大嫂在外面打工，爹进了医院，他们也从外面赶回来了。待爹出了院，商议好了，大哥大嫂一个月出一千，家里的事，只能刘桂云多操心了，大哥大嫂就又出去了。

爹吃在床上，拉在床上，好几次，爹咬着牙，恨自己，不如就这么死了好，拖累孩子，拖累一大家子。说着说着，眼泪就下来了。刘桂云心疼爹，心里不是滋味，只怪爹说丧气话，人活着，比什么都强，哪能说死的话，再苦再累再脏，那是自己的爹。娘死得早，爹辛辛苦苦，也是一把屎一把尿地把自己拉扯大，临到老了，做儿女的，为爹做什么，都没话说。她怪爹，以后再不许说什么死不死的话！

一天三顿饭，刘桂云都是跑来跑去地送。刘桂云想把爹拉到自己家，但不知道爹是咋想的，好说歹说，始终是咬着嘴，抓着床，就是不去。天天两头跑，把刘桂云弄得心力交瘁。

这天下午，原本上午还活蹦乱跳的女儿，到了晚上吃饭的时候，却发烧了，快四十度，刘桂云找一块毛巾给女儿搭在脑袋上，丈夫呢，还在外面摸麻将。刘桂云只好自己骑上车子跑去找医生，这头女儿的点滴打上了，那头还要去给爹送饭、洗澡。点滴打上了，丈夫还没回来，刘桂云正准备打电话，丈夫嘴里叼着烟，褂子搭在肩膀上进门了。刘桂云满肚子的火气，丈夫看到正在打点滴的女儿，面子上也有了不堪，说，你去看看爹吧，女儿我来照顾。刘桂云本想发火，可听到丈夫这样说，就把火忍下去了，多一事不如少一事。

谁承想，回到家，女儿的药水已经滴完了，回血已经回了半条输液管，丈夫却不见人影。刘桂云赶紧把输液管拔下来，让血回流，然后小心地拔掉针头，拔下了针头，眼泪也跟着下来了。

安置好女儿，刘桂云就出门找丈夫去了。看到丈夫，刘桂云就正好看到了那一幕。丈夫在背光处，跟一个女人调笑着，紧接着，丈夫很隐蔽、快速地伸手在女人的屁股上抓了一把，女人伸手在丈夫肩头上捶了一拳，这拳头起势高，落下来轻，很显然，女人没有生气，而是继续跟丈夫调笑着。刘桂云气得心口疼，脸面也顾不上了，一个跨步迈过来，伸手拽过女人，一巴掌扇在了女人脸上。“噼啪”一声，掺杂在响亮的歌声里，也依然很突兀。女人抬起手，挥手要还一巴掌，回头一看，是刘桂云，挥起的手沉下来了，丈夫和女人，两个人的脸都变了色。

很多人还在跳她们的舞，旁边的几个人停下来了，看着他们三个。刘桂云刚才流的泪还挂在脸上没有干。丈夫想发火，看到刘桂云脸上的泪，也没了话，愣了一会儿，披着褂子回家了。女人呢，放下手后，就去了一边了。只留刘桂云一个人站在那里，刘桂云越想心里越不是滋味，不能就这么算了，她快着步子朝女人家跑去，到了女人家，张嘴就骂起来。

这个女人，就是李明的老婆——万芳。

九

万芳一个人，在街上兜兜转转好半天才回家，她哪里会想到刘桂云刚才到她家门前闹的那一出呢！

回到家，推门，门又锁上了，因为刚才那件事，万芳心里没了底气，拍门的手，也就不像往常那样风火了，嗓子虽然也响，但是已经换作正常的语气了，这次反倒没有多等，没一会儿，李明就把门打开了。

万芳进了屋，李明在她身后把门关上。关门时，他用余光扫了一下邻居，有几家又到了纱窗前了，朝着他家看。李明心里还是憋着火气，关门时手上就带了劲，卷闸门“咣”的一声，吓了万芳一跳，万芳心里压抑着的火也蹿起来了。

万芳回头朝李明骂道，你神经了，关门那么大劲，想吓死人啊?！说完了，眼睛瞥了一下李明，发现李明的脸色不对劲，心下一惊。

李明并不吭声，鼻子出的气却不对了，“呼哧呼哧”的，像两扇风箱。

万芳的心提了起来，想岔开这个岔子，准备去后院洗漱。

别慌，李明的声音响起来了，你干啥去了？李明的声音直通通的。

万芳站住了，说，干啥去了关你啥事？说着又往外走。

站住，李明说完，脚步跟着往前走了两步，刚才……刚才，李明顿了下情绪，接着说，刚才街上的刘桂云来了……

万芳不言语了，背对着李明不动。

头顶的灯管发出耀眼的光，灯丝烧得刺啦啦响。

到门前骂了半天，邻居们都听着呢，你说，到底咋回事？李明上前拉着万芳的胳膊，把万芳的脸转向自己。

万芳的力气也不小，一甩手，把李明的手甩掉了，眼睛直逼着李明，说，咋回事？啥事没有，她是神经病！

神经病，呵呵，李明鼻子里哼了两声，神经病，人家没到别人门前骂，点名道姓的，骂的就是你万芳，街坊邻居都听见了，你不要脸，我还要脸呢！

其实说实话，也真的没什么，就调笑了几句；要说有什么，也就是陈奎不该在她屁股上抓那一把，偏偏又让他老婆刘桂云看到了。不过，要是没有今天这事，她和陈奎会到哪一步，还真是不好说。话到了这里，本来没什么，万芳没想到，李明硬生生把屎盆子往她头上扣，以后要真是给他留这么一个莫须有的把柄，他还不骑到她头上啊！

李明，没有的事，别血口喷人，我万芳清清白白！

清清白白？那就见鬼了，刘桂云没说别人不要脸，她说的就是你万芳，你看看，戴绿帽子的是我，是我！李明！

李明，你别蹬鼻子上脸，我说没有就是没有。说着，万芳用右手食指点着李明，说，本来就没啥事，你别给我找不痛快，绿帽子？天天自己没个男人样，别说没有的事，就算是有，我看，你也是活该！

李明挥手把万芳的手拍了下去，火腾地蹿了起来，说，我活该？你不要脸还有理了，你再给我指一个试试！

万芳就又把手狠狠地指过去，不但指，还把食指点在李明的鼻子前，说，我指你怎么了？我说错了吗？你自己看看，你有男人样吗？

李明说，你别逼我，你再指一下，我剁了你的手！

剁，你剁，谁不剁谁是狗娘养的！说着，万芳把食指戳到了李明的鼻头上，又把食指放到了饭桌上。

李明三步并作两步，走到厨房。厨房顶上一盏浑身油腻的灯，原本就浑浊的灯光更显灰暗了。李明的脑子里——太阳穴那个部位的一根大筋——像攥足了油气的火焰一样烧着。厨房太乱了，锅碗瓢盆叠着罗汉，以一种危险的姿势做着摇摇欲坠的守恒，油盐酱醋集中在一处，却你一条胳膊我一条腿地彼此膈应着，倾倒了的酱油瓶也没人扶起，整个桌面沉积着时间和生活的灰垢，那是面条、包子、油条、腊肉、青菜、肥肠、腥鱼……交织出来的爆炸一般的积垢，在时间之上，在生活之上，一层层堆叠，一层层覆盖，时间和生活的真相就在这日复一日的琐碎中消失了，只剩下一日三餐，苟且在这油腻、灰暗、压抑、闷热的三尺之地。

往日里，他竟然没有发现生活如此不堪，他吃下的一日三餐竟然是在这样一个地方吞咽下的，竟还吃出了满腰肢的沉甸甸油汪汪的赘肉，他白惨惨的肚皮，竟靠着这样一间屋子的喂养，这不是蛆虫的生活又是什么呢？这肥硕、臃肿、惨白的肚皮，不是一条硕大的蛆虫，又是什么呢？

好吧，这就是生活的真相，这就是时间的真谛，他活成了一条蛆虫，一条窝囊的蛆虫。她都把手指戳到他的脸上了，二十多年，够了吗？不够，如果生活继续下去，他相信，她还会一次又一次地把手指戳到他的脸上。

那根手指如此明晃晃，一下又一下，像火焰点燃着引信，没什么可畏惧的了，他脑门上的那根大筋灼烧着，脑袋里胀胀的，像是一座海洋整个地被颠倒过来，他的双脚踩上了天花板，整个脑袋倒挂下来。

就这样，他拎起菜刀，一脚又一脚地砸着地面，像是石夯一样冲到万芳跟前，锁一样攥着万芳的右手，眼睛铜铃一样猩红着，一刀剁下去。他的力气全回来了，像剁着一块豆腐，剁着一根面条，瞬间就骨肉分离了。

万芳的食指蹦跳着，像一只青蛙，“呱”的一声，从手上蹦了起来，只一下还不够，李明的力气太大了，那手指又“呱”的一声，窜动了一下，才慢动作一样，玻璃弹珠似的，从半空中跃到桌子上，又在桌子上“呱”的一跳，这才落到了地面上，打着滚，像一只地老鼠又蹿了老远。

万芳愣怔了一会儿，那疼才从指尖上传递过来，血像一个引信，闪耀着几乎称得上绚丽的烟火。万芳“啊”的一声吼叫起来，血顺着断掉的食指，蹿出去，李明把菜刀剁到了桌子上，就站在那里，看到血往外蹿。万芳左手捂着，嗓子里吼叫着。

李明听着万芳痛苦的吼声，脑袋像木头被电锯锯开了，万芳的声音像砂纸一样打磨着李明的耳朵，李明的脑子都像要炸了，他一个跨步走上去，右手往万芳的嘴上捂，说，你他妈别叫了，别叫了！你冲我吼了这么多年，还没吼够吗?！我不是男人，这会儿算不算个男人?！

说完，李明像是从心里卸下了一块背了许多年的石头，他终于瘫坐在了地上，他突然想要抽烟，抖索着右手去摸。哪里有烟呢，他瘫坐在那里，天灵盖上，仿佛有一道气腾空而去，只觉得万物都空明起来，真是轻快极了！

邻居在拍门。刚才万芳异样的吼声，让他们纷纷从纱窗前走了出来，拍了好一会儿，李明瘫坐在地上，静静地看着万芳的血漫开一条弯弯曲曲的小道。邻居依然在拍着门，李明反应过来，他撑起身，去开了门。

邻居们冲进来，首先看到的是一条血，那血似乎懂事，似乎晓理，径直朝着来人的方向淌过去。邻居躲过径直淌来的血，才看到倒在地上的万芳和瘫坐在地上的李明，大叫着，送医院、送医院。一屋子的人，挤着，嚷着，脚步声，说话声，人人似乎都很慌张，人人似乎都很着急，只有李明，瘫坐在那里，不言不语，不知所措。

到了镇上的医院，他们医疗条件达不到，不接收，就又往县里医院赶。他们离县城太远了，三折腾两折腾，三跑两跑，时间耽误过去了，万芳的食指没能接上，在医院里住了一段时间，万芳出了院。

右手食指没了。

一块圆溜溜的伤，像树疤一样淤结在万芳余下的一小截指头上，那剩下的一小截时常勾动着，似乎那虚无的空气中，还有一截手指在潜滋暗长，要把生活的某些部分重新生长出来。

十

那截废掉的食指——万芳的食指——李明不知怎么想的，竟一时间有了感情似的，不舍得丢了。

他先是花钱从医院租了一个手提的冰盒，拿冰块镇着，可那食指还是一日一日地灰白下去，皱缩下去，表层的皮缩成了核桃皮，里面白惨惨的骨头就露出来了，切断的碴口清晰可辨，李明真是下了狠力气，那碴口均匀、平展，如同天然。

后来，李明背着万芳出了趟医院，找到了附近的建材市场，买了一点水泥，又去超市买了一个新崭崭的玻璃瓶子，把水泥和均匀，在玻璃瓶子里先用水泥打个底，把那截皱缩的食指小心翼翼地放进去，又均匀、厚实地堆满水泥，食指就瞧不见了。

一个玻璃瓶子满满当当，李明揣着瓶子回到了医院。出医院时轻飘飘的一截食指，回到医院就满口袋沉甸甸的了。

出院回到家，李明仍旧背着万芳，把瓶子藏了起来。万芳不在家时，他无事可做，就时常把那瓶子拿出来揣在手里，像把玩一块璞玉。

一日一日，玻璃瓶子仍旧这样沉甸甸。

随着时间的推移，水泥结成的块，却皲裂开了，顺着那皲裂的缝隙，一小截白惨惨的光，透出来。

怎么说呢，自从万芳的食指被剁掉后，万芳和李明的日子好像是又能过到一块去了。他们也想着，过日子嘛，说白了，不是过从前，而是过以后，黑夜了，白天了，即使今天只是昨天的复制粘贴，而明天不过是今天的再回首，又能怎么样呢？已经过了二十多年了，生活早已有一个清晰的坐标，朝着终点指过去，而他们，不过是一步步朝着终点走向人生的结局。说到底，对于他们来说，生活就是闭着眼往下走。

这样想着，生活就仿佛又回到了以前，李明仍旧整下午整下午地坐在屋门前。万芳呢，有时候还是去打打麻将，只是换了地方。广场舞呢，她是再也不去跳了。到了晚上，关了灯，他俩就早早地上了床。

这天晚上，两个人的兴致都不错，关了灯，万芳像刚结婚那时候，枕着李明的胳膊，在他臂弯里小鸟似的说了一会儿话。话说完了，屋里很安静，一些东西在彼此间滋长着。李明感觉到了，他伸出手去抚摸万芳的身体，一点一点地，慢慢地移动着。万芳温柔地贴了过来，嗓子里发出痰液黏滞着的呻吟声，李明也已经有了反应了，是那种许久都未曾这么强烈的反应。

这时，他感到了那段空缺，如此突兀地横在那里，如同时间的黑洞。李明突然觉得有一个东西，像是被他小心藏在玻璃瓶中的食指，透过水泥的皲裂缝隙，那一截骨头的惨白——浓缩成二十年的生活——瞬间洞穿了他。李明登时泄了气。

（选自《山东文学》2023 年第 8 期）

呦呦鹿鸣

陈霖东

前段时间，我得到了一个神奇的本子，是在学校门口的文具店偶然发现的。这家店已经开了好多年，具体多久我也说不清楚，反正我上小学一年级的时候，它就已经在那儿了，而现在我已经读初二了。

那天放学后，我走进了这家店，打算买一个本子。最近，我迷上了武侠小说，那雄奇瑰丽的武侠世界令我惊叹不已，以至于我也想写一篇武侠故事过过瘾——小说的主人公当然得是我自己啦。

和很多同龄的男孩儿一样，我渴望成为一位武功高强的大侠。脚轻轻一点地，就能跃上树梢；手掌一发力，筷子就成了粉末；跨水渡河如蜻蜓点水，飞檐走壁亦面不改色；与江湖豪杰执剑而歌，和知己好友浪迹天涯……

我知道爸妈肯定不会把家里的电脑借给我写小说，毕竟我连作文都写不好。但是，我心中渴望创作的小火苗已经熊熊燃烧了很久，我还是打算买一个本子偷偷写。

什么样的本子适合写武侠小说呢？我想，至少看起来不那么张扬，据我所知，真正的顶级高手都是很低调的。比如那位武功已臻化境的少林扫地僧，比如武当派开山鼻祖张三丰，这两位高手身怀绝技，功力深厚，却含而不露，低调内敛，他们可是我的偶像。

我在文具店摆放本子的货架前挑选了半天，也没想好该选哪个。正在我犹豫不决之时，一个本子突然掉到了地上，大概是我刚才翻动的时候没放好，不小心碰掉的。我赶紧俯下身去捡，发现这本子的封面是牛皮纸，上面还印了一只颇有灵气的梅花鹿。

第一眼看到这个本子时，我并不觉得有什么特别，但我俯身捡起它后多看了两眼，发现越看越耐看。我这个人相信机缘，因为很多武林高手都是在特殊的机缘下，才学会了盖世神功的。比如，张无忌被逼坠落山崖后，遇见了一只白猿，为白猿治伤时，他从白猿腹内发现了《九阳真经》，因而学会了九阳神功。再比如，段誉误入琅嬛福地，才习得了凌波微步，误食了莽牯朱蛤，才变得百毒不侵。虚竹的命更好，胡乱走了一步棋，破解了无崖子的珍珑棋局，旦夕之间就获得了无崖子七十余年的内力，并成为逍遥派的掌门。想到这里，我越发觉得这个本子不一般，它也许就是我的机缘，当即决定买下。

“老板，这个本子多少钱？”我向老板询问价钱的口气，颇有一股英雄好汉让店小二快上好酒的气势。

“这个……”胖胖的店老板扶了扶眼镜，“这个不卖。”

“啊？”我瞬间变得英雄气短，“为什么不卖？您都摆在货架上了!"

老板走过来，把本子收了回去。“我找了半天也没找到，原来是放在这里了。”

老板的举动让我更加坚信这个本子定非凡品。我试着跟老板商量:“老板，您看，这么多本子，我就看中这一个了。您找了半天也没找到，却被我发现了，说明这本子跟我有缘啊，不如就卖给我吧!”

听到“有缘”两个字时，老板转过头，皱着眉毛打量了我几秒钟，像是在犹豫。我知道这是我的机会。

“老板，您把这本子卖给我吧！我很喜欢它，一定会好好对待它，我会像爱护自己的眼睛一样爱护这个本子的!”我不知怎么想起了这个比喻，但说完这话后，我就后悔了，因为我是个近视眼，显然，我没有保护好自己的眼睛。

“行吧!”老板笑了，“没想到你这么喜欢，这个本子就送给你了!”

“啊？送……送给我?”我突然有点转不过弯来。

“宝剑赠英雄，好本送才子!”老板笑着说。

顿时，我的脸变得通红。这句话的原话是“宝剑赠英雄，红粉送佳人”。当然，我不是佳人，但我更不是什么才子，我尴尬地接过了这个本子。

“真的送给我了?”我以为老板在开玩笑，再次跟他确认。

“都说送了，还能骗你?”老板说，“你这么认真地挑选本子，一看就是个好学生！这一套本子就剩这最后一本了，我本来打算自己用的。我回头再进货吧，这个本子就送给你了，好好学习！”

老板的话令我感到惭愧，我觉得脸有些发烫。不过，本子的确送给我了，一分钱没花。

得到这个本子的头一个月，我一直没有提笔写过一个字。我明年就要升入初三，面临中考，课业压力实在太大了。爸妈不仅希望我能顺利升入高中，还希望我能考上重点高中实验中学，这对成绩排名不前不后的我来说，真是一个巨大的挑战啊！为此我已经很久没有睡过一个安稳觉了。

现在，时间已经是晚上十点半。我摩挲着这个本子，突然有一股想写点什么的冲动，好释放内心的压力。我提起笔，事先没有作任何思考和规划，漫无目的地写了起来。

“我是古月山庄第十三代掌门，武林排行第一的高手，也是天下第一美男子，我叫纳兰枫。我是个不可多得的武学奇才，从小备受父母兄长的宠爱，学习任何武功都是一点就通，还能通过自己的思考，琢磨出新的剑法和招式。此外，天下第一美女慕容雪一直很仰慕我……”

写到这里，我的脸红了。我想到了我们班的第一美女林晓雪，不过，我从来没有跟她说过一句话，啊，不对，是人家从来没有跟我说过一句话。我有点失落，觉得自己真是无聊，在本子上乱写什么啊！好好的一页纸就这么浪费了。尽管还有几道题没做，但我真的不想再做了，反正虱子多了不怕咬，我不会的题又不差这一道两道。我关了灯，直接爬到床上睡觉了。

这天夜里，我做了一个梦，梦见自己真的成了纳兰枫，那位武林第一高手、天下第一美男子。我跟我的仰慕者林晓雪，啊，不，是慕容雪，我们俩坐在河边，望着满天星辰，讲了好多好多话。我给她分析了当今的武林大势，告诉她我想要平息武林数百年来的纷争，想要救百姓于水火的宏愿，还在她面前耍了一套出神入化的剑法。梦里，我听见长得跟林晓雪一模一样的慕容雪拍着手，一直对我喊："纳兰枫，你好棒啊！"

第二天早上，我是笑醒的。

醒来后，我发现我妈站在床边一脸惊异地望着我："你笑什么呢？做什么美梦了？"

"啊……没什么。"我猜我的脸一定红到了耳朵根儿。

"赶紧起床吧！都什么时候了，人家早起的孩子，单词都背了好多个了！"我妈的语气里满是恨铁不成钢的意味。哼，她根本不知道她儿子昨天晚上有多帅！

我爬下床，看到桌子上的本子，想起自己昨天写的那些话。这个梦也太美好了，难道是日有所思夜有所梦？我赶紧把本子锁进了抽屉里，打算晚上再试试。只是，还没等我回味完昨晚的美梦，现实就给了我一记响亮的耳光。

我早上进教室迟到了两分钟，正好被班主任撞见了。班主任当着全班同学的面对我说："胡旭峰，你迟到是不是因为早晨在家背诵我昨天布置的课文呢？现在，你给大家背一遍，我们都听听！"

班主任也是我们的语文老师，她昨天刚讲了陶渊明的《桃花源记》，特意强调这篇文言文要全篇背诵，今天上课时会抽查。我猜老师不一定点到我的名字，所以只是读了几遍，并没有背过，满心想着偷懒，等到考试前再背诵课文里面的重点句子。没想到啊没想到，班主任让我现在就背。我背着书包站在讲台上，望着下面的同学，同学们也望着我。他们提前露出了笑容，因为他们已经猜到我的“下场”了。

林晓雪也抬头望着我。在与她四目相对的那一刻，我有些恍惚，想起昨晚在河边，她也是这么望着我的。

“我觉得当今的武林就像是一盘散沙，大家都只想着一门一派的荣辱，瞻前顾后，畏首畏尾。我们学武之人，最讲究的就是侠义精神，如果不能救百姓于水火，不能把这个天下变得更好，我们学武又有什么意义呢?”

“哈哈哈哈哈——”全班同学哄堂大笑，林晓雪笑得差点被呛到。

“胡旭峰，你撒什么呓挣呢？看你背的都是些什么！你给我默写十遍《桃花源记》，明天一早交给我!”班主任很生气。

我回过神来，才发现自己闹了一个大笑话。我不是纳兰枫，我是胡旭峰。眼前的不是慕容雪，是林晓雪。现在不是在梦里，而是在现实当中。从这天起，我有了一个新名号：“胡大侠。”

“胡大侠，依你之见，我们学武之人应该怎么样呢?”下课后，我们班的“捣蛋大王”李开鑫搂着我的肩膀笑着问道。他的话音一落，旁边的几位同学也笑着凑了过来。

我故作镇静，笑着说："嗐！那都是用来气'老班'的，博大家一乐！不就是迟到了嘛，至于这么大惊小怪吗？"

"老班"是我们私下对班主任的称呼，李开鑫听我这么解释，颇为惊异，转而又流露出一丝佩服之情。"真有你的！"他在我肩膀上拍了两下，似是对我这"超凡脱俗"的点子颇为赞赏，但或许更令他感到奇怪的是，平时闷不吭声的我怎么有勇气当着全班同学的面让"老班"下不来台。

唉，可这并不是我想要的结果啊！这算什么英雄好汉？我这拥有绝世风采的一代大侠纳兰枫，怎么沦落到当着这么多人的面出洋相的地步了？

晚上，我捧着本子认真地思考着，觉得自己应该再写点什么。

"我是我，枫杨中学初二（5）班的胡旭峰，我学习刻苦努力，团结同学，勤于思考，敢于吃苦，乐于助人，是同学们眼中的好同学，是老师眼中的好学生……"

写到这儿，我突然有点想笑。这些话像是期末总结，当然，只有"三好学生"才能收获这样的总结。我想，反正写什么都是写，不如体会一下当"三好学生"的乐趣。

这晚，我果然又做梦了。场景竟然是早上的场景，我不幸迟到了两分钟，被班主任撞见了。

班主任笑着说："旭峰，是不是昨晚做题做得太晚了？我昨天布置的课文背了吧？"

"老师，很抱歉，我迟到了，下次不会了。您布置的课文我背了。”我诚恳地说。

班主任笑着点点头：“没事儿，老师对你一向很放心。你当着全班同学的面，背一遍课文吧？激励一下那些平时偷懒，不好好完成作业的同学。”

我也笑着点点头，然后走上讲台，朗声背诵起来：“《桃花源记》，东晋陶渊明。晋太元中，武陵人捕鱼为业。缘溪行，忘路之远近。忽逢桃花林，夹岸数百步，中无杂树，芳草鲜美，落英缤纷。渔人甚异之，复前行，欲穷其林……”

我一字不落、抑扬顿挫地把这篇文言文背诵了下来，自然流畅程度完全不像是临时抱佛脚，而像是我在口若悬河地与人交流。

“……南阳刘子骥，高尚士也，闻之，欣然规往。未果，寻病终。后遂无问津者。”

待我背完最后几句，全班同学自发地为我鼓起掌来。那一刻，我看见了林晓雪崇拜的眼神，仿佛听见她在说：“胡旭峰，你好棒！”班主任笑着赞叹：“不错！不错！看看人家胡旭峰，老师布置的作业都是保质保量地完成，从来不让老师担心！大家要向他学习！好了，胡旭峰，你回座位吧！”

我笑着低下头，走回到自己的座位。我觉得自己太帅了！

不仅是早上，接下来这一天，我都是这么“帅”过来的。在数学课上，我准确地解答了老师出的难题，下课时还帮几位同学讲解了他们不懂的问题。甚至在放学路上，我还做了一件见义勇为的好事。当我看到几名高年级学生想要欺负一位低年级的同学时，我赶紧跑过去制止。他们本来对我不屑一顾，准备连我一起教训。但其中一个男生认出了我，对领头的男生说："这人好像是他们年级的第一名，老师宝贝着呢，咱们可得罪不起！"其他几名高年级学生不想把事情闹大，只好悻悻地走了。

就这样，我又做了一夜的美梦，当了一天的英雄好汉。第二天醒来时，我还是笑容满面的样子。

不过我知道，自己接下来将要面对的还是现实的人生，我仍然是那个普普通通的胡旭峰。唉，我多想自己永远都是梦中的样子啊！

这次我没有迟到，提前来到了教室，掏出课本，温习昨天的功课。上课时，我专心地听老师讲课，虽然有的新知识点对我来说有些难，但我还是很努力地学习，遇到不懂的地方就记下来，打算课后慢慢消化和思考。

放学时，我竟然真的看到了几名高年级学生想要欺负一位低年级的同学。我想跑过去制止，但我知道这不是在梦里，我没有年级第一名的光环护体。我站在原地犹豫着，心扑通扑通直跳。

那几名高年级学生把那位低年级的同学推来推去，就像是在摆弄一株瘦弱的小豆苗。他们还哈哈笑着，仿佛自己做了多么了不起的事情。

我很气愤，握紧双拳，在心里问自己："哪怕我不是武林第一的纳兰枫，也不是年级第一的胡旭峰，我就不能有侠义精神了吗？我就能这样袖手旁观吗？"

不是的。行侠仗义、见义勇为任何人都可以做，也应该做！

想通了这一点，我突然充满了勇气，坚定地冲了上去，拦在了低年级同学面前。

“都走开，不准欺负低年级同学！”我大声喊道。

“哪里来的臭小子？几年级几班的？还想充好汉？”其中一个高年级学生冲我嚷嚷，想要把我吓退。

“初二（5）班，纳兰枫！”我心中有些胆怯，但还是大声地自报家门。那一刻，我觉得自己就是纳兰枫。

“什么枫？哈哈，这名字可真古怪。”那几个男生轻蔑地相视一笑，“想逞英雄，也得看你有没有这个实力。”

话音刚落，他们的拳头便朝我挥了过来。

我毕竟不是武林第一高手，哪里有什么抵抗之力。很快就结结实实地挨了几拳，本就不帅的我，这会儿看起来更加惨不忍睹。

“大家快来啊！有人欺负同学啦！”

这时，我听见了林晓雪的呼救声。虽然知道她是在帮我，可她一定瞧见我这副鬼样子了！我心里感激，但还是恨不得赶紧找个地洞钻进去。

这时还不算晚，学校里还有很多值日的同学没走。听到动静，我们班的几名男生赶紧跑了过来，看到我身处困境，都站出来帮忙。一时间，我们的人数反而比那几个高年级学生多。

我们双方对峙了一会儿，气氛紧张极了。高年级同学毕竟理亏，见我们丝毫没有畏惧，反而心虚了。没坚持多久，他们就转身灰溜溜地跑了。

同学们这才松了口气，一起把我从地上扶起来。那个低年级的同学很感激我，连声对我说："谢谢你！感谢你替我挨了这么多拳头！"

"啊……没事。"我尴尬得抬不起头来。

我确实不是什么大侠，大侠替人伸张正义，我却只能替人挨打受气。说到底，我只是一个空有侠义之心的"草包"罢了。

"胡旭峰，你真棒！"一只手伸了过来，递给我一包纸巾。我抬头一看，竟是林晓雪。

"胡大侠！"一位同学说。

"胡大侠！"大家都笑着说。

那一刻，我有点恍惚，我觉得自己像是在梦里。

晚上回到家后，我没有再往本子上写任何字。我想明白了，要想成为一名大侠，要想成为自己心目中的样子，首先要学会面对自己、接受自己，然后朝着理想不断迈进！这一晚，我又做梦了，一个很短的梦。我梦见了一只梅花鹿，跟本子上那只鹿一模一样，它冲我叫了两声，然后向远方跑去。

［选自《东方少年》（快乐文学）2023 年第 11 期］

木梳的密码

叶剑秀

一

白梅的神经恍若出了问题，开始是焦虑失眠，后来近乎抑郁了。她心里横三搅四地难受，像小学时候老师布置的数学题，憋得头皮炸裂也做不出来，后来没等毕业就索性退了学。

现在遇到的问题比小学数学还难。蕙姨的话来得太突然，超出了白梅的想象和承受能力。话虽不多，却句句像坚硬的树杈子塞进胸口，扎得她心慌意乱。白梅不知该向谁讨教应对的办法，唯一能说的人是大庚，可对他说也白说，两口子这么多年，沟沟壕壕都摸得清楚，就他那点智商还不定在老家哪条地垄里埋着呢。

白梅在院子里托着腮帮呆坐，摇头叹气。来到这个城市，扳指算来十八个年头了。刚来时儿子小虎才一岁，如今已上京城名校了。在这个老宅院里遮风避雨，从没挪过窝，嘻嘻哈哈眨眼就过来了。原本是想在这里长期住下去的，现在看来也保不准了。说到底，他们一家在这个城市只是做小生意的租居户，日子再久仍与这个城市隔着一张皮。

白梅想得头疼，脑子里仍是一盆糨糊。实话说，这么多年白梅一家和蕙姨的亲情，不是用十个手指能掰开的。可不知蕙姨中了哪门子邪，愣是摆出这么一道坎。这事关乎名声和做人的道理，这不是把人架到火上烤吗？

白梅越想越怕。那天蕙姨说这话时神情庄重，一本正经，好似早已谋划好的。白梅从没见过蕙姨如此郑重，眼神和语气像倒出的尘封多年的老酒，绵软柔韧，不能回流。开始以为老人随意那么一说，可越听越感到不对路数。白梅听完，心里充满惊诧，浑身过敏似的刺挠，含含糊糊嗫嚅一阵儿惊慌离开。

白梅是个明事理的人，她不愿当面分出黑白，是怕气伤了老人的心。蕙姨已九十高龄了，万一有个闪失，她担负不起。夜晚和纠结一样漫长。白梅只能给大庚说了。

蒙头大睡的大庚突然折起身，怔了好长时候，才说："她啥意思？这么多年了，她不知道咱啥人哪？你应了？"

白梅横瞪过去："哪能随便应?!"

大庚窝下身子："老人对咱有恩，这丢人现眼的事千万不能应。人活一张脸，咱得像萝卜白菜一样清白做人。"

白梅偎了偎身："我心里的坎儿也在这儿。"

大庚翻过身嘟哝一句："再走两步看看，可能是试探咱吧。实在逼得不行，咱不在这城市待了，卷铺盖走人，脏名贴在身上一辈子都揭不下来。"

白梅长叹一声，说：“走就走，走了一身轻。再拖延下去，我说不定要憋出病来。”

第二天一大早，大庚照常出车去菜市场。最初来城里卖菜用的是一辆破旧三轮车，从八十里外的老家趸批一车菜，把孩子放在车厢的窝槽里，白梅和大庚并肩坐在车前头，像一个负责押运的女镖头，凄风苦雨地往来于城乡之间。后来日子安稳下来，在城里租了房，菜市场上有了固定摊位，也换了一辆中型货车，大庚心疼白梅，不让她跟车了，一个人下午去找老家农户把菜拉回来，第二天一早拉到菜市场，差不多中午就卖完了。日子就这样重复着。

白梅几乎一夜没睡，困得不行，可她思来想去还是觉得得去蕙姨家，不去心里就难受。在没有离开之前，老人的生活还得照顾。

初夏清凉的风迎面而来，白梅没有感到丝毫的舒爽。她去海鲜市场买了一条鱼，手提备好的蔬菜，穿过两条旧街和一条宽阔的马路，走进那个叫泰安的小区，二栋三楼东户。这条既固定又熟悉的路径，经年累月她不知走了多少遍。

白梅敲了敲门。她其实带着钥匙呢，不知为啥今天她不想主动开门。等屋里有了应声，她才打开房门进去。

老人好像刚洗漱完毕。这是个爱整洁的老太太，身材不高却体态匀称，不饰浓妆却素雅清新。坐在梳妆桌前细心打扮，镜子里便呈现一尊慈眉善目的佛像。

“咋了？自己咋不开门？还一脸的不高兴？”老人坐着没动，

从镜子里反观到了白梅的表情。

“咱中午吃焖鱼、烧青菜。”白梅转身去了厨房。

厨房外，抬眼能看见蓝天白云，这个小区设计得完美合理。两室一厅的房子是老人的儿子买的，怕老人在老宅院里孤单伤感，就买了这套精巧的房子。

白梅从没见过老人的儿子。蕙姨在客厅的沙发坐下来：“你有啥事还要瞒我？你俩闹气了？”

“没有，不是。”白梅走出来，去打开音响，调到最适宜的音效。老太太爱听邓丽君的歌，多年的习惯了。

中午吃饭的时候，蕙姨边吃边说：“吵吵闹闹好哇，那才叫日子。没人吵闹，日子就清汤寡味。居家过日子像开办夫妻店，有默契，有争执，磕磕绊绊，没有过不去的坎儿。”

蕙姨平日说话深深浅浅，白梅往往接不上，还要装作听得有滋有味。

有时蕙姨会冷不丁来一句：“白梅呀，你像我的免费保姆，上天派来伺候我的。”或者哪天又蹦出一句：“你是观音菩萨送给我的亲闺女，做母女是缘分。”说完，老人就眯起眼睛笑，笑着笑着，眼里就莫名其妙地闪出泪花。

白梅收拾着碗筷，心里忽然生出一丝慌乱：“老人的脑子混乱了，这不是好兆头。这样年纪的老人有病不能拖延，要尽快陪她去医院诊治。”

幸亏老人没再提那件事，白梅心里踏实下来。老人糊涂时说的话，不用太当真，或许说说就忘了。

二

风平未必浪静，不定哪一天蕙姨旧话重提，把话说到断崖处，再尴尬离开，不如早留后手。

白梅开始暗暗着手了，她决定回老家一趟。

这么多年很少回家。老家的宅院早已破败荒废，但终归是自己的家，早晚要落叶归根。房子需要翻修或重建，院落需要整理和美化，这不是小打小闹的事，早做一些规划，免得到时候手忙脚乱。

大庚除了贩菜挣钱，习惯做甩手掌柜，家里的事一直都是白梅张罗。

白梅回村时天近晌午了。如今的老家早已不是先前的模样了。走到村街上，闻不到一丝原来的烟火气，一切都令她感到新鲜和生疏。白梅似乎走进一个陌生的村庄，像一个瞧亲戚的外来人。走了半截村街，偶尔碰到三两个年轻人，看都不看她一眼，玩着手机低头走过。她是被老家遗忘的人，与生养她的村子有了无形的隔膜。

白梅有点落寞。站在自家老宅门口，四周看过去，楼房林立，街道规整，唯有她家的宅院，可怜巴巴地夹在乡村美图的缝隙里，似是美女容颜上一颗丑陋的痦子，显得大煞风景。白梅心里涌出一阵辛酸，思谋着回乡的速度和步伐。

白梅去找本家二叔。二叔七十多岁了，原来是个砖瓦匠，以前在村里建筑队干活儿，近几年身体不大好，一直在家闲着。二叔没儿没女，虽说一个人生活，小院子却收拾得有模有样。

白梅想让二叔打探一下建房的工时费、沙石料、水泥啥的总共造价大约需要多少，心里有个数，也好掂量盖什么样的房子。

二叔听明白白梅的意思，脸上堆满疑问："咋这时候想起回来呀？"

白梅说："家在这里，早晚要回来呀。"

二叔问："生意不好做了，还是遇到啥不顺心事了？"

白梅摇摇头："没有。回来不是还能照顾您嘛。"

二叔又问："你们在市里不是有房子吗？"

白梅说："那是租人家的。"

二叔顿了顿："听说房东是个很有钱的老太太，你们两口子亲娘一样敬着供着侍奉这么多年，白瞎了？"

白梅的眉头紧揪一下，说："压根咱就没想着图个啥，人家对咱有恩，照顾老人也是应当的。"

"谁信呢。"二叔小声嘀咕一句，站起身来要给白梅做饭，"都说城里人靠不住，何况还是个识文断字的人呢。没指望了就回来吧，老家天高地厚。"

二叔的话似一柄带尖的木棍，点到自梅的痛点上。白梅像吃下一枚毒蘑菇，五脏六腑翻涌不止，头晕、恶心。

白梅迷迷瞪瞪坐上回城的班车，反复咀嚼二叔的话，恍惚看到二叔院里站满了村里人，一张张不同表情的脸，讥笑、得意，忽而拉大，忽而变形，在她面前不停地挪移翻转……

从乡下老家回到城里，白梅仿若患上一种怪病，身体像霜打的枯叶，萎靡不振。那一晚，她在梦乡里游走，见到了父母和公婆。老人们争抢着说话，话里话外都是真心的劝诫和开导。

“城里路平坑多，没有乡下实落。小虎也考上大学了，回就回吧。生就土鸡刨食的命，别再想着攀高枝了。”

“在城市待那么多年，回来咋习惯？老胳膊老腿的，邻里亲情早筋断血凉了，回来要从头走路搭桥，也不是容易的事。”

“那位老太太对你不薄，你们拍屁股走了，撂下那么大岁数的老人咋弄哩，好歹等老人过世了再说。”

白梅从梦魇里惊醒，忽地坐起身来。她惊悚地看一眼没有光亮的黑夜，双手揪紧散乱的长发，想哭哭不出来。是呀，走了老人咋办？丢下年迈的老人，她不忍心，锥心割肉也放不下，情分把他们捆得太紧了。

三

缘分这东西很奇怪，仿佛都是冥冥中注定的。

那是千禧年过后，白梅一家决定在这个城市落脚。按照招租地址，白梅找到了房主。清爽利落的一位老人，中等身材，说话很有节奏，走路不紧不慢，咋看都不像七十岁的老人。

蕙姨打量一下白梅，问：“哪里人？做啥生意？”

“鲁阳乡下的。卖菜，把老家的蔬菜拉到市里来卖，挣点脚力钱，养家糊口。”

“几口人？”

“一家三口。孩子还小，才一岁，往来折腾怕孩子受不了。”

一问一答，白梅没有感到丝毫的生疏，倒像是别离多年的问询，夹带着亲切的温暖和关爱。

蕙姨领白梅七扭八拐来到一条老街上，在一座老宅院前停下，掏出钥匙打开大门：“房子一直闲着。这老宅院适合你们一家住，院子大，房子冬暖夏凉。”

白梅在院里兜了一圈。这种院落在电视里见过，上房五间堂屋，东西各有厢房三间，纯砖瓦房，院里铺着石条和青砖，到处流动着陈年古香的气息。

“这是过去大户人家才有的府院。”白梅很中意这地方。

蕙姨说：“这是祖上留下来的老宅院，婆家在清末是有名的大户人家，在这座城里有好多生意店铺呢。”

白梅问：“这要租下来一月多少钱？”

“你随便。”

随便是多少呢？白梅敛住惊色：“多了怕是租不起的，三百五百的还行。”

“那你就给两百吧。”

白梅望着蕙姨，怔在那里。

蕙姨看了看她，说：“两百不行就一百吧，你们做点小生意不容易。我不缺钱，退休金花不完。房子有人住才有生气，你们给我守住这个老宅院，我也放心了。”

白梅急忙说：“我不是那意思，两百就两百吧。不过我们租不了那么多，正屋就够了，东西厢房您还可以租出去。”

“有人来租，你就看着办吧。我让你当家，租金多少都行，越热闹越好。”蕙姨把钥匙递给白梅，“明天就搬吧，早搬早安生。”

遇到好人了。白梅感动得眼眶湿润。分手的时候，白梅不知该怎样表达谢意，随口说：“以后您不用买菜，我天天给您送鲜菜。”

以后稀稀稠稠的日子，白梅和这个文静的老人腻在了一起，恍若一切都是命中的安排。

白梅手头有充裕的时间，除了做饭、带孩子，就是去给蕙姨送菜、聊天，她喜欢这位安详和善的老人。

白梅给蕙姨带来了不少欢乐。小虎刚会走路，说话还不囫囵，蕙姨喜爱小虎，常常拉到怀里，抚摸着小虎的头说：“这孩子机灵，有福相，长大能干大事。叫奶奶。”小虎就懂事地叫：“咪咪、咪咪。”蕙姨脸上就开了花，那笑意绵远悠长。

天气晴好的时候，白梅带着蕙姨和小虎到公园游玩。白梅唯一的爱好就是用手机拍照。这是大庚怕她在家寂寞，用心买的手机。虽然那时候手机像素低，拍出的图片没那么清晰，可白梅很喜欢。白梅给蕙姨和小虎拍了很多照片，还一张张翻给蕙姨看，蕙姨戴上老花镜，边看边说：“这张不行，太做作了，删掉。这张留下，像我，没走啥样。”

白梅说：“这照片，等以后翻出来看，心里美着呢。”

蕙姨望着人工湖水发呆，忽然伤感起来："留下再多的照片，给谁看呢？"

蕙姨忽冷忽热的情绪变化，白梅不是一两次见到，往往弄得她手足无措。

公园的树叶绿了又黄。小虎一年年长大，蕙姨一天天变老。白梅断断续续知道一些蕙姨的家事，蕙姨从来没有完完整整说过，白梅也不随口去问，唯恐哪一句问到老人的痛处，触到她的泪窝。

那天，蕙姨拿出一个精致的木盒，慢慢打开，一件一件端详里面的东西。蕙姨看得很仔细，像考古学者在琢磨物件的纹理。那个精致的盒子，暗红色，油起亮，里边好像储存着蕙姨的心事和秘密。

忽然，蕙姨问白梅："现在哪里能买篦子？用竹子做的，中间有个梁，两侧有密齿那种。"

白梅应道："哦，我知道了。刮头皮屑和头发里的虱子用的。不过现在人不生虱子，没人用了，不好买。"

"我跑遍全市的大小店铺，也没找到。"蕙姨轻轻叹一声，慢慢合上盒子，脸上满是失落，"我原来有一把，不知咋就弄丢了。人到了岁数，老想过去的人，用竹篦子梳下头，就把过往的事梳理一遍，心气也就通顺喽。"

白梅转动着眼睛，似乎在想竹篦子的形状和功效。

几天后，白梅对蕙姨说："大庚最近生意好，蔬菜价格飙涨，多拉快跑才能赚得多，需要我跟车打下手，把小虎托付给您照顾几天。”

“放心去吧。”蕙姨说，“我们祖孙俩能照顾好自己。”

五天后，白梅回来了，给蕙姨带回一个惊喜：“我买到篦子了。”

蕙姨接过篦子，双手微微颤抖：“这是宝贝呀。在哪儿买到的？”

“在乡下路边碰巧赶上的。”白梅不想让老人知道实情。

白梅知道蕙姨很想买一把篦子。老人心里的事就是她的事。她专程回老家一趟，在乡下赶了几场古刹庙会才找到的。

蕙姨拿着篦子，在头上梳了起来。梳了片刻又停下，仿佛沉浸在往事的回忆中，脸上浮现出忽明忽暗的神秘亮光。

停了半个时辰，蕙姨打开那个木盒子，把篦子轻轻放进去，转瞬眼里噙满了热泪：“其实这个盒子里也没有啥宝贝，一支钢笔，一把木梳，一把篦子，是他留给我的东西。篦子弄丢了，心里落个遗憾，你帮我补上了，就把我心里的缺口缝上了。”

“碰巧赶上就买了。”

蕙姨抱着木盒子自言自语：“他走时我们才结婚三个月，谁知道是生离死别呢。”

白梅看到那把旧式木梳，明白过来梳子上的木齿明显凹成下弦月的模样，这要多少日子才能用成这个样子。白梅隐约感觉到，老人的故事就在那个凹下去的木梳里，丢失的篦子是隐秘故事不可缺少的一部分。

日子的和谐与美好，在一个初夏开始有了微妙的变化。那时候白梅隐约感觉到，她和蕙姨之间的关系，上升或超越了一般的亲情。

四

蕙姨强调说自己没病，坚持不去医院。

白梅很耐心，像哄小孩一样一遍一遍地说："知道您没病，就是去做个常规检查。上了年纪的人多做体检，不是便于预防嘛。"好说歹说，蕙姨终于答应下来，不过去医院前要打扮一番，老太太很注重人前的仪态。

前前后后跑了大半天，各项检查做完，白梅累得气喘吁吁。医生告诉白梅："老人身体综合指标还可以，没什么大碍，毕竟是九十高龄了，自然衰退的部分也属正常。无须住院，你们做小辈的要多注意观察调养。"

白梅长舒一口气。

蕙姨抱怨说："我就说没事，这不是白耽误工夫嘛。"

白梅在走廊安顿蕙姨坐下来歇息一会儿，这时小虎打来电话："妈，在干吗？想你和奶奶了。"

"我和你奶奶在医院。"

小虎惊问道："咋了？奶奶有事吗？"

"孩子，别一惊一乍的。我带你奶奶做个检查，没什么病，一会儿我们就回去了。你跟奶奶说两句。"

老人接过电话："小虎哇，奶奶也想你呀。我真不想来这地方。你妈带我来检查，背着我楼上楼下跑，没查出啥事。记着和奶奶的约定，晚上没事的时候和奶奶视频，京城消费水平高，吃穿别寒碜，没钱跟奶奶说。”

小虎说：“奶奶，我在这里很好，等暑假回去，我天天陪您。”

白梅回想起来，蕙姨的身心变化，是从小虎拿到京华大学录取通知书开始的。

小虎考上全国一流的京华大学，蕙姨一直处于亢奋状态，让小虎住在她那里，天天陪她。没事她就盯着小虎端详，看着摸着眼里就汪满了泪水：“我家小虎争气，名牌大学，我就说嘛。”

小虎常常被老人的异常举动弄得无所适从。

闲下来，蕙姨就给小虎讲人生道理，讲起来逻辑清晰，有条有理，从人生意义讲到家国情怀，最后不忘重复一句励志的话：“你要一直读下去，读出个大名堂。奶奶资助你，每学年一万，给你当好后盾。”说着她要白梅取出一万元现金，当即兑现承诺。

白梅说什么也不同意，这些年卖菜有点积蓄，还没有到迈不开脚步的时候。白梅说：“这么多年您对我们的帮扶够大了，单就房租这一件事，让我们省出多少钱。您的恩德，足够分量了……”

蕙姨打断白梅的话，直了直半躺在沙发的身子，说：“你要这样跟我论长短，我就要和你说道说道。你们给我看家护院，我该给你们多少钱？这么多年的陪伴，这价值该怎样计算？小虎是我的孙子，我资助孙子天经地义，谁能管得了？”

白梅说：“我伺候您是应该的。”

蕙姨面色不悦，伸手止住：“跟你说不出个里表。钱是我的，连你们都是我的。存折上面有多少钱？你给我拿来看看。”

蕙姨的话总带点老人的强势。白梅唯恐动了蕙姨肝火，急忙进屋拿出存折：“这上面是我们这么多年的房租，四万三千二；还有这么多年零散租住户的房租费，两万二，总共六万五千二，都在上面。”

蕙姨拿过存折，看都没看一眼：“只有收入没有开支，你就是个糊涂人。”老人又躺下去，眯着眼睛说：“好吧，你不听话我就不使唤你了。我去找人帮忙，重新办个银行卡，把这上面的钱转存到卡上，名字变成小虎，我赠送给我孙子总行吧。”

“蕙姨，不是……您别生气……”白梅急了，要过存折攥在手里，人仿佛陷进了一潭泥沼里。

一旁的小虎说：“奶奶，您留下还要养老呢。”

“你妈不是天天给我养老吗？以后还有你呢。”

小虎嬉笑：“资助还有按住牛头强喝水的？”

“少多嘴。哪有小孩不听老人话的？等你以后挣钱了再说。”

白梅急忙眼色示意过去。

小虎秒懂，说：“银行卡需要设置密码呢，您定几个数。”

蕙姨安详闭目，气息舒缓：“为什么啥事都要密码呢？天与地之间有密码吗？人与人之间有密码吗？”

小虎被问住了：“这是银行的规定，咱也得守规矩。”

“有规矩当然好。当有人不守规矩的时候，啥事都乱套了。非要有个密码，那就输个481126吧。”

小虎抬头看一眼白梅，一脸迷惑。

小虎开学走了以后，蕙姨的身心塌陷了，神情恍惚起来。有时怔怔地坐在梳妆台前，不停地小声絮叨：“树叶黄了，就要飘落，人老了，就该走了。去哪里？骨头埋土里，灵魂飞到天堂去。能飞上天吗？能见到他吗？篦子有了，一样没丢，该带的我都带上，带不走的就给他们，房子让你们守着，有空还能回来看看。天堂和人间有密码吗？”

蕙姨的声音很小，白梅断断续续听着，心里感到发怵。

白梅一天也不敢离开老人了，昼夜守护在她身边。

那一天阳光很好，蕙姨要去阳台。透过窗户玻璃，老人望着远方的天空，望了片刻就开始嘀咕：“一生留下的遗憾怕是难以弥补了，人都有后悔的事。是我赶他走的！他就跟我赌气。我这一辈子呀，上半辈子为一个男人哭，下半辈子为另一个男人哭，命苦。”

白梅坐在一旁断断续续地听，听不出个所以然，估摸着像是和谁对话。

这样的事不止一次地反复，时间久了，白梅捋清了脉络。蕙姨是在念叨两个人，一个是丈夫，一个是儿子。想起丈夫的时候，眼角的纹路向上挑起，顺着鬓角两端舒展；想起儿子时，双眉紧蹙，一个劲儿往眉心聚拢。

老人的思维跳跃无常，忽然间会提起一个出人意料的话题或者一个人。那天老人对白梅说："以后别卖菜的、卖菜的挂在嘴上，先把自己轻贱了。人不管干啥，不光看外表，看的是内瓤子，内瓤子是品行。"

五

白梅回过神来，看见蕙姨又打开了木盒子，拿出钢笔伏在桌子上颤巍巍地写字。白梅靠上前去，看到几个熟悉的字迹，是两个人的名字，不知道老人写过多少遍了。

蕙姨慢悠悠摘掉老花镜，直起身子靠在椅子背上，伸手指着桌子："他叫杜成化，我叫顾萱蕙，知道吗？"

白梅点点头："知道，您说过多次了。"

老人摇摇头："你咋能知道呢，你不可能知道。他英俊高大，满腹才华哩。我俩是同学，都在洪庙街宣德学校读的书。我家有生意，家境殷实，虽说不及他家富足，也算配得上。他走的那天是1948年的农历十一月二十六日……"

老人不太连贯的话，似是抛洒在光阴里的凌乱碎片，一件件从岁月的角落里捡拾起来，慢慢拼凑在一起，渐渐还原一个故事的大致轮廓。

往事仿佛就在眼前。

橘黄的灯光下，她伏在桌子上不停地哭泣，他手足无措地站在她身后。他说："咱这儿解放了，还有很多地方没有解放，部队用人的地方多，我已经报名了，要随队伍走。”她说：“我不是拖你后腿。我们才结婚三个月，这一走不知道啥时候才能见面。”他说：“要不你和我一块走。”她站起来扑到他的怀里，眼泪扑簌簌地流。她说：“我不能随你去，我有身孕了，咱很快就有孩子了。”他把她紧紧地搂在怀里：“你咋不早说呢？”她说：“你去吧，我要为杜家守住根脉，等你回来。”他点点头，热烫的泪珠掉在她的秀发上。他安慰她说：“我很快就会回来的。”

那一晚，他在温馨的灯光下为她梳头，用木梳和篦子一遍一遍梳得细致而有耐心。天亮以后，她发现一支钢笔、一把木梳、一把篦子整齐地放在床头，人却不见了踪影。

三个月后，她收到了他的家书，大意是他在部队的生活和工作情况，还有对她的殷切思念。他在信中说，他干的是保密工作，不要回信，他会在适当机会给她写信的。她拿着信封反反复复地搜寻，他没有留下部队番号和地址，后来就再也没有音讯了。

她说：“他骗了我，让我等了一辈子。”新中国成立后，她被安排到学校当教员，日子全是新的，空气里洋溢着朝气，有心里的牵念和孩子的陪伴，每天都是欢乐和充实的。后来就不安稳了，他们家成分高，受到了冲击和连累。她去政府申诉，可查不到丈夫的任何档案和联系信息，她的人生就成了一本糊涂账。光鲜的日子昏暗了，杜家的老人忍受不了身心折磨，一个接一个地故去了。祖上留下的老宅被充公占用，她搬进学校居住，带着孩子忍辱苦熬，好在她的公职被保留下来，有工资养活。那时候不知为什么，心里始终有个念想，总想着有一天天会晴朗。直到1980年，她才收到一张烈士证，原来他走后的第二年年底就牺牲了。她成了堂堂正正的烈士家属，政府把老宅院退还给她，还给了足够多的补偿。她抱着一大包钱哭了个天昏地暗……

老人抹一把苍老的眼泪，欠了欠身子："不说这些陈谷子烂芝麻的事了。我想躺一会儿。"

白梅眼里汪着泪，不知道怎么安抚老人，急忙搀着老人移步客厅的沙发上。

"人哪，一辈子有哪个是顺风顺水的，可活明白的又有几个？九十了，我心满意足了。善良和恶行，总是有回报的。"老人闭上眼睛，安然入睡。

白梅对蕙姨的话总是一知半解，感觉老人心里装着好大一片庄稼地。

白梅一个人闲下来，再次想起老人给她出的难题，心里一阵悸动。不管老人是哪个用意，她都无法接受。蕙姨是把她当亲闺女了，这一点白梅也不否认，可这中间一定有超越亲情的误会。半生风风雨雨，她喜欢简简单单，从没想那么多事，遇见蕙姨是她的幸运，为老人做点该做的事是人之常情，从来没有奢望额外的东西。如果老人把这情谊当作交易，她以后在人前就真的抬不起头了。

六

天晴气爽，白梅打开窗，丝丝凉风穿堂而过。惠姨坐在阳台的竹椅上，安静地看窗外大街上人来人往。白梅端着菊花茶走近的时候，老人忽然问："我给你说的事咋想的？"

老人终于又提起那件事了，白梅手里的茶杯差点掉在地上。

惠姨示意白梅坐下："人如草木，匆匆一世，终归是要落入尘埃。人到了这岁数，说闭眼就咽气了。趁我还没糊涂，该做的事安排妥当，我就没啥遗憾了。"

白梅干脆不再躲闪和回避，接过话说："想好了。这事像山一样大，我们驮不住。"

"你跟大庚说了吗？"

"说了。他说这是蕙姨想逼我们回乡下去。"

"啊？"蕙姨惊讶地看着白梅，下意识地摇摇头，"你忍心撇下我？你有这狠心？我压根就不信。"

白梅咬着嘴唇，眼里泪水在打转："意思是让您别难为俺了。"

"我想二十年了。人老了，这么多的家产留给谁？当然要留给我想给的人。我知道，你们有你们的顾虑，我理解。可我还能给谁呢？世上的事呀，就像种下的瓜，藤藤蔓蔓缠绕二十年，瓜熟了，蒂就该落了。我把房产和所有存款留给你们，有我的理由，谁也干涉不了。如果心里不踏实，我写好遗嘱，公证一下，过户到你们名下，就名正言顺了。”

“蕙姨，不行，真的不行，不要……不能要……”

“为啥?”

白梅湿润的双眼望着老人：“如果这样，这么多年好像俺是图您的钱财才这样对您的，这骂名会把我们的骨头压断。再说，您还有儿子，哪天回来了，俺咋向他交代?”

“他不会回来了。我等了他几十年，心凉了，绝望了。”老人抿紧双唇，脸上的肌肉在颤动。

白梅吓了一跳，没想到老人会有这么大的反应，急忙俯身安慰蕙姨。

平复好大时候，蕙姨才稳下神来。

往事从老人不太起眼的满脸褶皱里，一点一滴地溢了出来。

生下他，她就把他视作宝贝。他是杜家的独苗，也是她生命的全部希望。

他的童年是快乐的，后来受家庭的连累遭了不少罪。身心长期受到压抑和欺凌，变得沉默寡言，除了看书无所事事，二十大几还讨不到媳妇，可她也无能为力呀，常常在黑夜里望着星空祈祷，祈求苍天护佑。天有阴晴，月有圆缺，该来的总会来，恢复高考那年，日子有了转折，他以高分考取了京华大学，她激动得天天仰天喜泣，对着墙上杜家的遗像焚香点纸，告慰亡灵。他天资聪颖，一路顺风顺水，大学毕业被公派出国留学，读完博士后，却留在了国外，有了优越的工作和生活条件，后来加入外籍，娶了个洋女人。这些事他从未征求过她的意见。

她恼怒了，气血涌心，大动肝火，劝解、催促他回来。他们在电话里不断争吵，他变得铁石心肠，越来越冷漠无情，后来干脆就不理她了。

20 世纪 90 年代中期，他回来过一次，唯一做的事是怕老人住在老宅孤零可怜，就给她买了这套房子，用的还是老人的钱。

她跟他长谈一次。这里有他的亲人，有他的祖宅，有生养他的家园，苦口婆心地劝他回归。她说：“我答应过你爹的，你不回来我咋有脸去见他?”

儿子说，这里给了他屈辱，他不愿生活在给他带来屈辱的地方。

她彻底愤怒了，骂了一句“畜生”，挥手扇了他一个耳光。

他决绝地走了，从此恩断义绝。

留下的是漫长的祈望和等待，可他再也没有音信。儿子从小就偏执。什么欺侮、苦难，别人不都熬过来了吗？后来国家不是给予补偿了吗？如果不给他机会，他能考上大学走出去?

她说：“儿子太绝情了，几十年等来一场空。他如果还活着，也七十了，还有一身病，要回来早回来了。即便回来，还有多大意义？我就要闭目入土，一切都来不及了。”

白梅心情很沉重，沉默好大一阵，说：“您看这样行不行，您所有的家产永远是您的，我们暂时为您代管?”

“永远是多远?”老人面色阴沉，眉头紧蹙，“生就不开窍的傻闺女呀。我心早死了，就让他在异国他乡成为孤魂野鬼吧。所有的家产反正我也带不走，就让孙子继承。你再固执下去，我就捐给政府，一分也不给你们。哪天我找一根绳子，或是弄几片药，自行了断，倒也省事。”

老人浑身打战，面色瘀青。白梅扑上去抱紧老人，忍不住哭出声来。

七

暑假终于等到了，小虎从京城回来了。

蕙姨像变了个人似的，恹恹巴巴的身体忽然支棱起来，气色出奇地好，连说话都弥散着愉悦和喜气。

几天后的早晨，老人嚷着要出去转转。

白梅问：“想去哪里？”

蕙姨说：“随意，哪里都行。”

白梅不知道随意是哪里，只管为出行做着精心的准备，药片、水果、茶水、餐巾纸都是不可缺少的。

蕙姨叮嘱说：“把我的木梳、篦子都带着，用得上。”

小虎背老人下楼，白梅在身后紧跟着。在小区门口，小虎叫了一辆出租车，直奔郊外的生态园而去。这是一个新建的湿地公园，风景如画，碧水连天，环湖的绿荫道上游人如织，欢声笑语。白梅和小虎扶老人走到湖边，在一个休闲的长椅上歇息。习习的凉风拂来，垂柳的枝摇曳生姿。老人望着碧波如茵的湖面，远眺，突然冒出一句：“这湖水咋红得像血呀，好多人的血，好吓人。”

白梅和小虎对视，预感老人出现幻觉了，急忙转移话题：“您看，那几只白鹭飞得多好看哪。”

老人打眼看过去。“蓝天白云，早走的人没有看到，我怕也是最后一次出来看了。”她转脸对小虎说，“找人给我们照个合影，咱缺张合影。”

小虎遵嘱去寻人。

老人唤过白梅：“把我的头发梳好，头发吹乱了拍出照来不好看。”

微风荡漾的湖边，白梅轻轻挥动着梳子，斑斓的光晕在老人的华发间跳跃，闪耀着星星点点的流年光华。

老人坐在条椅上，神情安详。身后站着白梅母子，随着快门的声响，祖孙三代定格在诗意的湖畔。

“好了，咱有合影了，回吧。”老人说着要站起来。

小虎急忙扶过去：“奶奶，出来一趟不容易，再转转看看吧。”

白梅劝说：“那边还有好多好看的景致，有荷塘莲花，有九曲画廊……”

老人摆摆手：“起起伏伏一生，走过山走过水，人世间的景致都见识了。画在人的心里，走到哪儿都是景致。”

小虎问：“奶奶想去哪里？”

“回老宅去。”

小虎一脸无奈，似乎在感慨老人的行为无常。白梅早已习惯老人的忽东忽西，示意小虎顺意而为。

回到老宅院，老人在小虎的搀扶下，每个房间看了个遍，端详一阵老屋的模样，抚摸一会儿墙壁和门框，而后凝神敛气，仿佛有封存一生的很多话要酣畅淋漓地吐出来，可她嚅动着嘴唇，什么也没说。在西厢房不大的客厅里，老人停下来。小虎搬来凳子，扶老人坐下。老人坐定，指着左手的房间说："我们就是在这间房里结的婚，屋里的红蜡烛是不是还亮着？大红的'喜'字咋还贴着呢？他走的那天晚上，就在这间房里给我梳的头。他离我很近，我能听到他呼吸的声音。他走的时候天还没亮，外面黑灯瞎火的。咋不跟我打声招呼，说走就走呢？他把我的魂带走了。"

老人脸上泛着感伤而含蓄的忧郁，久久静坐。

老人起身移步到院中，坐在石榴树下的木椅上，平静地环顾屋顶和房檐，轻声叹道："老房老院，有人守着，就是百年见证。"

小虎搬来凳子依偎着老人坐下，想听老人讲讲老屋的沧桑变迁，说说老院过往的故事。

老人把一缕新鲜的阳光吸进嘴里，有声有色地咀嚼片刻，忽然问："小虎，你学的啥专业？"

小虎跟着老人跳跃的思维，转换着节奏："奶奶，我学的是数学专业，天天和数字打交道。"

"学出名堂没有？"

小虎说："我才学了一年。怎么说呢？数字在一般人看来干巴枯燥，深入钻进去却奥妙无穷，里面还有很多的神奇和乐趣，比如您说过的481126这一组数字，我就判断出这应该是个具有象征意义的日子。”

“这孩子就是神童。没错，你爷爷是1948年的农历十一月二十六日走的，最后把自己化成了湖里的一滴水。在湖边的时候，我看到你爷爷了。”

小虎一脸错愕。

“你说天地之间有密码吗？人与人之间有密码吗？密码是多少呢？”

小虎适应了老人的突然发问：“奶奶说的是哲学命题。如果有，我就能找到，等我找到了，一定告诉奶奶。等我学业有成，把无限神奇的数字破解，发挥它应有的作用，应用到我倾情的地方。”

“你倾情的地方在哪儿？”

“在我脚下。”

老人伸开手臂轻轻揽过小虎，把下巴放在小虎头上，眉宇尽情舒展开来，混浊的双眸里闪动着晶莹的泪花。

老人抬头看一眼白梅：“我想让小虎给我梳头。”

白梅会意：“用木梳还是篦子？”

老人说：“都用，轮换使。”

小虎起身站在老人身后，摩挲着老人的华发：“奶奶，您头发这么干净整洁，还用梳吗？”

老人说：“要梳。常梳发，头不藏浊，头脑清澈，就不会犯昏。你妈给我梳了近二十年，也该你接过木梳、篦子梳下去了。”

小虎嘻嘻笑道：“好、好，我天天给您梳。等寒假回来我还梳，以后年年给您梳。”

小虎很用心，用过木梳，换过篦子，轻柔而有节奏地一遍一遍梳下去。

老人微微闭目，安详地端坐在老宅的院落里，享受着夏日的美妙时光。

（选自《安徽文学》2023年第6期）

最后一夜

吴万夫

父亲在重症监护室醒来后的第一件事情就是让护工拨通了女儿门静的视频电话。

这是秋天的一个下午，距离父亲被送进重症监护室已整整三天三夜了。这几天，门静一直守候在医院的走廊里，几乎没合上过眼睛，丝毫不敢掉以轻心，她生怕因为自己的一个小小的闪失，而错过有关父亲的任何讯息，从而酿成终生遗憾。

老公刘河曾几次劝门静回家休息，但倔强的她执意要留下来陪伴父亲。门静也知道，医院有明文规定，不允许家属随意进入重症监护室探望患者，况且照料父亲的事，有医生，有护士，有护工，自己根本插不上手，不会给父亲的病情带来任何实质性的改变，但她对父亲总是放心不下。

父亲自发病至今，还不到半年时间。开始只是心慌气短，胸腔憋闷，后来伴随着阵阵咳嗽，痰里带血，门静和刘河慌忙带他到医院检查，很快被确诊为肺癌晚期。癌细胞是个无情的恶魔，短短几个月时间，就将父亲的肺啃噬得千疮百孔，彻底摧毁了他的肉体与精神。

由于长期的放疗化疗，憔悴不堪的父亲曾经两次被送进重症监护室，但万幸的是，他最终没有被死神带走，死神暂时心慈手软了，放过父亲一马，给了他喘口气的机会。在提心吊胆中，六神无主的门静养成一个握拳的习惯。她总是下意识地伸出一只手，对着空气，五根手指一屈一伸，似乎只有这样，才能握住父亲的生命体征，不至于让父亲偏离她的视线。

门静知道，自己这是进入虚妄状态中了。

父亲的这次病情，让门静有了一丝不祥的预感，她觉得父亲的状况大不如从前了，他羸弱的身体犹如一张霉变发黄的脆纸片，被时光之手轻轻一戳，都能戳出一个窟窿，或是变为齑粉，纷纷扬扬飘落一地。在父亲面前，门静不敢大声说话，就连呼吸也变得小心翼翼，担心自己一个粗重的呼气，都能轻易将薄如蝉翼的父亲吹走。

手机振铃声响起的那一刻，门静正伫立在走廊尽头的玻璃窗前，怔怔地凝视着楼下的人行道发呆。这是靠近医院最后排的一条人行道，平时少有人活动，因此显得较为幽静。在人行道的两侧，栽着一排挺拔的杨树。正是深秋时节，天有些阴沉。躲在不远处的一股股冷风，有些急不可耐地要替冬天打前站了，时不时地窜过来，将一些枯黄的树叶捋下来，东一片西一片，抛得到处都是。

都说秋天是收获的季节。门静不知道，在这个秋天里，父亲的生命是否还会延续。是像沉甸甸的原野带给她丰收的希望，还是像落叶一样谢幕枝头，零落成泥回归大地？想起这些，门静的脸庞悄然滑下几滴清泪。

在接通视频电话前，尽管门静对情况做好了充足的心理准备，但父亲的模样还是让她大吃一惊。电话那端的父亲，目光呆滞，形容枯槁，鼻孔里插着输氧管，他的头发稀且枯，乱糟糟的，宛若一篷失去水分的杂草，蔫蔫地耷拉着，毫无生机。

父亲在电话里艰难地翕动着嘴唇，有气无力地说："门静……乖女儿……"

"老爸，你终于醒来啦！"门静立即调整好状态，揩了揩潮湿的眼角，努力给父亲展现一抹笑容，"老爸，我和刘河一直为你揪着心呢！还有你的外孙女朵朵，这几天也在家里念叨说，要姥爷病好了回家陪她玩'躲猫猫'呢！"

"我也想朵朵了……"提到朵朵，父亲的眼睛短暂地亮了一下，接着又气若游丝地说道，"乖女儿……老爸想跟你……商量一件事……"

"老爸，你先安心养病吧。"门静明白，父亲当下最要紧的事情是休息，她试图阻拦父亲的话题，"天大的事情等身体好些了再说，行吗？"

视频中的父亲无力地摇摇头，满眼流露着恳求的目光："乖女儿……我的病好不了……我知道……从小到大，你最听我的话……老爸想让你接我回家……"

"老爸，你不要胡思乱想了，现在医疗技术这么发达，你会好起来的……"门静的心一沉，但脸上却表现出一副轻松的样子，轻声安抚道，"药费的事你不用担心，我和刘河商量好了，无论花多少钱，都要为你治好病。”

“乖女儿……老爸的情况……老爸最清楚……这辈子，老爸考虑最多的就是你……这次，老爸也希望你依我一回……老爸这次……真的不行了……老爸不想待在医院里……想让你们现在就接我回家……老爸希望最后一个晚上待在家里……在你们的陪伴下离开……”

父亲喘着粗气，额头上的汗珠涔涔而下，清癯的面孔显得更加苍白。他的声音似有似无，所吐出的每一个音节，犹如被一块无形的海绵吸走了，难觅踪迹。

也许，大限将至的人最了解自己的情况。门静清楚，父亲的抉择意味着什么。门静突然想放声大哭一场，她的身子不由得战栗起来，五根手指又下意识地伸出去，一屈一伸，像是要握住什么，但门静最终抑制住了自己。

门静强忍悲痛将眼泪逼了回去，向视频中的父亲重重地点点头：“老爸，我答应你！我马上给刘河打电话，让他开车来医院，我们一块儿接你回家……”

父亲是村里最早一批到省城的务工人员，门静和刘河都属于打工子弟。幸运的是，父亲经过一番拼搏，在这个熟悉而陌生的城市里买了房，安了家，落了户，从此结束了居无定所的漂泊日子。但是，在这个城市里生活了数十年的父亲，骨子里依然深深地镌刻着老家农村的所有因子。

人在最后时刻，是不能死在床上的。这是老家农村的规矩，也是父亲对门静与刘河的交代。将父亲接回家后，刘河找出一块防潮垫铺在客厅的地板上，门静抱来两床厚厚的被褥摊在上面。刘河将岳父从车上轻轻地抱下，小心地平放在地铺上。门静又抱来几天前才绗的新棉被给父亲盖上，帮他掖好被子。

或许，人老了，都有一种叶落归根的想法。父亲积攒浑身的力量，气喘吁吁地要求门静和刘河，无论如何要答应帮他完成一件事情：他希望自己死后，门静能将他和母亲的骨灰都迁回老家，埋葬在她爷爷奶奶的坟旁。

离开老家几十年了，父亲想以一抔黄土的形式，好好陪伴自己的父母与妻子。父亲还断断续续地交代，今夜，所有人不许哭，不许打扰他，就这样让他安安静静地入睡，也许一觉过去，他就到了另一个世界。

门静与刘河含泪点点头，赶紧侧过身，抹去噙在眼眶的泪花。

父亲闭上了空洞、无神、浑浊的眼睛，眍瞜的眼窝在橘黄色的灯光的涂抹下显得更加深陷，仿佛望不到尽头的岁月。他躺在那里不再说话，整个人寂然得像一件被人遗落的布衫。

三岁的朵朵正是好动的年龄，几次凑到姥爷跟前，要姥爷陪她玩“躲猫猫”。疲惫至极的姥爷，像是刚从人生赛场上退下阵来的重度伤员，微微地启开眼皮，疼怜地觑了觑朵朵，又垂下眼睑，摇摇头，瘦削的脸上写满无奈与遗憾。

朵朵还要纠缠，一向耐心十足的门静，抬手拍了她一巴掌。委屈的朵朵咧开嘴，半天没哭出声，刘河急忙将她抱到里间的卧室，一边哄劝：“宝贝不哭，你是不是吵瞌睡啊？乖，听话，爸爸先陪你睡觉吧。姥爷今天太累了，需要休息，等你明天早起后，姥爷再和你玩‘躲猫猫’，好吗？”

朵朵立即“多云转晴”，破涕为笑，又提出了附加条件——让爸爸给她讲一个睡前故事。刘河从床头柜上取下一本《别让太阳掉下来》，这是朵朵百听不厌的绘本故事。刘河打开书，轻声地给她朗读起来：

“‘别让太阳掉下来。’鸟儿们想捆住太阳，可是，太阳还是往下掉……

“‘别让太阳掉下来。’猴子想撬起太阳，可是，太阳还是往下掉……”

这个夜晚，门静与刘河一直守候在父亲身边，寸步不离。窗外的风比白天更大更尖厉了，带着哨音，时不时地裹起阵阵沙土敲打着门窗玻璃，有意制造出很大的动静。

躺在地铺上的父亲，这会儿却显得异常平静与放松。他紧紧地闭上眼睛，呼吸也和缓了，很小，很细微，似乎世间的喧嚣与繁闹都远离他而去，一切皆进入物我两忘的世界。

门静知道，父亲是真的累了，他太需要休息了，她多么希望父亲一觉醒来，又能与他们一道，蹚着日子过生活啊！自打懂事起，门静就没看到父亲过上一天舒心日子。父亲只读过两年高中，严格来说，像他这种学历的人，要想在城市里扎根生活，绝非易事。

当初，因为家庭贫困而无法继续读书的父亲，深深懂得知识的重要性。父亲之所以背井离乡选择到省城打工，就是想给门静提供一个更好的学习平台，他不想让女儿长大后再像父辈那样，过着面朝黄土背朝天的生活。

门静是七岁时随着父母一起到省城的。初到大城市的门静，感觉自己就像是一只从乡下误飞到万花筒般世界的小燕雀，对一切都充满好奇，也充满憧憬，当然还有对陌生环境的丝丝恐惧。就在门静进入一所打工子弟小学上学的第二年，她的家庭出状况了。

那时，门静的父亲应聘到一家机床厂做车工，母亲经人介绍进了郊区的服装厂做缝纫工，这样的日子平凡而快乐，简单而富足。当全家人以为正行走在通往未来的幸福之路上时，不料一场厄运骤然降临。一天晚上，下夜班骑行回家的母亲突遭不测，连人带车被撞飞到十几米远的路沟里。当路人发现并报警时，血流如注的母亲已是奄奄一息。

母亲被紧急送往医院，抢救了整整一天一夜，仍是没能留住性命，撒手人寰。令人遗憾的是，当时受技术条件所限，沿途少有监控设备，再加上是夜晚，缺少目击证人，肇事车辆逃逸，这场车祸至今成为一桩悬案。

这场变故，不仅花光了家里的所有积蓄，还欠下了一屁股债，父亲的身心也遭遇了前所未有的打击。似乎一夜之间，所有的苦厄都汇聚、奔涌至他这儿，将他淹没、浸泡得变了形，他身上的精气神荡然无存。一向讲究的父亲整个儿变得邋遢了，经常是胡子拉碴，做什么都心灰意懒，就连走路也是哈着腰，与人说话有气无力。

母亲火化后，骨灰被寄存在邙山陵园管理处。萎靡了很长一段时间的父亲，不得不正视现实，父女俩的日子还得继续下去。母亲不幸离世后，门静已成为父亲唯一的精神支柱。为了给女儿提供更好的生活，父亲白天在车间勤勤恳恳地工作，晚上急匆匆地赶回家，安顿好门静后，又到附近的一家食品加工厂帮人装货卸货，打一份短工，以贴补家用。

这期间，看着含辛茹苦的父亲既当爹又当妈，有热心的工友曾几次替他张罗对象，但都被他拒绝了。父亲不为别的，主要担心女儿受委屈。他咬着牙，竭尽全力地将门静拉扯大了又将她送进大学，接受良好的教育，还为她与刘河操办了婚礼，让他们真正地过起了城里人的生活。

记忆中，父亲从来都不是为自己活着，他的心里只有门静，他将一门心思都放在女儿身上。令门静记忆犹新的是，小时候，父亲车间的同事分享给他一颗大枣或是一颗奶糖，父亲都舍不得吃，悄悄地揣进兜里，留着给门静吃。由于在贴身的衣兜里捂久了，父亲带回的糖块往往都被暖化了，但门静含在嘴里却嘬出别样的甜。

这种甜，至今回想起来，都让门静有一种心醉的感觉，同时还有一缕涩涩的味道。门静从这复杂的体验里，咂摸出什么叫父爱母爱，什么叫舐犊情深——大概，普天下的父母，都是这样热爱自己的儿女吧！

如今，门静成家立业了，有了稳定的收入，父亲本该到了享福的时候，没想到一场疾病却让他生命的河流彻底改变了方向，走着走着，即将枯竭断流，眼看着消逝在干涸的河床里，了无痕迹。

瞅着如婴孩一般安然入睡的父亲，门静的心头愈加空落落得厉害，一种不真实感令她无所适从。恍惚中，门静看到有一只黑色的大鸟正拍打着翅膀，由远及近向父亲滑翔而来，然后驮起他向远方悠悠地飞去。门静伸出手想抓住父亲，这才意识到父亲就在身边。

门静不知道，父亲的话会否一语成谶。过了今晚，她与父亲真的将天人永隔？随着时间一寸一寸地流逝，一种令人窒息的紧迫感扼得门静几乎喘不过气来。

此时，窗外的风仍没有停歇的意思，呜呜地叫嚣着。深陷无力感与无助感的门静，被一种巨大的悲伤、恐惧攫取着，她担心今晚一过，自己再想见到父亲就只能在梦中了。

想起父亲一生的辛苦付出与千般好，门静的心头禁不住哀哀的，总是想哭，但她又不敢忤逆父亲的意思，拼命地将眼泪忍回去了。

后半夜里，刘河发现了父亲的异样，伸手试了试父亲的鼻息，惴惴不安地对门静说："门静，咱爸是不是走了？我咋感觉不到他的呼吸呢？"

门静不相信刘河的话，伸手在父亲的鼻孔前试了又试，试了又试，从未发过脾气的她用近乎咆哮的腔调对他嘶哑地吼道："你瞎说！咱爸这是睡着了……"

门静再也顾及不了许多，她放心不下父亲，担心他冷，让刘河到地铺那头给父亲暖脚，她则将父亲的头抱起枕在自己的双腿上。门静就这样靠着墙根坐下，紧紧地搂着父亲。从这一刻起，蓄积了很久的泪珠子，开始从门静的脸颊上扑簌簌地落下，但她还是忍住没让自己哭出声。

天快亮时，朵朵醒了，刘河起身帮她上罢厕所，朵朵再无睡意。朵朵又惦记起昨晚“躲猫猫”的事儿，她趿拉着拖鞋来到妈妈身旁，用小手抚了抚姥爷的头和脸，向妈妈发出了自己的疑问：“妈妈，我姥爷咋不吭声儿呢？他是不是死了呀？”

门静愠怒地剜了朵朵一眼，挥手作势要打女儿，但挥起的手悬在空中，又下意识地变成个握拳的动作，五根手指一屈一伸，像是要牢牢地抓住父亲。

刘河也探手在岳父的鼻翼前试了又试，很小心地对门静低声确认道：“门静，咱爸……真的过世了。”

门静这才“哇”的一声，大放悲声。这声音撕心裂肺，仿佛长时间被围堵的洪水，瞬间找到了宣泄口……

（选自《北方文学》2023 年第 3 期）

老鹰崖

林　平

一

赶在大雪降临之前，连里来了一个见习排长，是个军校毕业的大学生，名叫王雪生，这名字让连长觉得有些耳熟。大雪纷纷扬扬地飘了下来，天寒地坼。连长把王雪生叫到连部，叙起了话。

“雪生，很巧啊，以前也有个孩子叫雪生，就是在咱们连队出生的。”连长说。

王雪生非常感兴趣，缠着连长说说当时的情况。

连长叹了一口气。说来话长，那是二十多年前的事了。

那时正值隆冬，大雪封山。这个地处大西北的试验大队营，营区内的给养即将用尽，运送物资的军车一直过不来。部队还面临一个严峻的问题，取暖煤也将告罄，战士们即便不饿死，也会被冻死。恰在此时，远在五六十里外的煤站打来电话说，由于大雪封山，运煤车无法出行。

连长非常着急，亲自带了二十个人，去山下清理道路积雪。每个战士都带着一把铁锹，翻过老鹰崖，到了山下。四野白茫茫一片，根本分不清哪里是路，哪里是山坳。他们继续往前走，一直走到二十公里开外，那里是公路通往军营的岔道口。连长把二十个人分成了两个小分队，副连长带领一个小分队从岔道口向军营方向清理路上的积雪，连长带领一个小分队继续往前走，去十多公里外的煤站，为运煤车铲雪开道。

就在这时，一辆班车从远处蠕动而来，在岔道口缓缓地停下。风雪凄迷，不能再往前走了。

这时，司机跑下车，对铲雪的军人说，车上有一个孕妇，要去附近的军营探亲，问他们能不能把孕妇送上去。车窗打开了一条缝，露出了一张俊俏的女人的脸。不待副连长说话，炊事班老班长就惊异地叫了一声："嫂子!"

嫂子？几个人的目光齐刷刷地投聚到女人脸上。他们瞬间意识到，这个女人是连长的妻子。连长今年春上回了乡下老家结婚，妻子是乡村学校的老师。连长归队后带回了一张彩色照片，全连战士争相观看嫂子的姿容，像自己结婚了一样热闹。意外的是，那张照片传了一天，第二天却不见了踪影，问谁都说没看见。此事不了了之。季节更迭，转眼到了冬天。几天前听连长说过，嫂子趁着寒假要来连队探亲，还要在连队生下小宝宝。大家都期盼着这一天的到来，没想到竟然赶上了这场暴风雪。临产的孕妇不能在风雪中耽搁太久，连长又刚刚去了煤站，该怎么办呢？

这时，副连长开口道："送嫂子去军营！"

送去军营？军营在老鹰崖那边，平时坐车从这里到军营都得颠簸一个多小时，此时没车，且大雪封路，一个孕妇在这雪地里跋涉，走到军营最快也得到翌日早晨。

大家脸上的喜悦瞬间一扫而光，目光在副连长和嫂子的脸上来回睃着，中间隔着刀子一样的风雪。副连长又喊了一声："谁护送嫂子去军营？"

老班长讷讷地应了一声："我去吧！"

副连长点点头，又指定了两名战士跟老班长一起。他们一个人搀扶着嫂子，一个人提着嫂子的行李箱，一个人扛着两把铁锹，默默地出发了。

茫茫山野之中，一行四人的背影，很快被漫天的风雪吞没。

二

风雪太大，好几次都差点把嫂子刮倒。这段路上的积雪已经被铲掉，嫂子挺着大肚子，在老班长的搀扶下，走起来虽然费力，却还算顺当。走了不到五百米，铲过雪的路就走尽了，两个战士开始铲雪，嫂子走不动了，要坐下来喘口气。

"嫂子，不能停下来，天马上就黑了，更不好走了！"老班长说完这句话，又对着两个战士说，"嫂子走不动了，我们得轮流抱着嫂子走！"

两个战士都露出惊异的神情。他们血气方刚，从没抱过女人，何况连长的妻子，抱着嫂子行走太不合适了。更重要的是，一个大肚子孕妇该是多么重，何况还穿着厚厚的羽绒服，根本抱不过来嘛。他们见老班长的目光和语气都十分坚定，知道抗拒无效，其中一个战士便提议道："抱着太难受，还是背吧。"

"不能背，只能侧抱，以免挤着小宝！"老班长说。他第一个伸开双臂，小心翼翼地托起嫂子，迈步向前走去。

嫂子毕竟是孕妇，又穿得厚，显得十分臃肿，两臂侧抱十分费力。风雪弥漫，路上的积雪没过了膝盖，每走一步都十分艰难。前面刚走过去，转眼间，身后的脚印就被风雪抹平，不留痕迹。

他们轮流托抱着嫂子，每个人抱着嫂子时，与嫂子几乎是脸对着脸，呼吸相闻。在短暂的心惊肉跳之后，他们就恢复了平静，艰难地跋涉着。严寒透过手套，把他们的手冻得僵硬甚至麻木，好多次，险些脱了手将嫂子掉在雪地里，他们硬是凭着坚强的毅力，一次都没让嫂子掉下去。不大一会儿，嫂子感觉内急，前后左右都不见村庄，就是有村庄，也离路较远，照这速度走个来回，起码也得个把小时。老班长让嫂子再忍一忍，前面路边有户人家。

三个人轮流抱着嫂子走了一个多小时，离前面的人家还有大约两公里路。嫂子实在忍不住了，急得几乎哭起来。老班长把嫂子放下来，对两个战士喘息着道："我们都脱下大衣，围成帐篷，让嫂子解手！"

两个战士都异常惊讶。他们抱着嫂子走路本来就够难为情的，又要面临这种窘境，这怎么可以？

“怕什么？嫂子又不是老虎！”老班长吼道，“你们连吃人的风雪都不怕，还怕嫂子吗？”

三个人立即脱下大衣，两手撑开，围成了一顶小帐篷，然后把头扭向一边。

大衣一离身，风雪立马穿透了三个人的身体，彻骨的寒，他们冻得上下牙齿直打架。

嫂子解完手，脸色苍白，手脚麻木，根本站不起来。三个人继续轮流抱着嫂子，继续前行，轮空的两个人就在前面铲雪开道。

眼看着天空黑了下来，他们才走了两公里多地，离军营还有十七八公里的路，他们饥寒交迫，疲累交加，躲在一块石头后面，从塑料袋里掏出干粮。罐头、玉米棒子都冻得硬邦邦的，只有饼干还能咬得动，玉米棒子根本无法啃食。吃了硬邦邦的饼干，嚼了几口雪后，他们继续赶路。

渐渐地，寒气穿透了嫂子的羽绒服，嫂子感觉到了冷，浑身哆嗦。可不能把嫂子冻坏了，老班长脱下自己身上的军大衣，不顾嫂子的反对，强行穿在她身上。嫂子显得更加臃肿了，几乎无法托抱起来。

“再难，我们也要完成任务！”老班长咬紧牙关说。

此时，老班长的身体已经透心凉，几乎一点热气都没有了，恍如风雪中的一片树叶。两个战士又不顾老班长的反对，轮流把自己的大衣脱给老班长穿，就如他们轮流抱着嫂子前行一样。

夜色凄茫，耳畔尽是呜呜的声音，像远山上的狼嚎，又像近处风雪的呜咽。

三

又艰难地走了几里路，他们每个人几乎都冻成了冰棍，再也抱不住嫂子了，便偎依在一块大石头的背风面，想暖暖手，补充点能量。这才发现，一个战士保管的一袋子干粮不知何时丢了，那是副连长和战士们匀给嫂子的。

“无论如何，都得把嫂子安全地护送到军营，嫂子要是少了一根汗毛，我都要拿你是问!”与副连长分别时，副连长郑重交代老班长，并从大衣口袋里掏出冻得硬邦邦的干粮，匀出一半递给老班长，留给嫂子路上吃，其余六个战士也都把自己的干粮匀了一些，装在一个塑料袋里，塞到老班长手里。老班长担心，小分队本来只有十人，如今却要分兵三人护送嫂子，留下七人，如何能完成铲雪清道任务呢？副连长看出了老班长的心思，说：“我们这边你就不要操心了，我们一定能够完成任务!”老班长向副连长敬了个军礼，说：“保证完成任务!”

老班长抱起嫂子前行时，把装着干粮的塑料袋交给了一个战士，不料塑料袋竟然丢失了！这真是要命的事。老班长斜了丢失干粮的战士一眼，吩咐道：“余粮不多，我们都得少吃一点，不能让嫂子饿着!”

战士非常自责，说：“不，这个责任应该我来负，还是让嫂子吃我的吧!”

“现在不是说责任的时候，你不吃东西就会冻死在雪地里!”老班长冲战士吼道。

“你们吃，我不饿!”嫂子说。

“嫂子，你得吃，你不是一个人，是两个人呢!”老班长和两个战士都掏出自己的干粮，往嫂子手里塞。他们各自只吃了一点点饼干，分食了一盒冰坨一样的沙丁鱼罐头，便继续踉跄前行。他们知道，不能在此地耽搁太久，否则，风雪会抽光他们身体里最后一丝热量，到那时，他们就是想走也走不掉了。

黑暗中，老班长的脚步有些踉跄，几次都险些栽倒。他和嫂子一路聊着天，讲着各自的故事，以此抵抗饥寒。老班长的嘴巴冻僵了，几乎张不开嘴，但还是攒足气力说着话。老班长说，他家里兄弟五人，家贫，本来入伍两年就可脱下军装，可他不想回家挨饿，申请当了志愿兵。如今，他已经三十多岁了，仍没娶亲。他虽然比连长大，却还是跟战士们一样，把连长的妻子称为嫂子。

嫂子有些不好意思，说她家小妹还没说亲，可能的话，她回家之后帮老班长说说。两个战士都说老班长命好，碰到了嫂子，娶亲有希望了。老班长更是高兴得嘿嘿地笑，步子迈得稳了一些，似乎浑身充满了力量，沾满风雪的脸颊上竟然泛起了一抹红晕。

走啊，走啊，漫长的黑夜终于过去，东方露出了灰蒙蒙的白。一个战士欣喜地喊道：“老班长，老鹰崖!”他们都知道，翻过老鹰崖就是军营，胜利在望。

老鹰崖下面的路最难走，崎岖不平而且都是上坡，路上的雪被风吹散，露出光秃秃的冰凌，难以攀行。老班长饥寒交迫，早已精疲力竭，别说抱着嫂子，就是空着手，都上不去了。他无力地倒了下去，脸颊上的红晕早已消失得无影无踪。他把最后的干粮留给了嫂子和两个战士，虚弱地说："与其咱们四个人都冻死在这里，不如你们两个带嫂子回去。一定要完成任务！"

老班长的话一出口，就被风雪吹散了，他不得不攒足全身力气说话。他的声音越来越低，像是从雪被底下发出的。他最后又说了一件事，让三个人都很震动。他是："我弄坏过嫂子的照片……"

那是今年春上，连长在老家结婚之后回到连队，战士们争相观看新婚嫂子的照片，老班长忙着做饭，没能在第一时间去看。那天夜里，老班长想找连长讨来嫂子的照片看看，走到连部门外，连长不在屋，门窗开着，风吹得纸张满地。老班长拾起地上的纸张，意外地看见了一张女人的彩色照片，就拿到路灯下观瞧，照片上的女人正望着他笑。正在这时，连长回来了，老班长有些心慌，下意识地把照片藏在了衣兜里。第二天早晨，他想把照片还给连长，刚要出门，厨房的水龙头突然爆管，他赶紧去堵水管，浑身被水淋了个透。换好水管，他才发现，那张照片在他衣兜里已经濡湿皱巴。他无法拿皱巴的湿照片还给连长，就想找个机会跟连长解释一下。今日拖明日，明日拖后日，一直拖到了现在。

“我一直想找连长道歉，一直都没找到合适的机会。再不说，恐怕就没有机会了……”老班长断断续续地说。

话音落下，他的手垂了下来，缓缓闭上了眼睛，嘴角露出一抹笑意。

三个人急切地呼唤着老班长，喊声在茫茫雪野中撕心裂肺。风雪似乎攒足了劲儿，呼呼地抽打在他们身上。

四

两个战士忍住悲伤，用铁锹在路边的积雪中铲了一个坑，含泪把老班长埋在了雪坑里，不敢耽搁，继续赶路。

意外的情况再次发生，这回出意外的是嫂子。不知是因为悲伤过度还是饥寒交迫，嫂子的肚子隐隐作痛，越疼越厉害，显出临盆的迹象，嫂子呻吟不已，不能行走，更不能让两个战士抱起来行走。这里前不着村后不着店，四野无人，甚至连狼都不愿意出来，这可怎么办呢？两个战士都没经历过这事，急得几乎哭起来，只得一个劲儿地叮嘱道：“嫂子，你再忍忍吧，马上就到了！”

远远地，山路尽头现出几个黑点点，缓缓地蠕动着。黑点越来越大，变成了人影，风雪中还传来了隐约的喊声，原来是来接应嫂子的战士和医生。他们得到消息，抬来了担架。总算有救了！两个战士喜极而泣，瘫倒在雪地上，泪水结成了冰，封冻在脸颊上。

医生是个女兵，得知了老班长的事情，哽咽道："老班长这两天感冒了，从医务室取了药。得知连长带队清雪，他就隐瞒了自己的病情，跟战友们一起出去了……"

她来不及悲伤，当即就在大衣的遮蔽下，查看了嫂子的情况。看到嫂子呻吟痛苦的样子，她的心惴惴不安。她最担心的是难产，以前军营里从没接生过婴儿，更没有军医做过剖宫产手术，万一难产可就麻烦了。检查的结果是，嫂子在宫缩，还能坚持一会儿。一行人马上起程，翻越老鹰崖，直接进了军营医务室。

好在嫂子是顺产，一切都变得简单了。

当天下午，一声嘹亮的啼哭响彻了军营医务室，也振奋了连日风雪笼罩的军营。嫂子生下了一个男婴。此时，连长还没回来，嫂子望着窗外的风雪，喃喃道："孩子是在风雪中降生的，就叫雪生吧。"

军营的物资已经用完了，仅有少量的食品。炊事班给嫂子做了红糖荷包蛋，嫂子想起了老班长，泪流满面，根本吃不下去。翌日一早，连长和副连长都回来了，带回了大批物资，保障了军营的正常生活。

连长听说了老班长的事情，流下了泪水。他抱着雪生，浑身颤抖，痛苦地说："这个小毛孩子，害得我的老班长丢了性命，不值得啊……"

风雪停息之后，连长买了一具棺材，带领战士们来到老鹰崖下，从积雪中扒出老班长的遗体。此时的老班长跟生前一样，面容生动，仿佛睡着了，却再也不会醒来了。

那天傍晚，老鹰崖下起了一座新坟，没有烧纸，也没有放炮。说是新坟，其实就是一个土堆，只有连长和战士们知道，那是老班长的归宿。

从此，连里的每个人路过老鹰崖，都会站在那个土堆前，跟老班长说说话。

五

连长讲到这里，望着王雪生说："雪生啊，你是不是也是在风雪中诞生的，你爸妈才给你起名叫雪生？"

王雪生点了点头，热泪盈眶。

连长以为他是被这个故事感动了，并没多问，接着讲起了连队后来的故事。那个连长姓林，来自千里之外的农村，入伍后就来到了这里，训练之余坚持文化知识学习，后来考上了军校，军校毕业后又回到了这里，当上了连长。连长思想前瞻，带兵有方，很快便脱颖而出，一级一级地往上升，如今已是师长，成为从这个连队走出的军衔和职务最高的首长。铁打的营盘流水的兵，连队的官兵换了一茬又一茬，晋升的晋升，复员的复员，很多事情他们都忘记了，唯有雪生的故事，一茬一茬地传了下来，成了每个新来连队的官兵听到的关于连队的第一个故事。

"你这个军校的高才生，怎么也来我们这个偏僻的地方？"

连长随口问道。

王雪生抹去泪花，微微笑了笑，说："我上军校期间接触最多的就是各种装备试验，我喜欢摆弄新装备，就来了。"

说话不及，连长接到一个电话，是机关打来的，说首长要来军营看望战士们，已经快到老鹰崖下。连长陡然想起来，今天是老班长牺牲的日子，每年的这一天，首长都会来军营看望战士们，其中一件雷打不动的事情，就是看望老班长，所有人都知道这一点，所有人对此又都心照不宣。连长和王雪生立即出发，往老鹰崖赶去。

风雪肆虐，丝毫没有减弱的迹象。老鹰崖一带是风口，一边是高山，一边是深谷。谷底是幽幽的积雪，风雪落下去，悄无声息，仿佛无底洞一般，总也填不满。路面结冰，车辆无法通行，只能步行。他们赶到老鹰崖时，看见一行人正从崖下徒步上崖，首长果然是当年的林连长。

首长步行走到老鹰崖边，抬头望了望高高的绝壁，又俯瞰着路边几十丈的深谷，念叨着："老鹰崖，老鹰崖，还是原来的样子！"

他来到一个雪堆前，深深地鞠了三个躬。

大家跟着向雪堆三鞠躬。

首长随后喊了一声："王雪生！"

"到！"王雪生应了一声，走到首长身边。

"知道这个地方为啥叫老鹰崖吗？"首长问王雪生。

王雪生点头道："过去这个地方没有路，非常难走，人们根本过不去，只有老鹰才能飞过，人们就叫它老鹰崖。后来，那边有了军营，慢慢地有了路，直到今天通了高等级公路，这个老鹰崖也就成了传说。我还知道，再过几个月，春暖花开，这里就将打个隧道，穿过老鹰崖，彻底告别冰雪天气不能行车的历史!”

连长异常惊诧，不知道首长怎么会知道王雪生，而且对王雪生还异常熟悉。望着一老一小两个人坚毅的神情竟有某种相似之处，他心里隐隐有一种预感：莫非，王雪生就是二十多年前在风雪中降生的首长的儿子雪生？首长似乎看出了连长和其他人目光中的疑问，对大家说：“当年那个雪生，就是王雪生。”他转而深情地望着王雪生说：“雪生啊，你的命是老班长用命换来的，永远都不要忘记老鹰崖这个地方!”

连长心中的猜测得到了证实，新的疑问又涌了出来：首长的儿子为啥跟首长不一个姓呢？

王雪生看出了连长心中的疑惑，悄声说：“我随母姓。”

“走，去军营!”首长喊了一声。风雪中，覆冰的山路上，一群人一跐一滑，翻过老鹰崖，向着白雪深处的军营走去。

六

首长这次来试验大队的一个重要目的是部署一项重要的试验任务，就是在试验阵地检验新型装甲车的防弹效果。通常情况下，这种试验都安排于草木茂盛的夏季，像这种在冰天雪地而且风雪肆虐的寒冬进行，极为罕见，即便是在寒冬进行，也没必要赶在风雪中嘛。他们询问首长是否要等天晴了再试射。首长反问道："真的打起仗来，敌人会等天晴了再打我们吗？"此事毋庸置疑。

新型装甲车试验任务定在三天后的上午十点钟。

首长视察完试验大队，第二天就冒着风雪离开了。让人高兴的是，首长前脚走，风雪后脚就停息了，天空露出了透明的蓝，有些醉人。试验装备在试验阵地顺利就位。

意外的是，晴好天气只持续了一天，第三天便风向突变，大雪又纷纷扬扬地飘落下来，把试验装备覆盖上了一层厚厚的积雪。

"不怕，我们只要做好自己就行了！"连长鼓励全连战士，并依照此前惯例安排好了各排的任务，其中一排仍负责试验数据采集工作，由王雪生带领。

王雪生在军校学习期间，多次参加过类似的装备试验，经验丰富。他对一排的三个班也做了分工，一班负责收集火炮数据，二班负责收集新型装甲车数据，三班机动。

三天后的一大早，他们就出了军营，赶往试验阵地。

试验阵地位于老鹰崖以西的山地一带，那里沟壑纵横，林木稀少，是装甲车试验的绝佳场地，站在老鹰崖边，晴好天气下，可以俯瞰阵地全貌。王雪生跟随一班行动。

过了老鹰崖，就到了试验阵地。王雪生带领一班战士带着电脑和笔记本，踏着没膝深的积雪，提前进入阵地。一切正常。

白毛风裹挟着雪花，直往人的脖子里钻。

上午十点钟，试验正式开始。

茫茫雪野之上，铁甲驰骋，炮声隆隆，战火喷发，俨然成了激烈的战场，一切都在按预案进行着。王雪生配合一班战士，负责收集火炮有关数据。就在这时，意想不到的事情出现了。

一发弹药出了故障，火炮变成了哑巴，现场没有人能够排除故障。这个突发情况一下子打乱了试验的节奏，试验现场的气氛陡然紧张起来。依照经验，试验现场人员须全部回撤，以防故障弹药意外爆炸伤人。

奇怪的是，王雪生不仅没有回撤，反而往哑炮那儿靠。他听见班长在后面喊他："排长，前面危险，赶紧撤离!"

王雪生不为所动。

大家都悬着心，紧张地望着远处的王雪生。透过风雪，难以看清王雪生的动作，王雪生在火炮那儿似乎凝固了一般，与静默的火炮融为了一体，恍如洁白的幕布上滴下的一个小墨点。

只有王雪生知道，弹药故障很可能是严寒低温导致弹带冷缩变形所致。经过一番细微的检查，他证实了自己的判断，开始排除弹药故障。他侧着身子，屏息静气，小心翼翼地拆下引信，卸下底火，把双手伸进弹体，细心地调整着弹带位置。呼啸的风雪迷了他的眼睛，冻僵了他的手指，他把手指放在嘴边哈了几口气，使劲地搓了搓，又接着干。

约莫过了两分钟，王雪生排除了故障，重新安装好引信，更换了底火。他全身已经冻僵了，艰难地站起身来，向在远处隐蔽的炮手和一班战士大声喊道："好了!"

大家迅速回到发射阵地，对装备稍做调试，炮弹稳定击发，精准命中远处的目标。

所有的数据都被班长快速地输入了电脑，一个战士同时在笔记本上记录了数据，以防数据输入错误。

试验任务顺利结束。

七

王雪生让班长把电脑和笔记本装进电脑包里，并交代一定要保护好这些数据，说完踏雪往军车走去。班长把电脑包挎在肩上，与王雪生并肩而行，感慨道："排长，你想过没有，假如排障失败，你有可能就没命了?"

"想过!"王雪生的声音在飞扬的风雪中隐隐激荡，"我还想过，就算我排障成功，回去了也会受到严厉批评，因为没有向上级请示。我想的是，危急时刻，总得有人去做一些事情，哪怕随时都可能丧命!"

"还有可能受到处分，你不知道吗?"班长又问。

王雪生点点头，说："跟受处分相比，让试验正常进行更重要!"

风雪恣意飞扬，没人听见班长和排长的对话，更没人知道班长心里对排长的敬佩之意油然而生。上了车，终于暖和起来了。班长抓起王雪生的手指头看了又看，疑惑地说："排长，你太厉害了，这光秃秃的手指头上长着眼睛呢，你是什么时候练的这手绝活儿?”

“这是我在上军校时学来的。”王雪生说。

王雪生在上军校期间，参加过不少类似的试验，遇到哑炮的情形，他就在随身携带的小本子上记下试验数据和典型案例，包括弹药的各种性能参数、故障特点、排故妙招、经验教训。如今想来，那个小本子堪称一本弹药故障排除的个性化手册，十分珍贵。

说话间，车到老鹰崖下。前面的路面冰凌遍地，雪花刚刚落下，还没停住，就被风席卷而去。冰凌路面无法行车，人员都得步行过崖。王雪生跟战士们都下了车，顶风冒雪向前走去。路边有一座微微隆起的雪堆，老班长就长眠在那座雪堆下面，王雪生和班长不约而同地站在雪堆前，深深地鞠了一躬。风雪一次又一次地掠过雪堆，消失于无垠的山野。

战士们裹紧衣帽，一趾一滑地行进着，小心翼翼地攀上了老鹰崖。

班长背着电脑包，继续跟王雪生说着话，他恳求道：“排长，等回去了，你那个小本子借我学习学习吧?”话音未落，他脚下一滑摔倒了，身体在冰路上滑了好远，电脑包随即脱离了他的身体，往悬崖边滑去。

众人大惊。假如电脑落下深谷摔毁了，这次试验数据就全丢了。即便电脑没有摔毁，掉进了填满积雪的深谷里，也难以寻找。若待积雪消融，恐怕包里的笔记本早已泡烂，电脑也无法打开了。

就在战士们愣怔的瞬间，王雪生下意识地朝电脑包跑了过去，确切地说，是趴在路面上滑了过去。就在电脑包即将滑下悬崖的当口，他一把抓住了电脑包的带子，顺势往高山那边甩了过去。此刻，他想收住前冲的惯性已经来不及了，毫无阻挡地滑下了悬崖。

世界瞬间喑哑，满耳都是风雪的呼啸。

片刻的震惊之后，班长和战士们冲着深谷喊道："排长——!"喊声撕心裂肺。

风雪吞没了大家的声音，耳畔只有呼呼的风雪，飞舞着，旋转着，抽打在脸上，刀割一般疼。

班长立即打通了连长的电话，扯着嗓子哭喊道："连长，王排长掉下老鹰崖了，快来救援……"话音落下，他便冲战友们吼道："走，去救排长!"

于是，茫茫风雪中，一群浑身落满了雪花的战士，恍如一个个惊慌失措的小墨点，向崖下的深谷蠕动而去。深谷中蓄满了雪花，幽幽的白。

（选自《解放军文艺》2023年第6期）

锡婚宴

丁奇高

一

宴会设在一个免门票的景区里。景区很大，挂着“AAA”级的牌子。周边广袤的荒滩地里种满了常青树，郁郁葱葱的。

我进去以后，跟着指示牌，绕了一大圈才找到地儿。

一座农家饭店掩映在茂密的小树林里，像是扩大版的“四合院”。一身喜庆的迎宾小姐领我到达宴会厅。她精致的高跟鞋在我前面发出“嗒嗒嗒”的响声。我突然有点儿后悔来这里了。

宴会厅的背景屏幕上是一家三口的巨幅合影，照片像是在某个公园的草地上拍的，上面的一行大字写着：爱在你的左右。我虽近视，却一眼就看懂了这行字的寓意。三个男人从我身边经过，他们边走边谈，中间那个就是今天的男主人向左。他居然假装没有看见我。

白色衣裙搭配平底编织凉鞋。我从来没有这么穿过。也难怪。

真是不该来这里见证别人的锡婚。

前面的几排椅子上已经坐满了人。过道上几个小孩子拿着气球，举着扎了羽毛的魔法棒四处乱跑。一个小姑娘嘴里喊着："别过来，黑暗女巫。"只见她东跑西跑，最后躲在了一张椅子后面。我悄悄走过去坐下，对她眨了眨眼睛。她蹲到地上，一只手抓住我裙子的一角，另一只手捂着嘴笑。

我的脑海里出现了小时候偷吃甜果子，而妈妈却毫无察觉，仍旧拎着果子盒带我去串亲戚的画面。

"陈旭，你早来了呀。"是吕丽，是个上身异常丰满的大美女。

"我也是刚到，不过你小声点儿，我正在掩护在逃公主呢。"

小姑娘见有人来了，嘴里叫着"奶奶，奶奶"跑开了。她是向左哥哥的小女儿。

吕丽是我的高中同学，那时我们住一个宿舍，像是影子一样整天黏在一起。近一年不见，她消瘦了许多，下巴上冒出一堆奇怪的小痘痘。

"瘦了啊，只是你这脸……莫非是迎来了第二春吗?"

"唉，一言难尽，怎么说呢？算是辣椒吃多了吧。"

"你们都来了呀。"向左朝我们走了过来。他那张脸白净、帅气。看得出来他今天精心收拾过。

"吕丽可是出过国的女人，见多识广，不好伺候。"

"我哪儿不好伺候了?"吕丽撇撇嘴，"你这是推卸责任，想轻易就把我打发了？今天你这锡婚宴的酒必须给我备足了，姐姐我不醉不归。”

“管够，晚上你们睡我家里。”向左笑嘻嘻的。他看了我一眼，马上扭过头去。前面有人叫他，我和吕丽示意他快去。

舞台上主持人开始讲话，宾客们渐渐安静下来。

吕丽凑到我的耳边说：“向左的媳妇看起来不像有那种病的人呀！”

“那是一种慢性病，照顾得好，十年八年死不了人。”

“她挺可怜的。”

我拍了一下吕丽的屁股，发现她的皮肤异常松弛。

主持人请今天的女主人谈谈感受，女主人声音很小，显得有气无力，说了没几句，眼泪便“滴答滴答”落了起来。

二

向左的媳妇家有姐妹三个，她在家排行老三，小名三儿。我跟前夫没离婚时，她跟着向左来过我家，那时她还没有得病，看起来楚楚动人，我揶揄向左捡了个大便宜。

她婚后患上了红斑狼疮，致使五个月大的胎儿死于腹中。

我的第一段婚姻维持了不到七年，离婚的主要原因是前夫看不惯我的生活方式。他训斥我都结婚生孩子了怎么还整天做着文学梦。我们离婚的导火索是一套《博尔赫斯全集》，当时花了三百多块钱，差不多是我半个月的工资了。前夫为此气恼不已，伸手打了我。

“陈旭，你看，”吕丽嘴里不知什么时候含着一颗糖，我闻到了是薄荷味的，“向左怎么还跟棵杨树似的戳在那儿，三十七岁了也不发福。”

的确，台上站了十几个人，都是他们一大家子的。向左的媳妇三儿个子不高，穿了高跟鞋勉强一米六，向左妈更低，向左的哥哥矮胖。三儿身边的小男孩五六岁，是向左的儿子向右。还有刚才那个小姑娘，一直被她奶奶扯着小手。

“时间过得真快，那时候向左还是个小不点。”我感叹。

“可不是吗？仿佛就是昨天的事。”吕丽掏出手机拍照留念。

我和向左高二时坐过一年同桌。那个时候他身高不足一米五，长着一头细软发黄的头发，小脸蛋，深眼窝，说话奶声奶气的，跟个洋娃娃似的。

我在家挨揍，向左在家挨过的揍不比我少。扇脸、罚跪、拧大腿，即便挨了揍，他哭也是错不哭也是错。我们的友谊就是在互相倾诉自己受过的疼痛中建立起来的。

但仅仅过了一个并不漫长的暑假，高三开学时再见到向左，他竟然长成了一根旗杆，身高足有一米九，那张拉长的丝瓜脸扭曲得让人不忍心看。

三

吕丽给我看她发的微信朋友圈，配的文字是：别人的锡婚，有白金钻戒，我的呢？

我笑她真是个爱慕虚荣的家伙。

“这点虚的都不敢，还活个什么劲儿，可活到今天什么都变了。”

这女人今天怎么多愁善感起来了？

向左的儿子向右两岁大的时候，三儿的系统性红斑狼疮引发股骨头病变住了院，向左的母亲不愿意照看孙子，向右在医院里哭闹个不停，情急之下向左给我打电话求救。我撂了电话，拿了个毛绒玩具塞进包里就往医院赶。

我到了医院大吃一惊。三儿很年轻，却因为长期服用激素，面部严重浮肿，眼睛几乎睁不开了。她躺在病床上，见到我只说了一句“陈旭来了”，就不再开口。我知道她很痛苦。

我蹲下来跟向右打招呼，掏出毛绒玩具。他一下子扑到了我怀里。

那天我深深感受到，这样的一个男人负担其实挺沉重的。

那时我的第一段婚姻刚刚结束。我以净身出户的形式换得前夫在离婚协议书上签了字，尽管办离婚证的几块钱也是我出的，但三十一岁的自己终于重获自由。我对着蓝天深吸了一口气。

我从小恨我的父亲。他为了让母亲生儿子不惜毁了她的身体。当初我和前夫结婚只是想从家里逃出来而已。前夫比我大十四岁，我不顾家人反对嫁给了他。

婚后，我有三年没有回过娘家。

四

“仪式结束了，咱们去趟洗手间，回来就该吃饭了。”吕丽撩了撩头发，枯黄的脸上展露出一丝笑容。

“看不出来向左挺浪漫的，给媳妇办锡婚宴，还送白金钻戒，真让人羡慕。”我说。

“的确，这样的老公，全国也找不出来几个。就是这家伙一见面就夸人家胸大，我总以为他是想揩我油呢。”吕丽挺了挺她的F杯。

“现在又想被人家揩油了？”

“去，你个女流氓。”

我在洗手间门口等吕丽。洗手台很干燥，镜子上看不到水珠。我注视着镜子里的自己。今天化的淡妆，耳边垂下来一缕头发。

我和向左一起考上了本地的大专——言午学院。当年言午市的文化宫影院名字听起来很官方，却是南方来的一个私人老板运营的，晚上过了十二点后，影院就会播放一些外国影片来吸引观众。向左带我去看过。我不敢睁眼，只听声音，起了一身鸡皮疙瘩。向左坐在旁边，不停地开导我，说我早晚要长大的。然后，我就看了一点，再然后周末没事他就约我去看夜场电影。

事实证明性启蒙是有必要的，这让我对男朋友这一物种有了更多的认识。很快，我就和一个长得很帅的男生好上了，向左则如同消失了一般。

“一个人在这儿干啥呢?”

我扭头一看，是向左。

他一边洗手，一边盯着镜子，说：“在镜子里，你也能看见我的脸。”

“镜子里的有什么用?”我笑着问。

“你还是不戴首饰？都快奔四了，也该戴了。”他没有搭我的话茬，而是谈起了世俗的东西。

有几滴水从他手里甩出来溅到了镜子上。

“我不稀罕那些东西。”我回答。

“三儿喜欢那些东西，今儿又送给她一枚白金钻戒，”他低着头，像是自言自语，“今天你很不一样。”

“哪儿不一样?”我问。

“是太迷人了吧!”吕丽出来了。我往后退了退，腾地儿让她洗手。“不但迷人，俺们陈旭还有才，从高中起就是个才女，还嫁了个作家。”

“就你话多。”我有些生气，空气一时变得有些凝滞。

吕丽低头摆弄手上的甲片，向左趁机摸了我的脖颈。

“走吧，吃酒去，猪场的左经理。”吕丽说。

“不敢当不敢当，我胆子小，两位美女先走。”

吕丽当然知道我和向左的一些关系，但她的理解存在偏颇。第一段婚姻破裂以后，我过了三年多的单身生活，向左曾不止一次发出暗示，只要我“需要”，他可以随叫随到，但我拒绝了。

有一次我梦见了一个死人，我趴在那人身边痛哭，死人的床板太低，后来我想挪一下身子，一瞬间来了一个男人，他说着话，但他说的是什么，我却完全听不见。他是向左。

前夫的母亲找人带话，让我和她儿子复婚，她说离婚的女人就是一张破报纸，卖不上好价钱，她儿子有房有车随时可以再找一个，到时候我后悔都来不及了。我没有理睬她。前夫是个妈宝男。

起床后我浑身酸痛，精神不振，就去了出租屋门口的美容店推背。

“波颜国际”美容店的女老板很会聊天，一顿东拉西扯后，结论只有一个，就是女人得学会花钱。

离过婚的女人应该让自己更美，这是她的原话。我接受了她虚伪里掩盖着的真诚。我让她把我的杂眉修掉，她说我这野生眉太粗犷，一点儿也不精致。我一咬牙一狠心在她那里充了一万块钱的卡。

五

向左大学宿舍的舍友只有老七来了，他是最不爱说话的一个。我离异后，有人给我介绍对象，没想到见面时居然是老七，我们不由得感慨言午市真是小啊。

大家聊的大都是和向左有关的事，他的牌技，他如日中天的养猪生意。

“向左，你快过来，我非要问问你高二那一年暑假，你到底吃了什么好东西，怎么突然就长那么高了？你今天必须给大家解释一下。”吕丽发问。

“肯定是吃了‘壮壮精’（一种速成猪饲料的名称）。”有个满面红光的中年男人接话。

大家都笑得前仰后合的。

做怪梦后的一天下午，我和向左见了一面。他把我拉到他厢式货车的驾驶室，问我：“快说说，你到底是怎么想的？”

“哪有，是人家非要娶我。”

他摇下车窗玻璃，掏出一支香烟塞到嘴里，手里握着火机，却没有点燃。

“可以啊，陈旭。”他语气里有些不屑。

“志趣相投，不分年龄，再说我只比他大六岁，我爱读书，他喜欢写小说！说真的，我本来以为我这一生再也不会结婚了。”

“快给我讲讲。”

“我倒是希望收到像沈从文写给三三那样的情书，但他至今没给我写过呢，也许以后会写的，不急。”听到“三三”，他愣了一下。我说：“那个三三可不是你的宝贝三儿。”

他没有听懂，但把两条腿朝我靠了靠，想拉我的手。我用力甩开了他，然后我指了指自己凸出来的肚子。

“你又怀孕了?”他吃惊地问。

“是啊，四个月了，胎儿很稳定了，前几天在医院做了四维彩超。”

他又想摸一下我的头，我下意识地躲开了。我从车上下来了，我的身子尚不到笨重的时候。

我们简单地聊了以前、现在和将来，情绪都有些伤感，交流变得索然无味了。我和他仿佛一直都没有长大。我该走了。

我对向左说：“今天见到你，很想告诉你，要好好照顾你媳妇，不可以再对不起她。”

“就告诉我这个?”他反问。

“是啊，你以为我是来闻猪肉味的?”

“我这辈子都不会和三儿离婚的，你把心放到肚子里吧。”

六

“不好意思啊，大家，如有招待不周，请多多包涵。来，三儿，给哥哥姐姐们倒酒。”向左领着媳妇过来了，三儿刚刚哭红了眼，妆都花了。

“你们能来是我们的荣幸，我不敢喝酒，以茶代酒敬大家了。再次感谢大家照顾俺家向左的生意。”

向左的一只胳膊始终贴在她的后背上，显得十分亲昵。

老七掏出一个大红包塞到三儿手里。他说这是宿舍七位兄弟们的心意。向左在三儿耳朵边小声嘀咕了几句，三儿收下红包，走过去和老七抱了抱，老七的脸顿时臊得跟红盖头一样。老七三十八了，离我们上次“相亲”过去三年多了，仍旧没有找到对象。

轮到我和吕丽时，向左接电话去了，三儿过来敬酒，我表示酒量不行，吕丽也说不会喝，我们俩本想和三儿以茶代酒，不料坐在吕丽旁边的啤酒肚男起身慷慨相助，他舔舔嘴唇替我们喝了，说好东西不能浪费，喝完还不忘加了吕丽的微信。

几个大男人拿起话筒唱：“我对你爱爱爱不完……”“昨日像那东流水……”一听就是暴露年纪的老歌。一直热闹到下午四点多，宴会才陆续散场。

我问吕丽能不能多玩一会儿，我和她虽然都住在言午市，可一个住大南边，一个住大北边，见一面其实挺不容易的。

“我们去划船吧？”我提议。

“就咱俩？”吕丽问。

“你还想要谁去？那个啤酒肚男？”

“NO！他不行，吨位太大，不安全。可以喊上你的大作家，让我深度了解一下。”吕丽一脸狡黠。也许是她闻酒气多得有点上头了。

“他在家看书，不爱凑这些热闹，我喊不出来的。”我说。

“是喜欢和你单独相处吧！不见了、不见了，真是的，你跟我还藏着掖着。你可真不够意思了。”

“怕你有非分之想呗。再说一见你，万一他忍不住诱惑呢？”我笑嘻嘻地回答。

我拉着她向码头走去。她一看见船，像个小姑娘似的，欢呼雀跃起来。

坐船的人还挺多。我们排了一会儿队，才等上了一条绿色的四人座脚蹬船。

双洎河的一截河水被一座水泥大坝拦起来，汇聚成了一个猪耳朵形状的水库。有本地人依托水库修了个景区，发展起了旅游业。景区里建设了水上高尔夫、跑马场、游泳池、游船、钓场等设施，又引进了民俗园、红色教育展馆、儿童乐园、网红秋千、乡村食堂等特色项目，吸引了周边很多人前来游玩。

我们脱了鞋把脚伸进河水里。小船随着水流任意东西。

“我想我还是告诉你吧。”吕丽一脸郑重，令人不太适应。我沉默不语，等她说下去。

“我决定去做手术了。”

“手术？什么手术？”我好奇地问。

“左胸全切，乳腺癌中晚期。我本来下不了决心，我怕就算切了也活不了多久。可现在不切的话，怕癌细胞扩散，我会很快死掉。我舍不得女儿，她那么可爱。活着多美好呀，陈旭。”

吕丽看着水面上的夕阳，面容生动。

我在她的脸颊上亲了一口，小船短暂失去平衡产生一阵晃动。

“切，明天就切。你那大圆球，太气人了。割一个，我就不嫉妒你了，吕丽，我想要你活。”

我们一定是笑得太大声了，惊动得水面起了风，浪头多了起来。

吕丽高中落榜后，身为包工头的父亲花大价钱让她上了四年的外语学院学习商务英语，她毕业后去了上海，在一家外贸公司上班，认识了马来西亚商人拉吉。拉吉十四岁就出来闯荡世界，能说一口流利的中文、英文和泰文，吕丽经不住他的爱情攻势，很快就和他同居了。他们办理了旅游签证，四五年间，她跟着拉吉辗转去过澳大利亚、泰国和美国。他们在塔斯马尼亚州摘过苹果，在曼谷当过导游，在纽约的一家孔子学院代过汉语课，后来他们又在吉隆坡生活了三年多。两人一度走到谈婚论嫁的地步。拉吉曾在一个夏天跟着吕丽回农村老家商量婚事，拉吉害怕蹲坑里蠕动的白虫子，吕丽的父亲特意在自家的楼上为拉吉修了个厕所，崭新的抽水马桶专门供他使用。可两人最终没有结婚。

分手后，吕丽从马来西亚回来了。已经三十一岁的吕丽成了村子里的大龄剩女，她不得不面对迫在眉睫的婚姻问题。家里人比她还要着急，由于十里八乡都知道她过去的事情，没有一个媒人愿意上门提亲。一年后，她仓促地嫁给了初中同学宋伦，当时她的父母没有要一分钱的彩礼。

宋伦曾经追求过吕丽，那时候的吕丽家庭条件好，穿着又时尚，吸引了一众男生的目光，甚至有不少校外的青年等在学校门口看她，那会儿她根本看不上宋伦，没想到宋伦竟然在她寝室楼下用削笔刀割腕了。

尽管口子不深，只流了一点儿血，却在学校里产生了不少议论，宋伦后来患了抑郁症。他初中没上完就去读了技校，毕业后在外地的一家水力发电站维修发电机。

同学聚会上，吕丽见到了仍旧单身的宋伦，两人闪婚。

婚后，吕丽跟着宋伦在发电站的职工宿舍里住过一段时间，她怀孕后回到了家里。随着女儿的出生，她没有再出去工作，成了家庭主妇。宋伦在外上班，一两个月才回来一次，两人聚少离多，他经常连句话都不和吕丽说。

五六年下来，吕丽过得并不快乐。

她不止一次对我说，她偷偷想念过拉吉。我自然明白，女人类似“丧偶式婚姻”的日子当然是不好受的。所以，我才劝她多带着女儿出来走走，只当是散散心，但她已经习惯宅在家里了。这次她能来向左的锡婚宴倒是个意外。

我们刚上岸，就看见向左朝我们走来。吕丽说她得赶紧走了，回去通知家人今天晚上就去省城住院。她走得太急，差点儿撞到河边的一棵柳树上。

“她怎么了？”向左问我。

我不说话，一个劲儿地流眼泪。

吕丽的背影很快消失了，我怕她再也不会出现了。

西边的太阳正在一点点坠落，阵阵晚风裹着浓稠的鱼腥味。

“吕丽得了乳腺癌，必须尽早切掉一个，只有切了才有可能活。”我的大脑不自觉地在回放着……

那不是梦境，而是真实存在着的。

“要相信奇迹，乳腺癌中晚期存活率挺高的，切了就好了。”

向左惋惜地说。

“吕丽，求你不要离开我。”我哽咽着，试图把声音吞没在自己的喉咙里。向左不知何时浅浅地抱住了我。

（选自《西部》2023 年第 5 期）

收了麦子长辣椒

吕刚要

毛群醒了，他的家便醒了。

毛群不姓毛，姓张。不晓得从啥时起，所有人都喊他毛群了，叫得热闹而得意。农村人的外号看似莫名其妙，但都别有一番意味在其中。人们叫他毛群，是因为他脾气躁，像头动不动就炸毛的犟驴。

节能灯张开惨白的眼睛，逼退了一院子清冷缈远的星光。村庄仍然寂静。人们早不养鸡了，连杜鹃、吃杯茶鸟也不站在枝头聒噪了。都习惯了这懒散得不像麦天的麦天，身子往被窝里缩缩，眼皮又粘在了一起。毛群钻进厨房，厨房里很快响起锅碗瓢盆的磕碰声。饭菜香悄悄钻出来，却没能浸入这帮懒人的梦乡。

毛群做好早饭才走进堂屋。他手里拿着一块湿毛巾，把孙子张旺从床上提溜起来，湿毛巾便贴了上去。张旺哭得像死了亲娘。毛群说，别哭了，哭塌天，你娘也听不见。张旺的娘倒没死，死去的是他爹张兵，但他娘在他爹三七后就走了。毛群说，你走行，张旺是张家的骨血，得留下。张旺的娘把张旺搂怀里哭得一把鼻涕一把眼泪，末了，却把他往毛群怀里一推，掂起脚边的旅行袋，走得义无反顾。毛群两条胳膊箍着这个可怜的孩子，任凭他怎样踢腾挣扎，哭得怎样撕心裂肺。她都不要你了，你还能把她唤回来吗？可孩子哪懂这些？小狗一样，死咬住爷爷的手不丢。血顺着指头扑扑往下滴，毛群没让他松口，或许这样，他心里才会好受些吧。

笨手笨脚穿好衣服，小人不哭了，被爷爷抱进了厨房。早饭简单，一大一小两碗稀饭，一堆煮鸡蛋，小半筐蒸馍，外加一盘炒松瓜。张旺吃了一个鸡蛋，喝了一小碗稀饭，就不吃了。毛群知道今天有一场恶仗，吃了两个蒸馍，又硬往肚里塞了六个鸡蛋。吃过早饭，毛群提上书包，把张旺扛在肩头，去了志宽家。志宽家敞着门，昏黄的灯光散落出来，流淌一地——昨天说好的，张旺放志宽家，天亮他送孙女上幼儿园，把张旺一并送去。

架子车和镰刀早等得不耐烦了吧，只是黑影里看不清它们的表情。架子车前几天就动手修过，车身有些糟朽，榫卯松了，楔入好些木楔；两把镰昨晚已经磨了，镰上红红一层浮锈褪去，在灯影下泛出凌厉的光芒。丢弃在旮旯里好多年，毛群知道，它们早憋着一股劲呢。只是不清楚它们会不会和自己一样硬胳膊硬腿，老迈得惹人厌了。

今年麦地里套种了辣椒。为了辣椒更好地生长，麦子本来该提前几天割，可毛群耐着心性没动，他得等儿子过了百天忌日。昨天去给张兵烧了厚厚一沓黄纸，全是拓印的百元大钞。

这孩子花钱大手大脚。毛群说过他，钱挣得不容易，咋能哗哗地抛撒？他不听，仿佛那钱不是拿血汗换来的，而是大风刮来的。唉，这些纸钱够他花一阵儿了吧。毛群以为自己会痛痛快快哭一场，可到底没流出一滴泪。眼泪哭干了？也好，流一条河的泪，儿子也活不过来。才三个多月，刺脚芽、狗狗秧已侵上坟头，绿莹莹一片，长得泼辣张狂。想到这些坏东西喝着儿子的血水，才有了这么好的长势，毛群心里一阵揪痛。他手脚并用，不管它们怎样一副可怜相，一会儿工夫，就拔得一棵不剩了。

一拉上车，人立马变了样，气势一下子回来了，腰杆挺直了，脚下似乎又生出风来。架子车哐哐咚咚地响，招摇又傲慢。可惜没人同它竞争了。二十多年前，布谷鸟在夜空中唱出第一声，一辆一辆架子车就争先恐后地拉出门，比赛一般向麦田冲去，但谁也没毛群这辆车跑得欢实。它跟着他一出家门，就激昂得像出征的战马，把暗夜碾压得七零八落。如今，它的同伴大多被扔进灶膛，变成了一撮锅底灰。毛群明白，它还有股不服输的劲儿，还想重振当年的雄风。他拍拍车杆说，老家伙，悠着点劲儿，岁月不饶人啊，可别把自己跑散了架。

空气被夜露打湿了一般，凉津津的。夜空幽蓝深远，朦胧得像个梦。麻麻点点的星星像一盏盏油灯，缥缈摇曳，似乎一阵风都能把它们吹熄。

过寨河，上大路，麦田遥遥在望了，像一片墨汁泼出的海，隐隐翻涌着暗沉的躁动。麦香扑面而至，汹涌如浪，在夜露里浸泡得久了吧，沉甸甸的。毛群打出一个惊天动地的喷嚏，惊扰了栖息在树间的鸟雀，扑棱棱扇动翅膀，很快又隐在了远处枝叶的密处。

麦田里，麦穗们在窃窃私语，好像压根瞧不上毛群。那么大一块地呢，要来两个壮劳力，它们啥屁不敢放；一个须发皆白，腰弓得像虾，土埋到脖子的糟老头子也来逞能？它们便显露出不屑，当然还有一丝怜悯——也不掂掂几斤几两？趁早滚蛋吧，省得一会儿屁滚尿流的，丢人现眼！

麦子已经熟了九成。庄稼人变懒散了，一点儿也不心焦，再过一两天，麦子熟透了，收割机开进去，像剃头似的，哗哗一阵，麦子就收完了。

毛群本来也可以等收割机，可他不，他就要单枪匹马一双手战胜它们，他相信他有这个能耐。所以，他懒得和它们废话。敢站在这里，就表明他不惧怕它们。但麦穗们不清楚，毛群不是和它们较劲，他对抗的是命运，征服它们不过是他丢给命运的一个白眼。毛群能感受到命运就埋伏在麦田的暗处偷窥着他，邪恶而龌龊。在这一生中，命运多少次袭击过他，它以为能轻易打倒他，可每次他都又倔强地爬了起来。这似乎又冒犯了它的威严，或许更激怒了它，它把更多的灾难和痛苦施加在他的身上。

空旷的田野里，就毛群孤魂似的一人。他忽然有些怀念拿镰刀割麦时那红火的场面——天还黑得像块乌炭，几十个人排成一排，几十把镰一齐挥舞，漫天遍地都是齐刷刷的割麦声，虽然彼此看不见，但大家心里较着劲儿呢。一个麦季下来，哪个人不脱层皮？大型收割机统治麦田后，人们轻松悠闲起来，站在地头，看收割机像只巨大的虫子在麦田里爬来爬去，面对它们的钢牙利齿，麦子们早已溃不成军，成片成片被它们吞噬了。所以，那边收着麦，这边地头的树下就有人甩起了扑克。特别是近几年，年轻人都进城了，麦收天连面都不露一个，娘儿们骑着电瓶车，把地块指给麦贩子，一沓小红鱼就欢欢快快地游到手里了……这哪儿像麦收啊，对庄稼，对土地，对上天，全没一点儿敬畏了嘛。

儿子张兵一下学就跑到上海打工去了。确实比种庄稼来钱快，钞票哗啦哗啦数着，家里上房偏厦盖起了，还张狂地在县城首付了一套房。他叫毛群把地租出去，毛群虽然没听，但诸事不那么用心了。麦子播上以后，他懒得脚底生根，再也不用牛一样伸着脖子同庄稼较劲了，有时在牌场一窝就是半天。好几个月不进地，长好长赖全凭麦子自己奋斗了。他甚至已忘了命运的不善，日子懒洋洋的，过得松弛昏昧，身体就如同废铜烂铁，在浮尘般细碎生活的遮掩中一天天锈蚀破烂起来，到了走段路都要喘的地步。但命运却像个终极杀手，始终潜伏在他身边，牢牢地盯着他。它是突然出手的，锋利如匕，干脆利索，稳中见狠，一击毙命。

儿子是在给人装空调时，从十八层高的楼房上摔下来的。那么高的楼房，儿子为什么就相信了那貌似坚固的防盗窗？在腰里束根绳，就把小命交给了它。在身子坠落的瞬间，防盗窗竟生生被他拽断了。毛群没有看到那惨象，他甚至不敢去想象那惨烈的场面。但别人的话还是顺风传进了耳朵，跌落在地的儿子几乎碎成了片，是被人一针一针缝合起来的。毛群感觉那针线游走在他心里，一针一针扎下去，鲜血淋漓……

毛群被击倒了。办完儿子的后事，他在床上整整躺了一个月。令命运不能理解和相信的是，虚弱得像片纸的毛群竟又从病床上爬起来了。儿子走了，他还有孙子。孙子像棵小树苗，正在茁壮成长，他得为孙子遮风挡雨啊。他又一次把命运踩在了脚下。带着孙子，出不了远门，挣不了大钱，所能依靠的只有土地了。他扛了一把锄走进地里，当时麦苗已深得能盖住老鸹，绿油油的，看见他，高兴得欢蹦乱跳，显示着久违的亲切。他却耷拉着眼皮，板着脸，狠心地把一整垄麦子锄掉，留出空垄，间作辣椒。种上辣椒，才能增收，才能供孙子用度。为了孙子，他不得不做恶人。

朝手心吐口唾沫，毛群拉开了架势。一搭手，麦穗沉甸甸的，麦秆粗壮得像荆条，刺啦一声，拢进胳膊的麦子竟没割透。是老得挥不动镰了，还是小东西们想给他个下马威，让他知难而退？毛群看看镰刀，刀刃闪着森森的寒光。他往手上加了些力，手起刀落，一大片麦子终于被他斩落下来。十多年没摸过镰，是有点手生了。两三镰过后，逐渐找到了感觉。一会儿工夫，他就得心应手了。唰唰唰，割麦声清脆响亮，镰刀像条吐着信子的蛇，带着杀气，在麦垄间蹿跳出没。这突然而至的侵略，惊扰了麦田原住民们的梦，青蛙、蟾蜍、蚂蚱、田鼠，大难来临似的，纷纷溃逃而去。

割够一歇，回头看看，麦子放倒，被麦垄囚着的辣椒苗释放出来，手舞足蹈地高兴。可仔细一瞧，辣椒苗的叶片黄恹恹的，是麦子抢走了它们的养料水分。毛群想，等收了麦，任何事不做，得先给辣椒放次透水，顺水再冲进些肥料，让它们敞开了吃喝，吃饱喝足，才有劲儿生长。

今年麦收，几乎所有人都劝他用收割机，现在谁还下这憨劲儿？可毛群不，他要做给命运看，让它晓得他毛群这名号可不是白得的，他不是只会扶着墙根走的糟老头子，它永远打不垮他，他又满血复活了。还有一层，他怜惜那些辣椒苗，每一棵都是活泼的小生命，收割机再小心，也会伤到它们，对于一个真正的庄稼人，那都是罪过。人不诳地，地不诳人。一分付出，一分收获。

毛群一气割了两遭。可能是真老了，腰杆硬得像铁板，直不起来，腿酸了，胳膊也软成了棉花套。

太阳总算拱出了地面，昨夜喝大了吧，起得有些迟，懒洋洋的，还涨红着脸。远天蔚蓝纯净，近处的麦子，远处的杨树，总算清晰起来，被阳光披上了金色的外衣。一只花大姐俏生生站在尖刺似的麦芒上，翅膀沾了露水，飞了几次都没起来。周围空旷冷清，像个澄明的大琥珀包裹着这个世界。

一身黏汗，外套早就甩了，短袖也湿漉漉地贴在身上，毛群干脆把它也脱了下来。赤裸着的上身被晨风的长舌头轻轻一舔，清凉彻骨。那种舒爽，不经过热气腾腾的战斗，是体会不到的。

毛群掏出支烟，凑在鼻子下面。不知啥时养成的坏毛病，一下大力，手不自觉就往兜里摸烟。不抽烟的人不晓得烟有多神奇，一口浓烟吸进去，在五脏六腑间穿行之后，软绵绵的身体里，新的力气又忽悠悠长出来，仿佛它们就养在那口苦涩的烟雾里。但收麦时不能抽烟，这他是知道的，但闻闻也能喂饱那些在心里不停抓挠的烟虫。

攒足劲儿，毛群身子一矮，重新挥起了镰刀，但速度已明显不如上一遭。今天的目标是拿下这块麦田，这样蜗牛似的得爬到什么时候？他有些生自己的气，你个老东西，磨洋工吗？难怪小东西们瞧不起你，还同命运掰手腕呢，蹲地下撒泡尿把自己淹死得了。

他感觉老脸羞臊得不行，手底下加了劲儿，拼命挥动镰刀，麦子又成片成片倒下去。一遭没到头，他就喘起来，气息粗重如牛，心也怦怦乱跳，有一镰甚至削到鞋面上，割出浅浅一道口子。他看看镰刀，怀疑刀刃过早地钝了。镰刀遭到羞辱，似乎有些生气，差点在他试刃的拇指上割出道血口子。他意识到错怪了镰刀，是自己急躁了。做了几十年活儿，不该犯这错误的。问题是他高估了自己的体力，总想着同十年、二十年前差不多。他望望满地的麦子，才刚割开一个地边，他突然有些英雄气短，难道今天真的要败给这一地麦子，让小东西们看他的笑话吗？可他不会轻易服输的，轻易服输的毛群还配叫毛群？他的一生，多少沟沟坎坎都过来了，每一次跌倒，不管伤得再重，他都能从血泊里爬起来。他就像头犟牛，红头涨脸地同命运顶了一辈子犄角，老了老了能被一地麦子绊个狗啃屎吗？这话要说出去，恐怕三岁小孩儿都要掩嘴耻笑了。他告诉自己，要稳扎稳打；心浮气躁的，不败也要败了。

毛群扔下镰刀，走到地头，拿毛巾擦了擦满身满脸的汗，又咕咚咕咚灌下一肚子温开水，跳到喉咙眼的心脏复位了。年轻人是有冲劲儿，可那是程咬金的三斧头，三斧子砍过，胳膊腿软了，腰也塌了；老有老的好处，骨头硬了，动作慢了，但有长劲儿，耐力足。

重回麦田，毛群手里的镰刀慢了下来，步子却迈得扎实了，一镰一镰，稳稳地向前推进。满地麦子交头接耳挤眉弄眼的，以为他真的㞞了。他没有再生气，甚至感觉是有意在麻痹这些小东西。让它们得意一会儿吧，到时候一镰一镰把它们全部放倒，小东西们才会明白，姜还是老的辣。

他为自己的计谋而兴奋。

刺啦刺啦，镰刀有节奏地挥舞着，像是一首曲调简单的老歌在一遍又一遍地重复播放，把毛群的思绪扯到了久远的过去。

九岁那年，命运对他实施了第一次精准打击，仿佛一闷棍，咚一声敲到他头上，让他发蒙了。

一伏三场雨，这是秋庄稼的保障。可那年秋天，近一个月没有下雨，坑坑壕壕都成了蒸干的大铁锅，泼一瓢水下去，似乎能冒出白烟。田地焦渴地张着大嘴，玉米叶子卷起了细长的喇叭筒；豆叶耷拉着耷拉着就焦枯了，干热风一吹，哗哗地满地乱跑。生产队想要在地里挖几口井，保住那点可怜的秋粮。毛群他爹和几个社员轮流上阵，挖了整整七天，终于出水了，泉眼汩汩往外冒，可水还是太浅，根本不够用。他爹又跳下去，想要把井再挖深些。不料井筒子坍塌了，沙子把他埋在了里面。上面的人拼命拉绳子，他爹却被齐腰深的泥沙死死拽住了，泉眼活泼泼地翻涌，很快就把他爹吞没了。

爹是天。天塌了。娘抱着他哭，他在娘怀里发抖。

秋收结束，娘摆了香案，让他也跪下来，给老天爷磕头，保佑他们娘儿俩平安。他抱着院里那棵榆树，死活不丢手——老天爷夺走了爹的命，是他的仇人，他咋能给仇人磕头呢？后来，他就退学了，不到十岁就参加了生产队的劳动，人小，领半个劳力的工分……

不记得是第几次割到地头了。毛群头都没抬，镰刀拐个弯，又伸向了旁边那几垄麦子。他身体里住着两个自己，一个自己非常不满，都快累瘫了，到地头了，咋不歇一会儿呢？另一个自己还在坚持，啥到头不到头的，割一镰少一镰，赶早不赶晚，今天的任务必须完成；再说，到地头就非得歇歇？谁兴的规矩？再坚持坚持吧，坚持就是胜利嘛！一个自己总算把另一个自己的思想工作做通了，身子却提出了强烈抗议。手早僵了，胳膊连带着半边身子都是木的，腿则像上紧了螺丝，被固定成一个僵硬的姿势，它们早盼着地头呢，割到地头，就会有短暂休息的奖赏，这是它们的预期。然而，毛群却连个喘息机会都不给，他是想要累死它们啊！腿悄悄使起了坏，一个踉跄，差点摔他一个狗吃屎。毛群火了，这是想造反啊！他决不允许自己的权威受到挑战，就拿手使劲儿在腿上捶。受到惩罚，腿老实了，乖乖地听起话了。毛群说，小兔崽子，还收拾不了你们了！我再强调一遍，割到下一个地头才能歇，都不许偷懒！

太阳不知啥时候已挪至头顶，不再像早上刚苏醒时睡眼惺忪，温和懒散，独目灼灼地喷着光，吐着火。毛群清楚，它是麦子纠集的同伙，它们在狼狈为奸。刚才还活泼泼的风，也匿了踪影，吸到鼻孔里的空气似乎在冒火星。天和地同心协力地对他进行大量消耗，要吸干他身体内的水分、血液、骨髓，要把他烤成肉干。他早就不出汗了，喉咙干得冒烟，嘴唇裂着口子，感觉有湿漉漉的液体爬出，拿舌头一舔，腥咸，用手一抹，红鲜鲜的。他隐约听到一个声音在耳边喊：趴下，趴下，趴下吧……他没有趴下，脚步踉踉跄跄的，竟又拐向下一畦麦垄。

早就割够一半了，上午的任务已经完成，可毛群非要多割出两三遭。大太阳底下，只看到一个裸背在晃动，小如蚊虫，在黄浊的麦浪里一起一伏的，随时会被淹没的样子。但他脚下好像生着根，无论如何都不会倒下；他两只手瘦成了鸡爪子，暴着青筋，看着绵软无力，甚至有些颤悠，一把镰偏却握得牢牢的，镰刃上冒着火。那是他赋予它的精气神，一片又一片麦子在它面前举手投降了。

娘得病那年毛群十六岁。娘不像爹走得那么突然，娘是慢慢走的。娘很瘦，却咳得地动山摇，痰里裹些血丝。村里赤脚医生看不了，就去乡卫生院；乡卫生院看不了，再去县里、市里。有人给他说，娘这是拙病，哪个医院也看不了。可他偏要给娘看病。爹走了，娘是他在这世上的根，不能让老天爷连他的根也挖断啊。为了给娘看病，囤里的粮食粜光了，盖房备的砖瓦木料也都换成了钱，然后又四处跑着借，背上了山一样沉重的债。但他终究没能留住他娘。娘肚子里长出个桃子般大的包，那包疼起来要命，娘就虫子似的在床上翻滚。那么瘦小的一个人，不知哪来的劲儿，四五个人竟然按不住。最后几天，娘总算安静了，脚肿得明晃晃的，一点东西也吃不下，只能喝些茶水。就是这些茶水，喝下去很快又尿出来，最后把娘冲走了。

毛群目睹了娘被病痛折磨着耗尽生命的整个过程，他自己也像在阴曹地府走了一遭。娘走了以后，他成了孤魂野鬼。家里冷锅冷灶的，再没人给他说一句暖心话。他感到心灰意冷，真想追随爹娘而去。他在屋梁上拴了一个绳套，找一凳子踩上去，把脖子伸进绳套里，他知道，只要把凳子踢倒就能一了百了。可就在他脚上用劲的那一刻，心里忽然一个激灵：是谁把他逼到这条绝路上的？是命运。它害了他爹，又害了他娘，现在又想害他，他要真的死了，不正如了它的愿了？它不知道该怎样得意哩！他突然从凳子上跳下来，扯下了绳套。它不是要他死吗？他偏不死，不但不死，还要活得好好的。他活得越好，它才会越难受哩。

麦垄似乎一遭比一遭长，这一遭更是长得离谱，怎么也割不到头。它们会自己生长吗？毛群想不到连地块也做了命运的帮凶，一起来对付他。浑身各处都在喊疼，尖锐的，麻木的，剧烈的，酸困的，丝丝缕缕的……步子迈得不再轻松，明明赤裸着身子，却像背了一座山，每一步好像都能在地上踩出个坑来；手中的镰刀也不再轻飘飘的，好像有上千斤重，咬着牙才能伸出去、拉回来；麦秆粗如小树，已经不是在割，而是在砍。

他一次又一次看向地头，地头距他依然那么远。此刻的他像个无助的溺水者，总想赶紧游到岸边，可岸总在无法企及的远处，反而一个浪头打过来，又把他推得离岸更远了。他感觉要溺亡在这片无边无际的水域了。一个声音在讥笑他，晓得逞强的滋味不好受了吧？割不到头就割不到头了，输了就输了，逞啥强呢？不就一张老脸吗？由别人笑去吧，难道要把老命搭上吗？另一个声音却在骂他，你个老东西，啰里啰唆的，一点骨气都没有了？老子再说一遍，活就活得硬气些，不就小小一块麦子吗？不就急赤白脸一个太阳吗？吓住你了？难住你了？你真要向它低头了？

毛群的意识已有些模糊，他不清楚自己在干什么，只是机械地挥动镰刀，迈着脚步，心中那个执念却越来越牢固：坚持，一定要坚持割到地头，没有谁能把老子打倒。

放倒最后一棵麦子，毛群笑了，那笑像朵花，还没来得及盛开，就凋谢了。他连笑的力气都没有了。眼前一阵发黑，脚底发虚，好像踩的不是土地，而是一团棉絮。风又趁机跑过来推了他一把，他晃了两晃，想用镰把儿撑住地，让自己站稳。镰刀在距地面不到一寸的地方停住了，愣没挨到地面。他闭上眼，深深地吸了两口气，终于站稳了。

上午的任务超额完成了，这对毛群是多大的激励啊！太阳依旧在逞威，可他不再怕它了。远处一方池塘，浅浅的池水浑浊烫手，他跳进去，把脸和手脚洗干净。疲累仿佛是附着在体表的，一下子就被洗去了。

劳累了半天，该吃午饭了。为了省时间，早饭时，毛群就备下了蒸馍、煮鸡蛋，外加一个洋葱、一大壶开水。他先捧起水壶，嘴对嘴灌了一气，又呼哧呼哧喘一会儿。真饿了，洋葱就蒸馍，风卷残云般下了两个；然后又吃了五个鸡蛋；然后又捧起水壶灌了一气。一迈步，能听见肚子里咣当咣当响。

吃完饭，气力已回来不少，可毛群还是决定小憩一会儿。这个决定得到了身体各部位的热烈欢迎。他没有去远处的树下，而是把架子车转了半圈，车杆向北，车下就有了席子大一块阴凉。他把麦秧铺开，往上面一躺，说不出的凉快、软和，比躺在空调间都舒服百倍。困意袭来，眼皮粘在一起的那一刻，他仿佛看到了妻子银花。

毛群三十多岁才结婚，妻子银花给他带来了少有的温暖，那段日子简直是用蜜糖泡出来的。婚后没出半年，银花就给他带来了更大的惊喜，她的肚子一天天鼓起来，一个小生命正在悄悄孕育。毛群品尝到了幸福的滋味，心却时常无端地怦怦乱跳。他害怕命运不会轻易放过他，终日活得忐忑不安。终于，妻子要临盆了，接生婆早早就请到了家里。房门关上了，他在院里焦急地等待那一声响亮啼哭。有那么一刻，他有些侥幸地想，爹娘没了，命运兴许会放过他了吧？日头从头顶咕咚一声掉落到西山的时候，接生婆撞出屋门，这个从业几十年的老人竟然慌乱得语无伦次：大……大……出血……快……送医院！

从家里到县医院四十多里的路，架子车一路叮叮咣咣响，却掩盖不住银花长一声短一声的号叫。毛群跑得双腿抽筋，也一点不敢放慢脚步，他知道这是在同死神赛跑。迷蒙的夜色里，远远看得见县城的轮廓了，架子车上银花的叫声却突然小下去，小下去，到后来，竟然连一点声音都没了。他有了不好的预感，可他还在拼命地跑。终于到了县医院，医生告诉他，人早不行了。他不相信，推了医生一个趔趄，连人带被子往手术室抱。血浸透被子往下淌，还带着一丝她身体的温热……

猛地一惊醒来，毛群已是满头大汗。他稍稍定了定神，慢慢坐了起来。下午的任务一点不比上午轻，他不敢让自己沉浸在往事里。无论如何总算睡了一觉，体力恢复了八八九九，疼痛也减弱了。毛群换了一把镰，重走进了地里。

大晌午麦秆脆，又是新镰刀，速度明显快了不少。

还没割到头，身后传来一声喊，你个老东西，大晌午头也不歇歇，真要拼掉老命啊？

不用回头，毛群就知道是志宽来了。

他立起身来，你个老家伙也没睡午觉吗？孩子呢？送学校了？

志宽说，送学校了。来看看你个老东西有没有累死在地里。

毛群笑起来：死不了。这点活儿算个啥，挥几下镰就没了。

你就吹吧，小心把牛皮吹破。

俩人都笑，笑得有些霸气，有些无畏，把个大太阳都震慑了，躲进了一块云彩里。

志宽自己带着镰。两把镰刺啦刺啦的，在浊浪般的麦田里翻搅。

志宽的命不比毛群好多少。他儿子龙强在城里开出租车，跑得快，挣钱多，越快越不嫌快，越多越不嫌多，结果和一辆大卡车撞在一起，人从车里抽出来时，两条腿断得只剩下一些筋连着，只得截肢。志宽在医院照顾儿子那段时间，毛群一直帮他带孙女；龙强出了院后，腿没了，情绪极度低落，一心求死，毛群就和志宽二十四小时守着他，拿筷子撬开他的嘴往里灌药——塌了天，还得两个老家伙们撑起来啊！

为了把日子过下去，毛群和志宽去找了合兴。合兴的泥瓦匠是跟毛群学的，如今领着村里的泥瓦匠班子，四里八乡给人盖房子。合兴精得像猴一样，一看师父进门，赶紧往屋里让，又从柜子里拎出两瓶酒，说，俩叔酒瘾犯了吧，走，咱上饭店，好酒好饭管够。俩老家伙坐着没动。毛群说，俺俩不喝酒，只求你赏口饭吃，叔就谢你的大恩了。合兴一下子明白了他俩的来意，似乎害了牙疼，搓了半天脸才说，班子里人多，我怕别人说闲话；再说，您二位都是爷子辈，这工钱咋开？志宽说，要只为我们哥俩儿，我们也没脸来找你。不有孩子吗？他们得吃饭穿衣啊！毛群说，我们不是来要饭的，就我们这身子骨，搬把梯子还能上天。工钱呢，按学徒算，多少合适你看着办。合兴说，叔您羞臊我哩，我这手艺是您手把手教出来的。您二位，我收了；工钱呢，取中间数吧。

两个孙子就交给了志宽的老伴儿，他们就入了合兴的泥瓦匠班子……

志宽的加入，不只是多了一把镰，更带来了精神的支持。两把镰形成合围之势，不断蚕食麦田。风过处，麦子们好像害怕起来，抖抖索索地向毛群求饶。毛群冷笑，不是张狂得很，瞧不起我吗？现在知道我这老胳膊老腿的厉害了？手下越发加力，真是如砍瓜切菜，不但没有一点疲累感，反而越来越松爽了。

太阳也举起了白旗，哪儿还有中午毁天灭地的威势，收敛了气焰，逐渐绵软苍白起来。晚风更显露出势利的嘴脸，毛群孤立无援时欺侮他，现在看他胜利在望，马上媚得小媳妇儿似的，柔柔的小手在他脸上、背上抚摸着，麻酥酥的感觉还真舒服。

地头的杨树把影子投过来时，他们割下最后一镰。这场歼灭战宣告胜利结束。志宽说，得去接学生啊，骑着三轮车就跑没了影儿。

毛群长舒一口气，紧绷的筋骨、肌肉完全松弛下来，享受着夏日傍晚的惬意。可他没有马上走，麦子割倒了，娇嫩的辣椒苗完全暴露在阳光下，六月天的太阳像在下火，一个中午就给烤焦了。他得连夜把麦秧拉出地，明天务必让小家伙们喝上清凉的井水。

离田地不远新修了一条大路，路基打好了，还没铺混凝土，正好用来碾打麦子。毛群把架子车拉进地，用桑叉将麦秧收拢到一起，杈尖扎进去，胳膊一较劲，一朵土黄色蘑菇云就飘在了头顶。他一次不多装，没人推车，装一大车，他可没力气拉出地块。

夜晚的凉气上来了，水一样包裹着毛群。一路轻风伴随，像在给他扇着小扇。他突然昂扬起来，吼出了一段豫剧：

辕门外三声炮如同雷震，
天波府里走出来我保国臣，
头戴金冠压双鬓，
当年的铁甲我又披上了身。
“帅”字旗，飘如云，
斗大的“穆”字震乾坤，
上啊上写着，穆氏桂英，
谁料想，我五十三岁又管三军啊……

恍恍惚惚的，毛群真成了统帅三军的穆桂英，意气风发，跨马出征。

太阳连个招呼也不打，悄没声息地隐在了山后。被它涂抹过的晚霞，还一片一片地鲜亮。在麻雀们叽叽喳喳的吵闹声中，夜幕蜘蛛网一样在天空越织越密。星星一盏一盏点亮了，闪闪烁烁的。月牙像只耳朵，挂在了天上，听毛群长一声短一声吼唱。

毛群忘记了吃晚饭，就这么一车一车地倒腾。入夜的田野静得吓人，远处河滩的蛙鸣倒显得格外热闹。地里的麦秧越来越少，再有一车就拉完了吧。

手机“丁零零”叫起来。摸出来听了，是志宽的声音：

老东西，还没死？

放心吧，死不了。

地里吗？

地里，最后一车就拉完了。

确定明天要浇辣椒？

浇吧，人要活，辣椒得活啊。

过来吧，酒都备上了，咱俩先浇个痛快……

（选自《莽原》2023 年第 4 期）

食黑记

王玉坤

母亲躬身在菜地里，手里握着一把上了年纪的锈迹斑斑的铁铲，用它在菜根的地方轻轻剜一下，那些菜就应和着母亲，纷纷从泥土中脱将出来了。

我趴在屋前的廊檐下写作业，算着不是很懂的算术题，念着文具盒背面印制的乘法口诀表，嘴里念念有词，像极了一位闭着眼睛敲木鱼的和尚。

太阳只剩下一墙之高，像个玩累了的孩子，脑袋趴在墙头，把余光洒落进门庭里。瓦红的墙面在余晖的涂抹下显得更加鲜亮了，宛如搽了胭脂的少女娇羞的面庞。水泥廊台把太阳一整天的热量都吸收了进去，在傍晚时分散发出余温。我坐在那里，汗珠不时地沁出来，它在哪里冒头，我就用笔在哪里画一个圈。画得累了，便去看地上的蚂蚁，它们像行军的队伍一样有序而规整。它们在搬家，雷阵雨就要来了。

母亲用铲来的菜做了一碗鲜美的面条，她对我说："孩子，赶紧吃，吃完了去写作业。"

"你怎么就下了一碗？"我问母亲，"你怎么不吃？"

“天闷得慌，就要下雨了，”母亲说，“我得去帮你大舅收粮食。”

母亲一边换衣裳，一边继续叮嘱我：“要是下雨了就把门窗关好，哪儿都不要去。等我回来。”

“你什么时候回来呢？”我问母亲。

“现在还不知道，”母亲说，“忙完了就会回来的。”

我点了点头，用筷子去扒拉那碗新鲜的面条。面条的上面躺着一个圆滚滚的荷包蛋，白里透着黄。我用筷子头戳了一下，橘黄的蛋心像奶油一样流淌了出来，晕在了白色的面条和绿色的菜叶上。我挑起它们，一股脑儿地吃下去。

臂里夹着口袋，肩头荷着木锨，母亲走了，远去的背影越来越黑、越来越小，小得跟地上的蚂蚁一个样。我夹起一小段面条甩在了蚂蚁来回的路上，有的被烫着了，四脚朝天，满地打滚；有的只闻了一下，便匆匆离去。但很快，一大群蚂蚁便围将上来，将那根面条团团裹住。白面条霎时变成了黑面条。

太阳盖着大地的被子睡下去了。阳光一走，风便起来了。它们在树梢上打了个转，制造点动静，就又奔赴下一棵树了。它们不为谁而停留，直到把自己弄得精疲力竭为止。

可风的力量似乎是无穷无尽的，没有丝毫要衰减的意思。风的数量也是庞大的，一批风走了，后面的一批飞也似的扑过来，又制造出了更大的动静。

我把作业本拿到屋里去，防止风明目张胆地把它们带走。廊台上的小板凳被端进来放在了靠墙的位置，安静地等待着下一个屁股的光临。墙上贴着一排整齐的奖状，奖状的四角用大头钉按在了墙里。只要我的语文和数学，抑或其中一门的成绩考得好，便可以得到它们，也可以得到一朵纸做的大红花。老师把大红花端正地别在我的胸前，我很骄傲地向家走去，接着得到的，是过路的人和村里的人不加吝啬的赞美。

屋子外的黑像荷包蛋的蛋心一样越来越浓稠了，把房屋和村子都吞进了肚子里。我已经早早地打开了电灯，用它来对抗黑夜那饕餮般的大嘴和浮鸥般的脾胃，防止我被一起吃下去。电灯是我父亲装的，他是个电工，总爱摆置一些新旧家电。比起村子里那些闪着昏黄眼睛的大灯泡，父亲的这个日光灯管算得上是一件很高新的科技产品。

事实证明，日光灯深孚众望，它散发出来的白色光芒不仅填满了整间屋子，还顺着门框飘到了屋外，在地上投出一方小小的天地来。这方小小的光亮土地对人来说微不足道，可对那些蚂蚁来说，就是一整个世界。

蚂蚁会需要光亮吗？我不知道。

我一边听着屋外的风，一边演算着那些习题。风呼——呼——呼地吹刮，涌进了我的耳朵里，也调皮地钻进了我的心里，它们用尽全力将我扑在作业本上的思绪拉扯到无休止的黑暗之中，仿佛它们知道我天生怕黑一样。

我是怕黑的。偶尔母亲在厨房做饭的时候，我也会在旁边帮衬，不是在锅台后烧火，就是在锅台前翻菜，以防火太大或太小以及菜太老或夹生。但母亲也会让我回正房里干一些杂事，譬如收取忘在院子里的衣服。

大多时候，我是不愿意出去的，她就会拿着烧得通红的火钳在我的面前比画吓唬我。在我很不情愿地走出屋后的厨房时，总要看一看头顶的天，和暮色比一比谁的胆子更大。一般来说，输的那个总是我。

我收衣服的流程一般是先飞快地跑到卧室门口，开一条缝，猫着眼看看里面的状况。尽管我每天晚上都睡在那里，比任何人都熟悉，可我总觉得还有一些看不见的东西藏匿在巨大的黑暗中。我将背贴在墙上走，那使我有一种厚重且可以信赖的安全感。到了开关的正对面，我便睁大了眼睛，三步并作两步走到床头，猛地戳一下凭着感觉找到的开关，“啪”一声，屋子便亮了。在我看到像白天那样只有一些床椅家电时，我的心踏实下来。我走到院子里，就着从窗户里透出来的微光，将衣服一件一件地挑回来。最难熬的，要数关灯。我会站在开关旁，背靠着墙，用弱小的双眼整体地打量一下屋子，然后在心里计算着走出卧室的路线。“啪”一声，屋子黑将下来，我像只受了惊的野兔，箭一样地狂奔着逃出来，一路小跑来到厨屋。

母亲看到我慌慌张张、惊魂未定的样子，便会问我：“这孩子弄啥嘞?”

我赧然一笑，一屁股坐到烧火的坑上，看着锅灶里蹿起的火苗，温热的火光很快将我的脸面烤热，我感到一种从天上到地上的踏实之感。

“小夏、小夏!”我听见大伯呼喊着我母亲的名字，“小夏在家不?”

我从板凳上下来，站在门口，对着夜色说：“俺妈不在家。”

“你妈去哪儿了?”大伯问我，“啥时候回来?”

“去俺大舅那儿了，”我说，“帮着他收粮食。”

“好，我知道了，你回屋吧。”大伯对我说，“快下雨了，我还想让她帮着我收嘞!”说完便离开了。

我回到屋里，趴在八仙桌上继续写我的作业。大伯走后，屋外的风似乎小了不少。短暂的安宁包裹了我的内心，就像那些江水经过了漫长的奔流，来到了一汪湖泽之中，平静而美好。

这种平静与美好终究是短暂的，暴风雨就要来临了。

风呜——呜——呜地跑过来了，院里院外的树开始变得兴奋起来，摇头晃脑的，它们的毛发被吹得像电流一样嗞嗞作响，在狂风之中凌乱。倏然一阵大风吹来，撞开了卧室未曾紧闭的窗户。窗户被风打得咬牙切齿，吱呀作响。风从门窗灌了进来，赶跑了逗留在屋子里的闷热气儿，我感到一股近乎寒冷的冰凉感席卷全身。我打了个冷战。紧接着，日光灯的光亮也被吓跑了，黑暗包裹了我和整个村子。停电了！我的心像落入了一个巨大的冰窖，觉得自己就要被囚禁了。我啊呀呀地想哭出声来，可是母亲去了大舅家，父亲远在千里之外，他们不会听到我的哭声，现在没有人能够听到我的哭声。

我从板凳上下来，双手伸得笔直，像瞎子摸象一样。凭着感觉，我拉开了条几下方的抽屉，摸出散落在角落里的半截蜡烛，找到火柴并点燃了它。黑暗迅速从我的周围逃离了。我将蜡烛焊在了作业本的正前方，幢幢的烛影投射在八仙桌上。对我来说，这样的影子是不足为惧的，因为它是光明的儿女，而光明的儿女是值得被善待和呵护的。

我壮着胆子关上了卧室里被风吹开的窗，接着又关上了堂屋的大门。黑暗和狂风都被我困在了屋外，可这样显得屋子里太安静了。那只烛火的微光又太过有限，而东、西两间屋子里还是黑漆漆一片，我怕从那里会走出什么诡谲来，便又从别处找来了新的蜡烛燃在那里。两间屋子顿时光明了起来。

俄而，豆大的雨点落下来了，伴随着雷鸣和闪电，还有那无休无止的招人厌烦的风。雨啪——啪——啪地打在了土地上、树叶上、房顶上，有的则随风打在了门窗上，要把玻璃钻出一个个小窟窿眼儿似的。雨点是那么紧、那么密，一阵接着一阵，一阵高过一阵。

大舅家的粮食收完了吗？没有收完会不会泡了水？母亲什么时候能回来呢？大伯有没有找到人手呢？如果没有，他们家新收的粮食是不是也要被雨水偷窃了去呢？

唰——唰——唰，雨水是那么紧、那么密，一阵接着一阵，一阵高过一阵。

我似乎闻到了一股浓烈的呛鼻的烧焦味儿，这是我趴在桌上睡醒后的事了。

作业本前方的半截蜡烛燃烧殆尽，黑乎乎的蜡芯蜷缩成一团躺在那里，气息奄奄。油亮通红的八仙桌被蜡烛烫出了一个疤，很难看，如果被父亲知道了，我又免不了挨骂。这是他去年年前在县城里精心选购的桌子，费了很大气力才托人从县城运回来的。他像鸟兽爱惜自己的羽毛一样爱惜这张崭新的桌子，逢人便说它的好处与妙用。我尝试用掩耳盗铃的方式逃避它，干脆不再去看那个被烧得焦黑的疤痕。

没有了那半截蜡烛，堂屋的光亮暗下去一些，东、西两屋的蜡烛还在持续地燃烧着，平静的光影代替了忽明忽暗的鬼影。我这才注意到，屋子外的风终于跑累了，歇了下来；雷公和电母也逐渐远去了，他们像是着急回家，只是刚好路过我们的村庄而已。

我打开门，一股雨水的清新羼杂着泥土的腥臭味儿扑面而来。但一年中能闻到这样气息的次数不是很多，我便没有拒绝它们，仰面朝天地大口呼吸了起来。

就在这一吸一呼之间，整个村庄因我而发生了变化。

我看见，在我吸气的间隙，天空变得敞亮了一些；而在我呼气的刹那，黑暗就又折返了回来。

我变得兴奋起来，走进屋去，分别吹熄了那两盏烛火。我置身于黑暗的涌流之中，尝试着大口吸气，果然，黑暗的潮水便从我的脚下退却；我再缓缓地吐气，黑暗的浪潮便再次向我扑打过来，房间又恢复了寻常的模样。

母亲到现在还没有回来，我想着去找她，把我能吞吐黑暗的力量告诉她并呈现给她看。

我把书和作业本合上，装进了书包里。掩了门走出院子，我来到村子里唯一的大路。往南走，可以到我的大舅家；往北走，可以去我的大伯家，那里是河流的高地，也是我们村子稻场的所在地。值得说明的是，我的大舅和我的母亲并不住在同一个生产队，我要去母亲收粮食的地方，则需要往东走，那里才是大舅晾晒稻谷的场地。

我沿路而行，村子依旧处在一片漆黑之中，只有豆大的烛光忍不住寂寞要从窗户里钻出来看一看外面的世界。暗夜浓稠，湿漉漉的水汽从下往上冒，黏糊糊地粘在我的大腿上。泥土踩在脚下，软软乎乎的，但它们太过于娇气，一旦赖在鞋子上便不愿再离去了。河渠之中因落差而产生的跌水让暗夜不再寂寞，我们村子里水的呢喃向来是那么柔弱，使人听过一遍便难以忘却。远处的稻田里有蛙鸣，但我觉得大多是蟾蜍，大抵是因为相貌丑陋，所以只得在见不得人的黑夜里肆意聒噪。天上的云也随着风的脚步逐渐远去了，闪电在天边依旧不时地彰显着它的威仪，使人远远见了也胆战心惊的。偶尔有几颗星星探出头来，对着大地和生灵们闪耀，它们的光芒过于短暂，也正是须臾的闪耀成就了它们的永恒。有的时候几乎看不见它们，但一旦看过后，便也不能忘却了。

汪——汪汪！一阵突如其来的狗吠把我吓退到了路边。我端着手，呆呆地站着，几乎可以听见自己的心跳。我想知道那是怎样的一只狗，于是，我便大口吸气。黑暗在我的周围退却了，光亮显现出来，映在了狗的毛发上。

这是一只全身乌黑的小狼狗。它体形健硕，四肢发达，修长的腿让它站在那里显得很高贵。它毛色鲜亮，粗犷而顺滑，尽管有些泥渍沾在了上面，也正是这样使它看起来更加骁勇善战。

小狼狗稳稳当当地站在那里，像一个守卫领土的士兵。我尝试着慢慢地挪移脚步，但它的机敏没能被我的小伎俩骗过去。只要我的脚步动了哪怕一寸，它就扯着嗓子狺狺狂吠，接着，便有更多人家的狗应和着它，一起撕心裂肺地吼叫。我怕更多的狗跳出来将我作为它们的猎物，在周围用恶狠狠的眼神看着我，便与它僵持着不再动弹。

我是怕被狗咬的，事实上，我们村子里的许多孩子都怕被狗咬。那年，许二愣子的儿子因为去别人家串门儿，就被遽然蹿出来的一条狗咬伤。那条狗刚刚生了崽，见不得生人。见许二愣子的儿子屁颠屁颠地跑过去，那只母狗一下子蹿到了他面前，将他的手臂死死地咬住，僵持了好久才被人们用棍子驱赶开。

我站在路边一动不动，那只小狼狗便也一动不动，也不叫唤。但是这样，我无论如何也见不了我的母亲，同时也无法再掉头回去了。我陷入了两难的境地。

我想起了父亲教给我的对付野狗的方法："狗如果不动，你也不要动，等它放松了警惕，你就一猛子蹲下身去，再猛地站起来，吓唬它。"他还说："你的旁边如果有砖头，就趁着蹲下去的时候捡起来，瞄准了扔给它，狠狠地砸它的腿。"

想到这些，我似乎变得轻松了许多。我开始大口地吸气，努力让周围的亮光聚集得多一些，好让我看清哪里有我需要的石块。在我左脚前方的牛筋草下方，我隐约看见了一小块碎砖。我和小狼狗对视着，它望着我，我也望着它。我照着父亲教给我的方法，咬了咬牙，一狠心猛地蹲了下去，嘴里叫喊着“啊呀呀”，很快又站了起来，整个过程也就不到一秒钟。小狼狗果然被我的举动吓得掉头退却了几步，接着又是一阵汪汪汪的狂吠。但此时的我已暗自狂喜，信心大增，走了两步拾起草下的碎砖朝它扔了过去，一下砸在了它的肚子上。小狼狗受挫似的嗷嗷叫着离开了。

不知什么时候，村子里的灯已经亮了起来，它们就像是村庄的胆一样，亮的灯越多，村子的胆子就越大，就越不惧怕黑暗。

我依旧保持着匀停的呼吸，像萤火虫那样一闪一闪地穿行在茫茫的夜色中。月亮升起来了，我的光和着月亮的光使我看得清路面、分得清水草了。我朝着村子的东边走去，去我的大舅家，寻找我的母亲。

潦水河挡住了村子里唯一的大路，从这儿开始，房屋变得稀少，沟塘铺展开来，月亮在它们的上方照镜子，将一抹愁容映在了水中央。潦水河静悄悄的，那些沟塘也静悄悄的，它们心照不宣地甘愿为月亮的梳妆打扮奉献着。

我走在杂草丛生的小道上，草叶亲吻着我的腿脚，弄得我全身都痒乎乎的。我感到了一阵尿意，褪了裤子对着沟塘尿了下去。尿液砸在水面上，似乎弄疼了它们，发出哗啦啦的叫喊。从我尿下去的地方，漾出了一圈一圈的波纹，它们让我看清楚了月亮的真实容貌，它不过是一个愁容满面的老人，脸上的皱纹布满整个沟塘。

我吹起了口哨，愉快地朝着东方走去。

一棵榆树老气横秋地长在不远处的田埂边，我晃荡着身子向它走去。露水已经把我的双腿打湿，它们从草叶上滑脱下来，溜进了我的脚踝里。我看清了这棵老榆树，它十指朝天，叶子不是很多，个头不是很高，需要我将它的手指掰开一个才能走过去。他的十根手指都是平直的，但有一处，像麻花一样卷了起来，有一截像个弹弓把那样耷拉在那里。

我走近前去看了看，接着，“啊呀呀”的叫喊从我的嘴里迸发出来。我后退了几步，一屁股坐到了田埂上。

那是一条赤链蛇。在我叫喊的间隙，看清楚了它。信子正从它的嘴角里吐露出来，像看见了一顿极其丰盛的晚餐。

我的双腿像筛糠一样止不住地抖，那些草叶子也忍不住地嘲笑我，都跟着抖了起来。我不仅怕狗，更是怕蛇，今晚都让我遇见了。我暗自唾骂自己晦气。我的父亲没有教给我对付野蛇的办法，我的母亲也没有。我绝望地低下头去，将头埋在了两腿间。

一束手电筒的亮光从我的后背射了过来，我侧着身体回头看了一眼，光线照得我睁不开眼。

“谁呀?”一个男孩的声音。

“我。”我说，“你是谁?”

“手电筒”走近了我，贴在了我的脸上，问道：“你怎么在这儿?”

“你是谁?”我继续问他，“我看不见你。”

“是我啊，张超福。”男孩将手电筒在自己的脸上晃了一下，继续说道，“你怎么坐在这里?”

“吓死我了，”我把刚才憋住的气息一整个呼出，用被解救的声音说，“前面有蛇啊。”

张超福是我的同学，他家就住在沟塘的水圩子里。他把我从地上拽了起来，绕过我，朝那棵老榆树走去。我看着他右手拿着手电，左肩扛着羊角木叉，像一个喝了许多酒的老汉。

他示意我举着手电，自己拿着木叉去挑蛇。起初，那蛇总是稳稳当当地盘在树枝上，不是尾巴下来了，头还在上面，就是尾巴死死地缠住，头耷拉着。张超福也是艺高人胆大，不紧不慢地与蛇周旋。他用木叉缠绕住蛇的上半身，再慢慢地扯着身体让它脱离老榆树。终于，蛇完全攀到了张超福的木叉上，只见他奋力一甩，将蛇狠狠地甩进了沟塘里。

水面再一次发出了惨痛的叫声。

“好了，走吧。”张超福说，“你要去哪儿?”

“我要去俺大舅那儿，”我说，“俺妈在帮他收粮食。”

我接着问他：“你要去哪儿?”

“我帮着俺家收稻，刚从稻场回来。”张超福说，“俺爸说太晚了，让我先回来睡觉。”

“你要去的那队，还不近嘞。”张超福说完把手电筒递给我，“手电筒给你用吧。”

“谢谢，我不用手电筒就可以看见。”我说，“现在月亮这么亮，没事的。”

张超福还是把手电筒塞给了我，扛上他的羊角木叉朝水圩子里走去了。

我摸了摸湿漉漉的屁股，朝月亮啐了一口，继续朝大舅家走去。

穿过了沟塘，绕过了水圩子，就又是平坦的开阔地了。小屋零星地散落在田地间，不时传来几声狗吠。村子阒寂起来，脚底下尽是摩擦草叶发出的嚓嚓声。

我拖着迟缓的步伐沉闷地走着，不知道走了多久、多远。我隐约看见了成排的房屋，房屋边有树，树上有鸟，鸟儿在疲惫地鸣叫。我垂着头朝它们走去，也不去看脚下的路，不管是不是有狗、有蛇……

新鲜的稻香钻进了我的鼻腔，湿漉漉的草茎在我的额头上打结，我撞上了一堆新鲜的稻草垛。我俯下身去，趴在了它的身上，它也用那光滑的臂弯接纳了我。

不知睡了多久，我听见有人呼喊我的名字。我睁开疲倦的双眼，看到了我的大舅。我大舅的眼睛异常明亮，耳朵绝对灵敏，是他先发现了我。我看到远处的天边已经泛起了鱼肚白，火红的太阳正等待着喷薄而出。

接着，他呼喊着我的母亲以及其他众多寻找我的村里人。他们一同向我走来。

我的手被大舅攥在手里，一瘸一拐地走向人群。

“你怎么不在家，跑到了这里?”大舅问我，“你的屁股怎么回事?”

“我跑到这里偷吃黑暗来了。”我说。

“黑暗好吃吗?”大舅满脸狐疑地问我，“是什么味道的?”

“不好吃，是复杂的说不出来的味道。”我回答道。

大舅没有再询问我，只说：“这孩子怕是烧糊涂了。”

我转头望向那个高大的稻草垛，它被我远远地甩在了身后，像那些黑暗一样，永远地消散了。虽然今夜还会有黑暗，但终究不是昨夜的了。

（选自《青春》2023 年第 37 期）